一剑青葱

The Young Fencer

李柳 林杉—著

文化发展出版社
Cultural Development Press

01

火车穿过山洞。一团黑暗迅速贴在车窗上，火车行进的声音被放大了好几倍，闯进耳朵里，让人很不舒服。突然，那团黑暗又被掀开，远远抛在后边的铁轨上。眼前的阳光显得刺眼，轰隆隆的声音消失了，耳朵里一下子空荡荡。这变化让人误以为来到了一个什么新世界，可车窗外却还是绿晃晃的一片，还是那些叫不出名字的植物。

苏铁已经在车厢连接处站了半个小时，若有所思地看着窗外。昨天他上车的时候，挂在车窗外的风景还是片片平原和荒地，还有很多山，有些山上有很多树，有些山露出了坚硬的土黄色内瓤。昨天没有下雨。但从今早开始，一路上都湿漉漉的。

苏铁只是个十一岁的小男孩，脸上挂着十一岁小男孩才有的沉思表情。他第一次出远门。昨晚在自己的座位上勉强睡了一觉后，早上醒来全身酸痛，他才想起来自己已经不是在家里的床上醒来，有一种说不出的异样感，新鲜的兴奋感里混杂着一丝胆怯。整个上午，除了和同行的男孩们一起打扑克、下棋，他就盯着沿途或高或矮的山坡发呆，吃着妈妈给自己准备的零食：牛肉干、薯片、海苔和花生。他把零食分给一起玩扑克的人，但尽量和他们保持距离。不知道为什么，他们不那么喜欢自己，尤其是孙威，他是那群人的头，很喜欢欺负人。但大家喜欢和他混在一起。在讨好孙威这件事上，苏铁没能成功。孙威总是找机会开苏铁的玩笑，尤其是苏铁下棋输了以后，便嘲讽他是板凳选手。苏铁非常讨厌他这样说，但还是忍下来。只有一次，他还了嘴，双方的火气都有点大，要不是因为带队的刘老师在，孙威早就动手了。

苏铁来到这里，就是为了远远躲开他们。但他觉得这样不对，凭什么自己要躲？他盯着窗外的风景，思绪不时飘开，在想象中他已经将孙威打翻在地，指着他的鼻子奚落他，到底谁是板凳选手？

苏铁知道自己很普通。办请假手续时，老师得知他要去那么远的地方参加运动员选拔，只是挑了挑眉毛，随便问了两句，便失去兴趣了。苏铁只和两三个还算要好的朋友说了自己的情况，大家做了一番简单的告别。一切都像往常一样普通，除了他心里多了一个秘密。有一天晚上，刘老师到苏铁家里，告诉他的父母，苏铁是冠军的料。

冠军就是第一名，苏铁第一次听见有人这样说自己。他对刘老师感觉很亲切。刘老师说了他很多优点，等到谈话结束时，苏铁已经彻底相信了这个评价。妈妈也很高兴，虽然她嘴上说苏铁就是个一般小孩。如果是以前，他会对孙威笑笑，但现在，他心里很难容忍有人说自己是板凳选手。

眼前单调的绿色里突然多出一块色斑。那是从铁路边的小棚屋里，突然蹿出了一条棕色大狗。它追着火车跑起来，扬着头大叫。苏铁把头靠近车窗，盯着那条渐渐被火车甩开的狗，苏铁突然觉得，这条狗可能是看到了自己，于是他把脸贴在窗玻璃上，挥手和它打招呼。突然，“嗖”的一声，窗外的景色和那条棕色的狗都被另一辆列车的身躯折断。苏铁被吓了一跳，等到两列火车“唰唰唰”地错身完毕，窗外又是一片单调的绿色了。苏铁决定，如果再有一次，他不能胆怯，一定要出手。

苏铁一脸平静地走进硬座车厢。车厢里各种气味混在一起。乘客们都与邻座混熟了，交谈起来更自如，聊天的声音很大，整节车厢里都又吵又闹的。没有座位的人一脸疲惫地挤满了过道。苏铁微微低下头，盯着满地的腿和脚，小心地前进。他回到自己座位的时候，发现只有刘老师在，其他的座位上坐满了他不认识的人，这些人趁着主人不在坐下来休息。刘老师坐在椅子上睡着了，向前挺起的肚子快要顶到桌沿，随着他的呼吸微微起伏。

苏铁的位子在刘老师斜对面。苏铁暗自庆幸，孙威那帮人不在。他们一定是趁着刘老师睡着，集体开溜了。苏铁朝刘老师身后的座位望去，发现张岩也不在，他不禁有些失望。苏铁第一次见到张岩时，有人恶作剧将他的背包拉链打开，他取下背包时，动作太大，结果东西撒了一地。孙威在一旁偷笑。苏铁蹲下身子帮他把东西捡起来。张岩有点不好意思，似乎不想被人看见自己被欺负，他装作满不在乎地朝孙威喊："要不要这样啊！"然后，他一副很吃得开的样子，对苏铁说，自己知道是谁干的，待会就要收拾他。但很快，苏铁发现，似乎谁都可以使唤张岩，拿他取乐。他长了一张长脸，孙威他们都叫他的外号"马脸"。苏铁坚持叫他"张岩"。

这一切都在刘老师的眼皮子底下发生，他差不多毫无察觉。有一次他想把情况告诉刘老师，被张岩拦住。张岩告诉他，刘老师只是体校的带队老师，管不了什么，而且这么做很没气魄。苏铁让张岩把座位换到刘老师对面。张岩拒绝了。

"到了那边还得在一起待着，还是要和他们关系好一点才行。"张岩说。

苏铁也在担忧同样的问题。他不想被欺负，但也不想被孤立。

刘老师从喉咙里发出一声响动，他咽了咽口水，动了动嘴，醒了过来。他揉了揉眼睛，看清了眼前的人是苏铁。"没睡会？"

苏铁摇摇头。

“小孩就是精力旺盛。”刘老师打了第二个哈欠，“几点了？”接着，他自问自答地抬起手腕，看了看表。“还他妈早着呢！”他没有把时间说出来，似乎没必要让眼前的这个小孩知道。“南方就是不一样。你以前来过吗？”

苏铁摇摇头。

“一开始可能不习惯，潮啊。过后就好了。小孩适应得快。”刘老师转动了一下脖子，然后停下来，看着面前的小孩。“你妈妈跟我说，你滑冰刀很厉害，一学就会了。你羽毛球也打得不错。那你学击剑应该也会很快。”

苏铁懵懂地点点头，到现在为止，他还不明白击剑是什么。两周前，刘老师出现在操场，体育老师把正在上体育课的苏铁挑出来，让他和另外几个人在刘老师面前跑步，跳远，做抓人游戏。几天后，刘老师突然出现在苏铁家里。那天，苏铁在学校的走廊里骂了脏话，继父被老师叫到学校去听训，刘老师赶到的时候，苏铁已经在地上跪了一个多小时。

刘老师解救了苏铁。刘老师很能说，连一向不大喜欢自己的继父都有些心动。当晚，苏铁偷偷听了很久的广播才决定睡觉。他脑子里转着很多念头，比如，去外地训练，以后就不用挨打了。直到入睡前，他都一直小心翼翼地觉得，自己好像很了不起。

苏铁留了很多问题，一直想问问刘老师，自己真的能那么厉害吗？自己要怎么做才能拿到冠军？拿到冠军的钱是不是全都归自己，还是要给爸妈保管？现在只有他们两个人，是提问的好机会。但他止不住地紧张，嗓子干干的。刘老师脸上一副懒得说话的神情，苏铁有点不敢打扰他。

“刘老师，到那边怎么选人呢？”苏铁还是忍不住开了口。

"到了那就知道了。"刘老师拿起桌上的杂志，"你尽全力好好表现就行。"

"我还能跑得更快，我平时抓人也很厉害，那天是失误了才被人抓住的。"苏铁看见刘老师点点头，赶紧继续问道，"会选多少人呢？我们所有人都能留下吗？"

刘老师从杂志上抬起眼睛看苏铁，"我也希望都选中啊，可能性不大。"

苏铁还想问问自己是不是一定会被选上，虽然他心里已经如此认定。刘老师没等他再开口，将保温杯推到他面前。"去，帮我接点热水。"

苏铁很麻利地拿过保温杯，从座位上站起来。刘老师伸个懒腰，"顺便看看那帮淘气包在哪儿，都给拽回来老实坐着。省得给我惹麻烦。"昨天乘务员两次向刘老师报告这批人在软卧车厢吵闹，打扰乘客。苏铁爽快地答应了一声，拿着保温杯离开硬座车厢。

苏铁打完水，又走了三节车厢，仍旧没见到同行的男孩们。走出最后一节硬座车厢，吵闹声突然减少。苏铁穿过两节硬卧车厢，这里人少多了。他在下一个车厢连接处发现了张岩。他正背靠着车边的栏杆，两只手放在身后，歪着脑袋看窗外。他看见苏铁，一下子站直了。

苏铁问他大家都去哪儿了。

"去火车头看司机开车了。"张岩回答。

"又进不去驾驶室，有什么意思。"

"也可能在餐车下棋。"

"你在这干吗？"

"待着啊。"张岩扬了扬眉毛，一副满不在乎的样子。

苏铁还是看见了他身后藏着的手铐。那是孙威那群人里的一个带来的玩具。他不相信那东西真能把人拷牢，使点劲肯定能挣断。"你怎么不去？”

“你都说了，有什么意思，我玩腻了。”张岩别过头看窗外。“树真多。”

张岩一定希望我快点走，苏铁想。但他仍旧努力想看到张岩的手。

“你去找他们啊。”张岩有点急，一脸不耐烦。

“我不想去，是老师让我去找他们的。”苏铁说，“孙威真他妈烦人。”

张岩吓了一跳，看了他一眼，犹豫了半天，也跟着说了一句。“他还吹牛自己以后能拿冠军呢。”

“他凭什么拿冠军？”苏铁有些莫名地恼怒。

“他说刘老师告诉他的。”张岩说。

“什么时候？”苏铁追问。

“刘老师去他家的时候说的。”

苏铁愣了两秒，刚想开口，被张岩打断。

“他活该瞎得意。”

苏铁问他为什么这么说？

“你不要告诉别人。刘老师到我家的时候也和我爸妈说了，没准我能拿世界冠军，最差也是全国冠军。他说我是个好苗子，得好好培养。你千万别到处说。”

苏铁点点头，看着张岩。“你信吗？”

“我为什么不信？”张岩说“我妈说我可以试试，我学游泳学得特别快。你呢？刘老师去你家的时候都说什么了？”

苏铁没有全告诉他，他有点心不在焉。张岩听完苏铁的话，告诉他以后到了那边，他们两个一定要做朋友。他一没留神，露出了背后被铐在栏杆上的手。苏铁看见，那是一个灰色的塑料手铐，看上去不怎么结实。

不过打开它还是废了不少力气。

几分钟后，苏铁带着张岩穿过了餐车。那儿没有他们的人。最终，他俩在车厢连接处碰见了他们。他们几个正蹲在地上玩棋牌游戏。其中一个看见他们，喊了一声“马脸”，所有人都抬起头来。

“刘老师叫你们回去。”苏铁说。

“刘老师叫你们回去！”第一个人开口模仿，剩下的人哈哈大笑起来。苏铁瞥见张岩脸上也陪着笑，他感觉自己的脸有点发热。

“我的手铐呢？你是不是把我手铐弄坏了？”手铐的主人站起身，大声质问张岩。

张岩小声怯怯地解释，因为自己太难受了，想在地上坐一会，不小心把手铐弄坏了。

没等他说完，苏铁就把那个已被自己弯成螺旋状的玩具手铐扔到地上。苏铁尽力做出不紧张的样子，尤其是孙威站起来之后，他比自己高半个头。

手铐的主人把玩具捡起来。“关你屁事！”

“刘老师叫你们回去。”苏铁说。

“你把我东西弄坏了，你得赔我。”

“反正刘老师叫你们回去，你们随便吧。走。”苏铁朝张岩使了个眼色，转过身。

苏铁刚刚迈出一步，那个手铐就砸到了自己后脑勺上。他听见有人骂了自己一句，然后是孙威的笑声。苏铁感觉自己心跳加快，他握紧拳头，但还没来及回身，有人从后面拽住了他的脖领子，一下子将他放倒。对方拽着他的脖子往后拖，他两条腿只能倒着向后走。又有一个人侧过身来要抬起他的腿。苏铁将手里的保温杯狠狠砸在扼住自己脖子的人头上。对方松手了，苏铁踹开另一个人。他刚起身，孙威迎面就是一脚。苏铁和几个人厮打在一起。苏铁的眼泪流出来了，但他一声不吭。其他的人也一样，周围都是喘气声。苏铁挨了孙威好几拳，有一拳打在肚子上，他觉得呼吸困难，但还是用尽力气把保温杯朝孙威扔过去。孙威一闪身躲过了。但保温杯打到他身后的车厢内壁上，又掉在地上，发出巨大的声响。盖子松了，里面的水飞溅出来，孙威和几个人都捂着脖子喊烫。声音引来了几个乘客，不一会，乘务员来了，将扭打在一起的男孩们分开。苏铁站起身时，孙威将保温杯狠狠地砸在他右手上。

刘老师再次向乘务员道歉，然后坐下来审问。现在，他脸上一点睡意都没有了。大家都说是苏铁先动的手。刘老师注意到张岩没有说话。

"我没看见。"张岩小声说。

刘老师不耐地朝张岩摆摆手，"苏铁，你自己说。"

苏铁沉默不语。

"孙威，你说！"

"不是我。"

"可以。"刘老师点点头，给了两个人每人一个耳光。

苏铁没料到他会打自己。他看了一眼刘老师，不相信面前的人和那天晚上来家里的是同一个。苏铁的眼睛微微泛红，他感觉自己被骗了，眼泪慢慢向外涌。

刘老师用手指着他，"憋回去。"

苏铁赶紧把流下来的眼泪擦干净。

刘老师气鼓鼓地看着孙威，"我跟你们说，现在别跟我这乱蹦，有本事选人的时候多出点力，现在都他妈老实点，别给老子惹事。听见了吗？"

男孩们点点头。

"还有几个小时下车了，除了上厕所，都给我待在这别动。"刘老师说完，拿起《体坛周报》，哗啦啦地翻页。

孙威瞪了一眼苏铁。

“我先动的手。”苏铁突然说。

所有人都惊呆了。张岩瞪大了眼睛看着苏铁。

刘老师抬起头，看得出他已经对这事没兴趣了，他看着苏铁，“说吧，为什么动手？”

“因为他们说你坏话。”

刘老师也愣住了。他向男孩们看去，所有人脸上都写着惊讶。“说我坏话你就要动手吗？回来告诉我不就行了。”刘老师合上报纸，放在桌上。“说说吧，他们说什么了？”

“他们说你撒谎、骗人，是谎话精。”苏铁看着刘老师。

对面的男孩集体抗议，说苏铁撒谎。刘老师摆摆手，示意他们闭嘴。他问苏铁，他们说我撒的什么谎？

苏铁不知道该怎么编下去，他很生气，他心里觉得刘老师不好，但支支吾吾说不出来。

孙威趁机开始叙述事情经过，其他人七嘴八舌地添油加醋。事实很快清楚了。苏铁变成了一个说谎的人。

刘老师被逗乐了。“你为什么说我撒谎呢，嗯？怎么回事，你说话啊？”

苏铁紧紧闭着嘴唇。刘老师半天问不出结果，很快失去兴趣，用一种奇怪的眼神打量着苏铁。孙威露出了一脸厌弃的神情，其他男孩嫌弃地看着他。张岩干脆别过头去。一瞬间，苏铁有点后悔了，自己不该那样说，现在所有的人都不理他了。

离到站时间还有四个小时。刘老师仍旧看着报纸。没多久，男孩们又变得活泼起来。但苏铁被死死地钉在座位上，连刘老师在内，没人理他。苏铁的目光垂在地板上，偶尔朝窗外看去。他在心里反复思量，这件事不能让妈妈知道。过了很久，他才注意到发现自己右手在疼。他盯着右手看了一会，小心地把右手藏起来，故意紧紧拳头，让一阵阵疼痛顺着手掌爬上来。

02

连续3天的火车旅程结束了，男孩们兴奋地下了车，却立刻被热浪打晕。

整座城市像个蒸笼。男孩们热得皱起眉毛，咧起嘴。人人都出了一身汗，却感觉自己身上像要着火一般。满街的大王棕和骤来骤停的阵雨让大家新鲜了一会，刘老师领错了两次路之后，大家已经变得满腹牢骚，很快失去了兴致。满街的店铺琳琅满目，街上到处都是摩托车。苏铁这才第一次意识到，自己竟然来到了这么远的地方。他一个人孤零零走在队尾，一边不停地观察四周，一边盯紧了队伍。等到他们乘坐一个小时的大巴车到达南星体育运动训练基地时，已经是下午两点。

南星体育运动训练基地躲在城市角落，周边不远处排满了各式各样的小平房，临街开满小店，半空中架着纵横来去的电线。街上走的人穿着衣领松垮的汗衫，趿拉着拖鞋，一张口都是半句也听不懂的方言，嗓门大得很。路过离体院不远的那条臭河沟时，苏铁看见张岩脸上失落的表情，而且不止他一个人如此。有人开始抱怨。苏铁尽量不表现出什么，但之前的信心已经变得很微弱。既然刘老师撒谎，他担忧自己很可能不会被选中入队。

刘老师喘着粗气，带他们穿过体院的操场，朝训练场走去。操场赤裸裸躺在大太阳下，走在上面鞋底发烫。在训练场门口，一行人被看门人拦住。

“我找祁教练，我带孩子们进队的。”刘老师说。

看门人扫视了刘老师身后的小孩们，让他们等等，里面正在举行队内比赛。

刘老师让大家原地待命，他自己跑去和看门人咬了一会耳朵，一闪身，钻进训练场里。他一走，所有人都散了形，七扭八歪地找地方坐下。突然，从赛场里传出来哨声，然后便是脚步声和喊叫声，还有说不清什么东西碰撞发生的“噼啪”声。张岩坐在门边，他扒在门旁，朝里看。接着大家挨个都跑到门口，拿眼睛使劲往里瞅。苏铁一个人待在一旁，他假装不在意了一会，也站起身来，凑到门缝边。

两个人穿着白色衣服，戴着黑色的头盔，手里拿着一根细细的剑，正在进攻对方。苏铁看不清他们的动作，只看见两个人一个进一个退，然后突然动作停止。有人小声惊呼：被刺中了。很快，站在右侧的矮个子又刺中了对方两次。比赛似乎结束了。左边的人下场，右边的人还留在场上，挑战下一个上场的人。没到两分钟，左边的位置又换上了其他人。右边的矮子非常沉稳，很少主动进攻，但只要进攻就必定刺中对方。苏铁看得入了迷，他这才知道什么叫击剑，比他想象的要帅多了。

“板凳，你看个屁！”孙威说这话的时候已经在苏铁屁股上踢了一脚。

苏铁回过头，瞪着孙威。他现在一点也不想消耗精力，“别惹我”。

周围的人都笑了。

“别看了。你看得懂吗？”

苏铁没有理他，回过身继续看，眼前却有一片后脑勺——好几个人故意伸头挡在他面前。苏铁想扒开一个脑袋。

“别碰我。”有人狠狠打开他的手。

苏铁不说话，慢慢站起身，坐到一旁的台阶上。孙威吹了声口哨，得意地瞥了他一眼。

苏铁抬头看着他得意地走回门边。有本事我们待会比一比，我一定会被选上的，苏铁在心里默想着，但他立刻听到周围的笑声。苏铁回过神时，发现孙威站在自己面前。

“小板凳，你再说一遍。”

苏铁知道自己刚才把心里的话说出来了。

孙威走上前，打苏铁的脑袋。“你疯了，就你能选上？”

苏铁猛地站起来，准备朝孙威挥拳。

训练场的门一下开了，一个穿着白衣服的高个子走出来，他满头是汗，点着头数了数眼前的这群小孩，数到苏铁是最后一个。他打量了一下苏铁和孙威，打了个响指，“跟我走。”说完便闪身进了训练场。所有人立刻都打起精神。孙威抛下苏铁，和大家鱼贯而入。苏铁跟在队尾走进训练场，这里有两个篮球场那么大，但鼻子里马上塞满了汗味。张岩不小心趔趄了一下，远处传来一阵笑声。苏铁才发现，一群人正在训练场的另一边休息。他们一边脱下白色的衣服，一边朝这边看，有人吹了声口哨。这群人让苏铁紧张。

“行了，就这，站着等。”带他们进来的高个子下令后，独自走到一扇门前，敲了敲门，伸进头去，然后又把门关上，跑到远处墙边脱训练服去了。七个不知所措的小男孩被留在场地中央。大家都摆出一副不在意的样子，但已经有人开始找教练。这间训练场就像一个饿空的肚子，苏铁觉得自己肯定填不饱它。

高个子敲的那扇门开了，一个男人走出来，腋下夹着一个蓝色的文件夹。他迈着步子匆匆朝男孩们走过来，刘老师紧紧跟在身后。等他走近了，苏铁才看清他的长相。他很像反派角色，而且是在电影快结束时才死，会让人心里有些惦记的那种反派。他走到场地中间，挑剔地打量着男孩们。

“祁教练，这是我带来的孩子，个个都很棒，都是好苗子！孩子们，这是祁教练。”刘老师急不可耐地相互介绍。

“我自己来问吧。”男人打断了刘老师，一一问了大家的年龄和家长的职业以及身高。全部问完之后，他招手让刚才的高个子跑过来，他没有接过对方递上来的白色手套，反而使了个眼色，让他将手套扔在面前不远的地上。“队长，把规则说一下。”

高个子点点头，他把男孩们分成两队，各自站到两边。然后讲解规则，规则只讲解一遍。两人一组对决，手套放在两人中间，听到哨声之后，游戏开始，两个人要跑过去争抢手套，然后跑回自己出发地。在拿手套的过程中，如果一方被另一方打到手，就算输。比赛不断循环，输的人到自己这边的队尾排队，赢得人继续游戏。直到宣布游戏结束时才停止。

张岩边上的男孩举手，问高个子能不能再说一遍。高个子刚要开口，姓祁的男人举手制止。刘老师准备给男孩解释。男人语气坚定地说，“只讲解一遍。”刘老师只能点点头陪笑，示意男孩把手放下。

哨声响过，苏铁很庆幸自己没有轮到第一个。张岩完全跑不过对面的人，连出手的机会都没有，灰溜溜地排到队尾。

苏铁排在第三个，对面是那个手铐的主人，苏铁还叫不出他的名字，他在裤子上抹了抹手心的汗。哨声响起，两个人都拼命朝手套跑去。苏铁和对方差不多同时到达。两个人盯着对方，寻找破绽出手。苏铁作了个假动作，对方迅速反应，但并不上当。苏铁伸出去的右手隐隐作痛，他猜自己就算抓住手套，恐怕也疼得拿不起来。此时，对方迅速伸手拿过手套，苏铁赶快用右手拍到对方的手。苏铁赢了。他跑回起跑线，心里暗暗责备自己刚刚走神了。右手传来一阵阵痛。苏铁回过身，这次，对面站的是孙威。

苏铁差点跑不过他。两人在手套面前对视。苏铁只能用左手。他两次识破了孙威的假动作，第三次苏铁差点打到他的手。苏铁把左手放在手套附近晃悠。孙威刚才躲得很快，苏铁想小心一点，他做了两个假动作，在第二个假动作时被对方打到手。一瞬间，孙威狠狠地说了句："板凳！"苏铁跑回队尾前，孙威冲他扬了扬眉毛。

孙威赢了两次后输了，他朝对手笑笑，跑回队尾。

苏铁赢了两次才再次遇见孙威。他很想在这个人面前拿到手套，他的第二个假动作差点骗到对方。苏铁知道自己在孙威这占不着便宜，他的个子比自己高，手比自己长。苏铁连续做了两个假动作，他发现孙威觉得已经识破了自己，轻轻喊了一句："板凳！"趁孙威走神的一瞬间，苏铁成功拿到了手套。不过也只有这一次。

十分钟后，祁教练宣布游戏结束。

他走到苏铁面前，手放在他脑袋上，轻轻把他推向高个子。"其他的人可以走了。"

苏铁不知所措，刚刚能打败孙威一次，他已经很满足。高个子拍了拍他的肩，示意他和自己走。其他六个人被晒在原地。苏铁跟上高个子，问道："他们呢？"

"回家啊。"高个子走到墙边，冲着墙边懒洋洋的队员打响指，"跑步啦，跑步啦。快点！"

队员们把目光从苏铁身上收回来，懒洋洋地站起来，慢腾腾地朝门口走去。苏铁转过身，发现那六个人都在看着自己。他看见刘老师追着那位祁教练，跑进办公室。他一点胜利的感觉都没有，他完全不知道为什么选中自己。他感觉自己好像犯了错一样。

高个子给他倒了一杯水。苏铁用左手接过杯子。"我是队长，我叫许均，你叫我队长也行，许均也行。你叫什么？"

"苏铁，谢谢！"苏铁把空杯子还给对方。"我能去那边和他们待会吗？"

"你得去跑步，体能训练。"他说。

苏铁看了高个子一眼，想确认对方的话没错。

高个子朝那边看了看，又看看苏铁。“你和他们关系不好吧？”

太阳已经要下山了，天气仍然热得人发晕。苏铁第一次跑在这么大的操场上。一圈过后，他已经有点头晕。刘老师带着六个男孩走出训练场。苏铁停下脚步，犹豫着要不要走过去。

“别停，新来的，让教练看见就完啦！”跑在他旁边的男孩提醒道。从刚才开始，两个人就气喘吁吁地跑在队末。苏铁接着迈开步子。他看着刘老师阴着脸，领着六个小男孩朝大门走去。中途，刘老师笑呵呵地朝苏铁挥了挥手，算作告别。但那六个男孩没有一个人朝他这边看。他们消失在大门口的那一刻，他很想追过去。他刚刚改变方向，一个声音叫住他。

祁教练就站在不远处，一动不动地看着苏铁。

苏铁回到跑道里。他跑过男人身边时，男人冲他大喊，命令他加跑两圈。

“恭喜！”跑在苏铁旁边的男孩小声说。

苏铁看了他一眼。

“我是恭喜你加入我们队。”对方解释道。“因为我们队是全国最好的。”

“谁说的？”

“教练啊。”他说，“队长也这么说。”他看见苏铁没有说话，撩起裤腿，“看。”

苏铁低下头，看见一条白大腿上排列着道道血印。苏铁抬起头，惊讶地看着他。

“我偷懒了，教练说是为了我们好。”

苏铁已经没有力气回答男孩的话，他感觉自己的鼻子里和嗓子眼都发辣，每跑一步腿都很酸。等到他跑完之后，其他人都已经离开操场，去练习别的项目了。他从跑道上下来，拖着身子，气喘吁吁地走到祁教练面前。

“你跑得太慢了。”祁教练说。“你以后叫我祁教练。你以后有什么事可以去找队长。你以前好像没在体校待过。参加过学校的体育队吗？”

苏铁摇头。

“今天是第一天，你不知道规矩，训练过程中不许分心。不是每个人都有机会在这训练。和你一起来的人都不行。我已经让刘老师带他们回去了。你如果不认真训练，我马上买张车票送你回家，明白吗？”

他没有等苏铁回答，就把他赶到训练场，和其他队员一起完成剩下的训练。三个小时后，训练终于结束。苏铁瘫坐在地上。跑步的时候他还不敢相信，坐了那么久的火车到这儿，刘老师就这样带着大家走了。现在，他的头脑一片空白，只剩下疲惫感。他好像一下子不知道自己是为什么会在这里。那些不认识的面孔纷纷朝门口走去。他好像听见有人叫他。苏铁摇摇晃晃地站起来，他发现自己又站在了场地中央，但却突然发觉，这个训练场好像不那么可怕了。

03

苏铁生平第一次见到食堂。一间大厅里面摆着长条形桌子，每张桌子边都挤满了人，所有人都狼吞虎咽地吃饭，好像在比赛一样。如果苏铁这样吃饭，妈妈会让他慢点，对胃不好。如果被继父看见，会骂他“没吃相”。大厅另一边是打饭的窗口，那附近围满了人，把窗口都挡住了。大厅里噪声很大，必须提高声音说话才行。

“队长”，苏铁鼓足勇气开了口，“二楼人会不会少点？”苏铁看见了大厅尽头通向二楼的楼梯。

队长打量了一下苏铁，明显地皱了一下眉，他给苏铁拣了个位置，让他坐下，拍拍他的肩，“你只能在这吃。”说完，队长扔下苏铁朝打饭的窗口走去。

苏铁傻坐在桌前等了十几分钟，他平生第一次如此这么饿，就在他准备吃桌子之前，队长端着食物回来了。

苏铁训练了将近四个小时，面前只有米饭和青菜。他看到队长的饭菜也是如此，便不再作声，低头吃起来。

“妈的，来晚了。什么都抢不到了。”队长抱怨道。

苏铁将餐盘里的食物一扫而光，还添了一次饭菜。

“你吃得太少了。”

苏铁惊讶地抬起头，碰上了队长的目光。他低下头咽下嘴里的食物。队长的目光让他想起自己把蚂蚁丢进水里看它会不会游泳时的样子。

“吃完了我们去办公室把你行李拿上。”

苏铁顺从地点点头。

南星体育运动训练基地的宿舍楼异常的整洁干净，就像是美国科幻片里常常出现的那种宇宙飞船或者超级大楼一样，浑身上下都透着一种无与伦比的现代化的光滑质感和光泽。普通人很少有机会见识到这里的整洁和有序。苏铁刚刚进入宿舍区的时候，几乎被这阵势砸晕过去。他差点脱口说出好厉害，但他抬头偷看走在前面的许均，发现他自顾自地走在前面，对这一切早已经不以为然。苏铁觉得还是沉默好了。他紧闭着嘴，尽量装作自己也很习惯这一切的样子。

现在，全天的训练都结束了，走廊里游荡着各种各样的运动员。他见到很多和自己一样年纪的小孩，他们看见苏铁，只随便瞥一眼，便毫无兴趣地走开了。年龄大一点的队员，干脆看都不看他一眼。除非他步子没迈稳，碰到了他们。苏铁赶紧补上一句对不起，立刻跟紧前面的队长。苏铁费力地背着双肩包，左手还拎着一个旅行包，那是爸妈分开前给他买的，本来计划好以后旅行时让他能有自己独立的旅行包。苏铁一直把身子向右歪，才能拎得动行李。有几次，他做出自己拎不动的样子，期望许均能帮忙，但全部落空。他现在有种强烈的感觉，自己非常需要一个朋友，哪怕一个。张岩，或者哪怕孙威留下来都好，他可以和他们做朋友。当他目光游移到栏杆外，看到遥远的天际线上最后一点红光，想到大家可能已经坐上火车，火车就要开了，就像那抹淡淡的红光一样即将消失在自己眼前。也许以后再也见不到大家了，苏铁不禁伤感起来。

“嘿嘿，看着点。”

苏铁听到队长声音的时候已经迟了，他没有注意到队长已经停下了，一下子撞在他身上。队长按着他的头，轻轻推开他。他这才注意到，队长站在一扇门前，门的编号是1501。队长找了半天钥匙，试了几次，都打不开门。苏铁索性把包放在地上，等他开门。队长叹了口气，一脚将门踹开。

“进来。”

苏铁跟随队长走进这间宿舍。队长打开灯，苏铁才看清屋内的摆设。屋内有四个床位。每个床位的设置都是上面一张床，下面是桌子和衣柜。此外，屋子里还有个小阳台。队长打开阳台的门，苏铁探头看了一眼，阳台的地上落满了阳光，还有几盆正在盛开的花，地上有一个小架子，小架子上整整齐齐地摆放着各种清洁物品。苏铁掩饰住了自己的惊讶，默默地离开阳台。

“这是厕所，还有淋浴。”队长打开了厕所的门，让苏铁看了一眼世界上干净整洁的厕所。

队长给苏铁指了一个床位，“你睡这儿。”

苏铁点点头。他走到床位前，犹豫了一下，还是把行李放到了脏兮兮的桌子上。他打开柜子，一团小小的黑东西动了一下。苏铁凑近一点想看清楚点，突然蹿出一只细小的老鼠，从柜子里跑出来，跳下地，嗖地钻到桌子后面去，消失不见。苏铁则吓得像一个小姑娘一样叫了一声。

队长有点不耐烦，“最近这里闹老鼠。已经有人去处理了，别害怕。”

“它跑到桌子后面去了。”苏铁第一次敢直视着队长的眼睛，他希望队长能帮忙解决了这只老鼠再离开。

队长挥挥手，“得了吧，它有的是路，早不知哪去了。你收拾东西吧，别管它了。你的室友等会就回来了，你自己认识一下，每天的熄灯时间是十一点，起床训练的时间是六点。明天我会给你饭卡。其他事情你问他们就可以。”

“他们都是新入队的吗？”

“到时候你自己就知道了。”

“队长，我有其他事的话还可以问你吗？”

队长停下来，看着苏铁，“我们训练是很忙的，你有事问室友就可以了，其他的事祁教练会告诉你的。”说完，队长把钥匙扔给他，关上门出去了。等到他的脚步声走远，苏铁赶紧去打开门，站到门口，怯生生地看着房间。他在门口向里面探着身子，想看看那只老鼠会不会跑出来，但没有任何动静。他确认安然无事后，才开始收拾自己的东西。苏铁心里有个疑问，为什么队长好像不愿意搭理自己。他不知道自己哪里做错了。

答案要到更晚的时候才揭晓。

苏铁的三个室友里，有两个和他差不多大的男孩，也是新来的，还有一个年纪和队长差不多大的老队员。两个男孩话不多，回来后，和苏铁打了声招呼，便凑在一起打游戏，其中一个男孩有一台游戏机。苏铁很想过去看看，他鼓足勇气下了床，默默凑到两人身边。

此时，门开了，走进来的人年纪和队长差不多，但是非常强壮，像头牛一样。苏铁不知为什么，本能地站起来。对方把训练的包扔在地上，经过两个男孩身边时顺手拿过游戏机。一翻身上了床，然后用两只脚把鞋脱下来，甩到地上。其中一只砸在了苏铁面前。苏铁正在犹豫该不该帮他捡起来。那人侧过脸，用眼角对着苏铁，“帮我摆正一下。”

苏铁愣了一下，按他说的做了。他把鞋子摆好后，走到对方床头的位置，抬起头来，“我今天新来的，我叫——”

“别烦我，新来的多了，我不想知道你名字。”

苏铁愣住了。一时不知道如何搭腔。对方不再说话，腾出一只手把枕头垫在背后，舒舒服服地打起了游戏。苏铁只好默默地走回自己的位置。

“今天到谁打扫厕所了？”老队员一边打游戏一边问。

“上次我打扫的。”第一个男孩说。

“上上次是我。”第二个男孩说。

两个男孩看了看苏铁。

“那今天轮到你了。”话音落下，苏铁看见从床上伸出一只手，指着自己的方向。“那你去。”

苏铁只做过些简单的家务，他工作起来并不快。好在打扫厕所并不难，因为在他眼里这本来已经很干净了，只是在这里干净的标准非常苛刻，简直是要让厕所一尘不染。刷地就和全校大扫除的时候一样。刷马桶有点难。他默默做完了这一切，最后将洗手台、水池和镜子擦干净。镜子的顶端他必须爬到洗手台上才能够到。他擦得很细，待在这里可能比外面要安全。那个老队员也许会安排别的什么事让自己难堪。直到老队员要上厕所，不耐烦地敲门，他才带着装好的垃圾出来。

“妈的，打扫个卫生你搞了这么久，笨脑壳。”他说着关上门。

游戏机已经还给主人了，那个男孩独自玩游戏机，另外一个人躺在自己的床上看书。苏铁犹豫了片刻，还是开口询问垃圾箱在何处？其中一个男孩心不在焉地说给他听。

苏铁在楼道里转了好久才找到垃圾箱，不过倒完垃圾后他并不想回去。他靠在栏杆边上，栏杆外已经是彻底的黑夜了。苏铁轻轻叹了口气。突然听见后面有人说话。

“新来的？”

他回过头，看见白天一起和自己吊车尾的男孩。男孩手里也拎着一袋垃圾，站在不远处。他很洒脱地做了个投篮的动作，将垃圾袋扔进垃圾箱里，然后拍了拍手掌，朝苏铁走来。

“你也收拾厕所了吗？”苏铁问。

“阳台。”男孩摇摇头。“我们厕所刚收拾完，比较干净。你住哪儿？”

“1501。”

“1532。不好找，走廊拐角。”

“你叫什么名字？”

男孩嘴角往下咧了咧，挠挠额头。“你叫什么来着？”

“苏铁。”

“哦，对。”男孩继续挠头。

“没关系，你不说也行。”

又过了好半天，男孩才说话。“我叫杨光。”

苏铁重复了一遍，男孩耸耸肩，准备离开。苏铁庆幸总算有个人告诉自己他的名字了。杨光转过身要离开，苏铁赶紧叫住他。“你知道这哪里能打电话吗？”

苏铁得知这里每一层都有两个 IC 卡电话。到了这里，杨光才发现苏铁没有电话卡。

“我的弄丢了。要不然可以借给你。”杨光说。

苏铁则干脆没有。两个人只能傻傻地站在电话机前。

“我可不可以去找教练，问问可不可以打电话，我想给我妈打电话。”

杨光听见苏铁的话，脸色煞白地摇头。“你自己去吧。”

苏铁向旁边挪了两步，趴在栏杆上。杨光打了个哈欠，表示自己要回去了。

“我能问你个问题吗？为什么队长和我们宿舍的老队员都不大愿意理我？”苏铁一脸困惑地看着杨光。“那个老队员连名字都不告诉我。”

“因为他觉得我们可能待不久。”杨光没有看苏铁。

“为什么？我们不是选上了吗？”

“很多人都被教练赶走了。你睡的地方之前的那个人，就被赶走了。教练说他是发霉的废物点心。教练骂人可狠了。”

“你怎么知道？”

“我听见了。”

“我说的是，他们觉得我们待不久。为什么？”

“哦。”杨光努努嘴才开口，“我们屋的老队员说的。老队员都这样，有很多人都像我们这样备选进来，待了没多久就走了。他们都懒得认识。只有后来留下来的，他们才会理你。”

苏铁不敢相信地看着杨光，发现他脸上有些小小的得意，好像他不是新来的一样。是不是他留下来的可能性比较大？

“你想留下来吗？”苏铁问。

杨光露出犹疑地神色，“想啊。”

两个人都没说话，苏铁看见杨光揉了揉他展示过的受伤的腿。

走廊另一边传来一个粗暴的声音，和经常来家里喝酒打麻将的叔叔的声音特别像，嗓子里像含着东西一样，那个声音催促大家赶紧关灯睡觉。带着不满的反抗声此起彼伏，但是灯还是一盏盏地关掉。

“回去吧。”杨光打了第七个哈欠。

苏铁跟在杨光后面，拐了两个弯，来到1501。

“再见。”

“再见。”

两个人小声地告别。苏铁看见杨光消失在走廊拐角，悄悄地开门，进了屋。灯已经关了，屋子里漆黑一片，从半空中传来雷鸣般的呼噜声。苏铁摸索着穿过黑暗，慢慢爬上自己的床。躺到床上的一瞬间，苏铁才知道自己有多疲惫。想到自己到底还是交到了一个朋友，多少有点安心，他慢慢闭上眼睛，缓缓滑入睡梦中。

真正的噩梦却在醒来后开始。五点，有人粗暴地敲门，把每个宿舍里的人都吵醒。每个宿舍里被吵醒的老队员脾气坏透了，又粗暴地弄醒每个小队员。小队员们睡眼惺忪地爬下床，挨个去洗漱。在外面等待的人，趁机坐在椅子上睡一会。

六点，大家准时到操场集合。苏铁吓了一跳。这么大的操场，满满当当全都是人。同屋的老队员将他和另外两个人赶入跑道，然后自顾自地跑开了。苏铁被夹在不断向前移动的人群中。他和同屋两个人一起加入速度差不多的人群中，但很快，小队员的队伍被跑得快的老队员打乱。这些人比刚进来的小孩大一些，他们从队伍中穿梭而过，小队员不得不为他们让路。作为感谢，他们说很多难听的话，嘲笑跑得慢的人。小队员的队伍里有人受不了这些嘲笑，拼命地加快速度，于是小队员的队伍也慢慢分化开，剩下一些即使用尽力气也没有办法加速前进的人，只能渐渐落后。他们要做好准备，等到再次被老队员追上的时候，嘲笑会更厉害。苏铁用尽全力，依然落入了这样的境地。

挨到最后一圈的时候，苏铁的两个室友早就跑不见了，他们从加速开始就跑远了。苏铁感觉下一秒就会抬不动腿，他觉得倒是跌倒在地更舒服一点。现在，只有杨光跑在他旁边。苏铁稍稍朝他靠过去一点，两个人并排前进。杨光像没有看见他一样，两个人不说话，一直向前跑。

只剩最后几百米，杨光突然加速。苏铁被远远甩在后面。苏铁发现自己是最后一个了。

祁教练正在终点等着他，脸上已经有不耐烦的神情。“杨光你不用垫底了，有人跟你争倒数第一了。刚来就拿第一，很厉害嘛。”

苏铁终于过了终点，他几乎直不起身子，慢慢挪向祁教练。

祁教练拍拍手，所有在休息和放松的人都站起身，准备训练。“你过来干吗？”

祁教练乜斜着眼睛看着苏铁。

苏铁被问住了。“教练，我跑完了。”

“你是教练吗？”

苏铁不明白什么意思，但他挺直了腰，规规矩矩地站好，看着教练。此刻肌肉的酸痛都被紧张的感觉代替了。

“杨光，你告诉他，最后一名该干什么？”

杨光从远处的人群里抬起头来，脸上有些不情愿。“最后一名还要再跑两圈。”

苏铁瞪了一眼杨光。

“怎么你不服气吗？你用眼睛剜什么？用不用我给你买张票回家？”祁教练轻轻甩了个眼神给苏铁，便转身朝其他人走过去。

苏铁听到他说“开始训练”的时候，只好独自回到跑道上，继续跑步。苏铁不服气，尽力跑过半圈后，实在坚持不下去，在离教练最远的地方，眼泪终于流了下来。其他人分成几队，开始蛙跳。他经过时，没有任何人注意。但他还是觉得非常耻辱。很像在学校时，语文老师把他叫起来，当着全班的面故意奚落他。有本事现在就买票送我回去，苏铁在心里说。在他心里，教练和刘老师一样，都是骗子。他现在不明白自己为什么要在这里。

不过这种迷茫很快就从苏铁脑子里消失了。跑步之后的训练才算正式开始。老队员们要做大强度的体能训练，仰卧起坐、往返跑、百米冲刺、立卧撑，还要过消防员训练用的那种横在空中的栏杆，手握住一个个栏杆，把自己从一头送到另一头。苏铁看见几个老队员爬过一次后，手上已经一片红，他们从地上抓了把沙子，回到栏杆另一头，准备接着爬。

“那是为了防滑。”他身后两个和他一样的新人在聊天。“练久了手都会出茧，很容易破。你看我，现在都有点出茧子了。”

苏铁没有回头看，因为马上就要到他了。他必须爬到栏杆上，狠狠跳一下，才能够到最顶上的栏杆。他很害怕自己没办法一次就抓住最顶上的栏杆。

所有这些训练，新队员们都要跟着做，如果受不了运动的强度，可以站在一边看，队里的人管这叫“死一会”。“死一会”通常会被瞧不起。新人常常要偷偷掉点眼泪才能撑下来。

技术训练时，会有老队员过来指导新人。与苏铁同宿舍的老队员，好几次被派过来指导他们，苏铁这才知道他的外号，“水牛”。水牛随便做两次示范后，放大家自己练习，很多人抓不到要领，做错动作的时候，水牛十分得意地走过去，一边奚落一边纠正动作，这是他最爱干的事。大家都说，这是因为他在祁教练那里挨骂最多。

“苏铁，你跟谁学的弓步，我是这样教的吗？”水牛让苏铁再做一次。“真笨。再来。保持，别动。你让大家看看，错误的弓步什么样。”水牛说起话来，使劲学教练的刻薄派头。大家都怕被他注意到，自从苏铁来了之后，水牛的兴头都到了他身上。

苏铁涨红了脸，回想了一下，重新调整了动作。

“你现在三心二意，晚上躲被窝哭的时候怎么那么认真啊。你就这水平，在这待不下去的，要不我要跟教练说，送你回家？”

每到这种时候，苏铁以为自己会非常生气，但比起生气，苏铁更想休息一下，他偷偷观察周围的人，想找一个脸上有和自己同样想法的人。他有点羡慕水牛那样的身体，也许那样就不会累了。每天训练结束，他都体力耗尽，拖着身体离开训练场。他很想哪怕有个人让自己抱怨一下也好，但他一个朋友都没有。他甚至觉得有人在背后笑自己。关于冠军的那些想法，早已经毫无光泽，不过是日复一日的单调折磨。他咬着牙，心里已经有了一个念头。不过，他要先给妈妈打个电话。

04

任何能打断训练的事都算得上是赏心乐事，所以当祁教练宣布了测骨龄的日期，新手们兴奋不已。不过，有多嘴的老队员很快就用真相将后辈的兴奋推向一个微妙的顶点。测骨龄可不仅仅是提供从训练中喘口气的休息时间，还能预测被测者未来的身高。大家看过老队员的训练，很快就会知道身高的重要性。

苏铁和其他小孩一样，既很想，又有点害怕知道自己未来到底能长多高。如果有人给你预测了一个差不多准确的未来，你是否该相信呢？但与其他人不同的是，苏铁认为自己要更潇洒一点。他想，没必要担心。而且这里的结果也不一定准确。老队员们透露，检测结果要等一个月才能送回到这里。苏铁认为自己不用等一个月那么久，当下最迫切的问题是如何让自己吃饱。

苏铁第一次自己打饭的时候，没有找到该在哪儿排队。他发现只要厨房的师傅推着新菜出来，人群就立刻围上去。他本来站在靠前的位置，却被挤到一边。苏铁气得涨红了脸，没注意到从身旁向前冲的人，被撞倒在地上。他觉得很丢脸，装作一点都不疼地站起身。他生气地看向围拢在厨师身旁的人群，想要看清这到底是群什么样的混蛋！但当他真的看见背对着他抢夺食物的人时，紧握的拳头悄悄松开了。那群人里有其他各科目的大孩子，大多数都实在是太过健壮了，都比自己高很多，身上有很多肌肉，他看见一个人，身材像是一堵墙。苏铁像一个受欺负的小孩，因为对方实在太强大，自己又没有人保护，只能默默地走开。他等到人们散去，才走到打菜的大师傅旁边。大师傅低眼瞧瞧面前的小不点。

“只剩菜了。”

苏铁瞟了一眼面前的几个很深的桶，只有其中一个的底部还留着一些绿菜叶。苏铁只能点点头。从此，他连续一周都靠菜叶和米饭维持生活。不过苏铁注意到一个现象，让他心里起疑。某天晚饭前，他拖着脚走在从训练场到食堂的路上，他决定打破尴尬，主动和杨光说话。他没有料到杨光会大笑起来，狠狠拍了一下他的后背。虽然挨了一下，但苏铁却感觉很开心。

“所以你真的不知道？你们宿舍的老队员没告诉你吗？“杨光一脸开心地问。

“水牛很少和我说话，还有一个人，只和水牛说话，也不理我。”

“哦，你说的是游戏机啊。”

“谁？”

“游戏机，他手上有各种游戏机，总拿来拉拢老队员。他是个笨蛋。不过也对，在这里，可千万不能指望别人。”

两个人还没走到食堂，苏铁已经决定和杨光联手。

“在这没人排队。饭一拿出来，所有人都围上去。最能抢的肯定是柔道、摔跤的人。说实话，就是老队员也根本不是他们的对手。他们站在那，能把别的人撞出好远。田径的人比较多，他们会联合起来，一群人上去抢，总能拿到点东西。反正无论哪个队，咱们是根本抢不过的。”

“楼上是不是也这样？“苏铁问。

“那得去过才知道。”杨光发现苏铁并不知情，便好意告诉他，“咱们现在用的饭卡是白色的，得换成红色的才有资格去楼上吃饭。红色之后还有绿色的卡，知道吗？那得是很厉害的人才行。”

苏铁朝四周看，既没有看见队长，也没有看见水牛。看来水牛起码是和队长一个级别的。他心里暗想。

"至于咱们怎么办嘛，你跟我来就知道了。"

杨光带着苏铁来到食堂，他来到围拢的人群外。从拥堵的人群里提出一个饭盆，里面装满了肉包子，杨光迅速拿了一个。他凑到苏铁耳边小声说。"这群人有人在里面抢，有人在外面接应，里面的人把盆送出来后还要再挤进去抢第二回，所以只是伸出手把饭盆送出来给外面的人，并不知道谁在接应。有时候接应的人等久了会溜号，咱们就在这时候下手。"

苏铁在杨光的鼓舞下试了两次，全都得手。拿到手的包子直烫手，苏铁不停地在两手间来轮换。

"习惯就好了，要不然吃不饱的。我再去搞点别的。"

苏铁留下来看着包子，过了一会，杨光一脸兴奋地走过来，把饭盒放在苏铁面前，里面装着两个鸡腿。杨光得意地跨坐在椅子上，吹了声口哨，示意苏铁尽管吃。杨光自己又去打了一盒饭和一盒菜。

"我今天的任务就是这些。"杨光张开嘴，做了个深呼吸，然后开始低头不语地吃饭。

苏铁没有料到杨光有这么大的饭量。他虽然也很饿，但总也不至于像杨光一样，即使吃饱了还要往肚子里塞。

即使苏铁小心翼翼，杨光还是注意到了他看自己的眼神。

"要吃啊，不然怎么长高。"杨光又塞了一大口到嘴里，使劲地咀嚼，狠狠地吞下去，"吃吧，教练喜欢高个子的。必须得长高。"

苏铁很饿，但坚持一口一口地吃。

苏铁忍不住问，"你为什么来这？"

杨光抬起眼看他，惊讶于他会问这个问题。"这哪有为什么！教练说我有天赋。我妈也说我既然有天赋，就得好好练。我可不想被赶走。你呢？"

“我觉得我来了，妈妈会高兴点。”

“为什么？”

“因为我后爸一直觉得我不好，我妈挺不高兴的。”

“我爸可不敢说我。”

“我自己确实不好，老师也不喜欢我。”

“无所谓，我也不喜欢老师。”杨光吃完，啪的一声放下筷子，鼓着嘴，模模糊糊地说出义愤填膺的话。“我在学校的时候总惹事，老师总打我，后来我妈去找她。她们大吵了一架，我就站在旁边，我妈没吵过她，直接去找校长，说自己心脏病被气犯了。从此以后，老师就不管我了。”

“我要是回去，老师也会笑话我的。”

杨光已经咽下了最后的食物，打了个嗝。“我最讨厌老师笑话我。”

苏铁向前凑了凑身子，小声说，“我告诉你个秘密，你不要告诉别人。”

等到杨光点头后，他才开口，“我想回家。”

杨光皱起眉头。苏铁赶紧解释起自己回家的理由，好像自己的去留要征求面前这位朋友的同意才行。全部说完之后，他又害怕说得太多。最后他想确认他的态度，于是便向他求助，“我需要你帮我一个忙。我想要张电话卡。打电话给我妈妈。”

杨光抠了两下鼻子，问苏铁是否已经想好。苏铁点点头。

“我可以帮你找，但我的电话卡在老队员那儿呢，他们经常用我的东西。”

“所以你们关系才那么好？”苏铁问。

“那当然。但我的卡估计已经被他用光了。他小气得很，不会借给我的。”

杨光看见苏铁皱了皱眉，得意起来。“所以嘛，要偷，而且要你去偷。”

苏铁本以为他可以帮自己的，现在有点怀疑。“我怎么偷？”

杨光摆摆手，一副满不在乎的样子，“这里就是这样的，大家都偷来偷去的。只要没被抓住就不算什么。你晚上到我宿舍来，我把门锁打开。进门之后往左手，他和水牛睡的地方一样，他桌子上有个小纸盒，他把所有电话卡什么的都放那儿，你直接拿走最上面的一张就行。”

苏铁沉默不语，他后悔自己说了那么多话。但他又觉得杨光的话很可信。“那要等他睡着吧，要很晚——”

“我们宿舍的人睡得特别快，而且打呼噜。”

苏铁犹豫了一下，觉得自己直接去找教练也未尝不可。

“你不要想了，怕什么！我告诉你，”杨光神神秘秘地说，“我经常偷拿他们的东西吃，他们都不知道。你也不会被抓住的。过了十二点，一点钟吧，你就过来。”

两个人就此定下约定。苏铁回到宿舍，为了掩饰，他早早地上床，并装出一副沉睡的模样。他紧张得手心出汗，脑子里一直闪过一些画面，其中一个是在走廊里，他等在杨光宿舍门口，但门并没有开，他犹豫着不知该不该敲门。另一个画面是当他要拿到电话卡时，灯突然亮了。杨光和同宿舍的人站在不远处看着他笑。等到苏铁终于把水牛和游戏机熬到床上的时候，他已经下定决心不去了。明天就跟杨光说，自己睡得太死，没起来。他终于放松下来，准备好好睡一觉。突然，耳边冒出一股热气。

“醒醒。”

苏铁以为自己听错了。直到那个声音又重复了一遍，而且语气中带着急躁和凶狠。苏铁才猛然从昏沉中醒过来。苏铁转过头，听到这声音下达的指令。

“嘘！下来！”

等到苏铁适应了黑暗，才发现藏在其中那个的是水牛。“怎么了？”

“闭嘴！少废话！下来！”

苏铁按他的指示做，悄悄地下了地。一团软绵绵的东西从黑暗中砸到他身上，他察觉出这是自己挂在椅子上的衣服。

“穿上。跟我走。”

苏铁完全被搞晕了，只好木然地按指令行事。他照水牛说的，悄悄离开宿舍。走廊里一片寂静，被分布在走廊里的灯泡分割成一个个区域。不时有吹过的风，刮起地上的纸屑，远处的树木发出婆娑的声响。苏铁向水牛靠了靠。

“干什么？“水牛颇不耐烦地推开苏铁，但又马上靠近他，语气郑重地开了口，“你和我走，别乱说话，别碰了东西，一切听我的，记住了吗？”

苏铁只能点点头。他发现自己没带钥匙，他不想得罪水牛，被扔在这么恐怖的走廊里。

苏铁乖乖地跟着水牛穿过走廊，然后拣了一条最偏僻的楼梯下楼。水牛在前面走得飞快，苏铁很费力才能跟上，他不时回头看，总害怕身后跟着什么东西，有两次脚步不稳，差点跌在水牛身上。

“你干什么！”水牛一把推开他，瞪了他一眼后，继续前进。

苏铁跟着他穿过操场，一路上格外小心，不敢再有差错。水牛突然按住他的肩膀，让他停下。苏铁发现自己站在一堵墙面前，他一时分辨不清楚这是哪儿。

水牛扳过苏铁的肩膀，两个人面对面。水牛用手指了指上面，一脸严肃地说，“你待会从窗户的空隙进去，然后去把旁边的窗户打开。明白了吗？”

苏铁顺着水牛指的方向看，发现黑黑的墙上，一人多高的地方，有一扇没有关严的窗户，可能是因为生锈卡住了，只留了一小块空隙，只有苏铁这么小的小孩才能钻进去。

苏铁瞧见漆黑的窗户，感到身后发凉。但是水牛已经蹲下身子，准备让苏铁踩着自己的肩膀，将他托到窗户边。

“快点！”水牛催促道。

苏铁浑身发抖，他想到自己要钻进黑暗里，转身乞求水牛不要让自己去。

“胆小鬼！怕个屁！我在这儿呢！”水牛抓起苏铁，抗在自己的肩上，将他送到窗户边。“手抓住窗户。别弄出动静。”

苏铁紧张得耳朵发响，好像听到心跳声。水牛向上轻轻一送，苏铁的两只手死死扒住窗台，用力朝窗户和窗台的缝隙里钻。双脚离开水牛的手后，苏铁异常恐慌地用力，将自己拉进窗户里。

他慢慢地落地，四肢都无法动弹，生怕发出一点声音。水牛突然传来的催促声吓了他一跳。他背靠着墙，慢慢挪到旁边的窗户，用手摸索着找到了把手，迅速将窗户打开，他很想水牛快点上来陪自己。水牛的手一下子出现在窗台上，接着整个人蹿进走廊里。苏铁吓得叫了一声。

“嘘！”

水牛捂住苏铁的嘴，带着他进入黑漆漆的走廊。水牛拿出一个小手电筒，光柱划破黑暗，苏铁看见一排排小货架，上面摆放着各种各样的食物。苏铁从来没有见过食堂有这些东西，这大概是用红卡的人才能吃得上的。

水牛从裤兜里拿出两个布袋子，扔给苏铁一个，“快点装。”

苏铁顾不上仔细挑选，将货架上的东西稀里哗啦地往袋子里划拉。突然，他好像摸到了什么东西，手感奇怪。他抽回手，拿着袋子凑到水牛身边，朝货架上看。水牛看见他的脸白得吓人，他有些厌烦地瞪了一眼苏铁，怪他多事，弄得自己也有些紧张。他把手电筒对准那个货架，从一头慢慢地扫向另一头。就在光柱要达到货架的末尾处时，一个笑声突然从黑暗里刺出来。水牛吓得丢掉手电筒。

“哎哟。”那个声音变成一团黑影，黑影捡起手电筒，放在自己的下巴上，光亮里显出一张薄薄的嘴唇，嘴角上翘，脸上带着笑嘻嘻地表情。“我以为是谁呢？上周我们来的时候就发现东西不对了。”

“呸！就许你拿吗！”水牛站直身子，推开苏铁。走上前一把夺过手电。

“这小子是谁？”那个人凑近苏铁。“哦，我懂了。”

“你懂个屁，你怎么进来的，蝎子？”

那个叫蝎子耸耸肩，吹了声口哨。架子后面又出现一个人影。水牛的手电刚落到那人身上，苏铁就认出是队长。

“操！”水牛移开手电。“你们拿的也是白卡的吃的？”

“既然来啦，就要最好的。”蝎子说。

水牛从鼻子里哼了一声。拍了拍苏铁的肩膀，示意他继续拿东西。

“这种事让小孩来不好吧？”队长说。

“队长做这种事也不好吧？”水牛头都不抬。“我们谁都没看到谁，快走吧。”

队长和蝎子人没有走。苏铁不知道为什么。

“你先走。”蝎子说。

“我还没拿够。”水牛没好气地回答。

“我们也是！”蝎子撇撇嘴。

水牛不说话。

“你拿这么多东西，会被发现的。”队长突然开口。

“我不在乎，早晚会被发现的。”

“那是你，我们可不会那么笨。”蝎子说。

“我说的是窗户。”水牛轻蔑地说。

“是啊，要不然你怎么进来偷东西。”

蝎子的话刚落地，水牛把一盒酸奶朝他扔去。蝎子躲开了。水牛把手电筒扔过去了，打中了蝎子的脑袋。蝎子抄起手电就要扔向水牛，被队长拦住。

“晚上巡逻的就在附近，小点声。”

队长从蝎子手里把手电拿走。

“被发现的话我们就都没办法这么干了！”队长说。

“你们从哪进来的？”

“美得你！”蝎子气鼓鼓地说。“就凭你，吃多少都是没用的。”

“不知道谁上次单败赛输给我了。”水牛说。

“这点事你还记着呢，我下回赢回来不就行了。”蝎子装作毫不在乎的样子。

“如果哪天窗子被修好了，我也可以把东西分给你。”队长岔开话。

“你们是怎么进来的？”水牛坚持问到底。

两边的人都不说话。苏铁也希望知道答案，然后赶快离开这里，但并没有人回答。苏铁吞了口唾液，他觉得自己脸颊发热、头痛，眼睛和鼻子里都发干、发烫。他怀疑自己可能着凉了，要不要和水牛说一声……他的念头刚转到这，恍惚中，他看见队长突然走向储藏室的大门，拿出钥匙，插入锁孔。他并没有多么惊讶，只是突然很高兴自己不用从窗户跳下去了，发现自己有些难受后，他心里就一直在担心这件事。水牛说了句什么，大概是问队长怎么搞到的钥匙。蝎子替队长给出了答案。苏铁不知道他们是怎么做到的，竟然把所有的钥匙都弄到手了。

当他脑子里正在转这个念头的时候，队长已经打开了门，但他立刻蹲下身子，蝎子也如法炮制，两个人挪到门口，一转眼消失在黑暗的走廊里。苏铁不明白这是为什么，不过他在墙上看到一小片蓝光。门后的走廊里传来脚步声。

水牛拽过他，匆匆朝窗户走去。水牛迅速地从窗户跳下去。苏铁听见水牛叫他的声音，爬到窗口朝外看，发现水牛正站在窗户正下方，抬头看着自己。

“快跳！”水牛喊道。

苏铁还没搞清楚发生了什么，胆怯地扶着窗口，却不敢跳下去。

水牛怒气冲冲地看着他，展开双手，示意他跳下来。

突然，苏铁身后的门开了。

听到声音，水牛转身就跑。苏铁慌了，他赶紧抬腿跨到窗台上，轻轻一迈就跨在了窗外。但已经晚了，他的一只胳膊被紧紧钳住，接着另一只胳膊也被抓住。苏铁跨坐在窗台上，看着水牛和大楼拐角的距离一点点缩短，突然拐角吞噬了那个奔跑的身影，视线里只剩下来时经过的一片空地。

此时，窗边的人已经在催促他下来。

05

祁教练最喜欢看到队员们发狠一样吃东西的样子，这个时候他在欣赏他们脸上的欲望：想要长高，想要变得强壮，想要赢，并且知道该怎么赢。这些欲望都由他亲手栽种。但他并不想因为手下队员钻进食堂储藏室偷东西，而被叫到领队处去听训。

领队是个一脸严肃的胖子，面无表情地端坐在桌子后面，脸上堆满了一条条业已松弛的横肉，面对领导的时候，这些肉会挤出你在别处见不到的笑容来。但此时，这些肉微微地颤动着，显得异常不耐烦。领队从嗓子眼里发出叹息声。“这小孩真倔，什么都不说。你得好好管一下。他肯定有同伙，肯定有人指使他。我就不信就揪不出来。”

祁教练在来之前已经想好了该打什么牌。他毫不示弱地咬住对方的话头。“当然有人指使他！他今年多大？才来队里多久？他敢乱说话吗？”

“年纪归年纪，祁教练，这事影响太不好。无法无天。必须把幕后黑手揪出来——”

祁教练站起来，看向苏铁。“你在这站着，什么时候说出来什么时候回去。”

领队看见祁教练要走，向前挪了挪自己的庞大的身躯，“哎，祁教练，你别走。你别把他扔我这。我待会还要到市里给体育局的领导汇报呢。”

“您要汇报，您汇报什么？难道不是运动员的成绩吗？成绩怎么出？我得回去训练啊。无论出什么事，训练不能停。他今天上早操没出，上午的训练也跟下来。直挺挺地站在这能出成绩吗？”

领队憋红了脸，吐出一句，“那管理上也不能松懈，这样带不出好队伍。”

“当然！但您是质疑我还是质疑他，质疑我，那我们全国青年赛上见分晓，质疑他，马上让他走。”

领队的语气软了下来，“也不能这么武断。你们花剑的成绩我是知道的，祁教练当然功不可没。只是下回要注意一点，这胆子太大了点。”

祁教练点点头，瞪了苏铁一眼，“听见了吗，再有下回，可没这么轻易放过你。”

苏铁惊讶地点点头。领队还想说什么，祁教练从后脑勺捞过苏铁的脑袋，将他推到门外。

苏铁趔趄了一下，立刻站好了。身后的门关了。他听见教练和领队告别的声音，领队的声音里带着不满和无奈。苏铁小心翼翼地走着，既不敢加快也不敢放慢步子。祁教练始终没有赶上自己，他不敢回头，忍不住想象背后的祁教练在用怎样的目光看自己。他感觉自己连路都不会走了，而前面的走廊还有那么长。他很想找个借口回头说句话，要不然就回头告诉他，是水牛逼自己的？

从早操开始，水牛一直感到不安。训练间歇，他找到了队长，冷着一张脸。

“如果有人问起，说我们三个是合谋的，怎么样？”

队长皱了皱眉，没有回答。

蝎子看见两人谈话，跑了过来。他一脸轻松地和水牛打招呼。“害怕了？”

水牛不说话，看着队长。

蝎子转向队长，“他说什么了？是不是害怕被发现，破坏了他在教练心里的好形象？”蝎子看见水牛不便发作，继续变本加厉，“教练还以为你是只会拼命训练的好孩子呢，哪知道你是个大滑头。”

“去你妈的！”水牛骂了一句。

“他不会说的。”队长打断两个人的对话，拿起剑，慢慢地挪到剑道上。“训练吧。”

蝎子吹了声口哨，朝剑道走去。水牛仍在原地不动，他拿蝎子没办法，但自己确实被说中了要害。他是靠着自己的努力才被教练留到今天，他很在意教练对自己的看法，起码比他们两个更在意。

“等一下。”水牛叫住蝎子，“咱们俩比画比画吧。”

水牛不知道自己为什么会说出这句话，可能是因为一时紧张，因为他看见苏铁和祁教练走进来。这臭小子可能已经招了。

蝎子已经站在剑道上，水牛起身走过去。

“队长，我先来和他来两把。”水牛很客气地说。

队长点点头，走到一旁。

“五剑输赢。”水牛说。

“快点吧。”蝎子一副不耐烦的腔调。

两个人戴上面罩，互相敬礼。

走进训练场的时候，苏铁终于能松一口气。教练把他撇在门口，自顾自朝赛场里走去。苏铁等到他走远，才敢大大地呼吸一口，舔舔干燥的嘴唇。他看见队长和水牛还有那个叫蝎子的凑在一起时，心里又紧张起来。刚才在走廊里，他差一点就全盘托出了。但祁教练先开了口，骂自己“笨得冒烟，偷东西还被抓住”。似乎完全不想知道谁在背后指挥。就算他们来问自己，我也不用担心了。苏铁这样想着，却看见蝎子和水牛走上了剑道。

“昨晚怎么回事！”杨光不知道什么时候跑到他身边。

苏铁看了他一眼，摇摇头。

“哎呀，说吧。”

苏铁看着远处的蝎子和水牛，好像两个人此时的行为和自己有很大的关系。他想起昨晚上两人吵架的情景。“他们俩是不是关系不好？”

杨光顺着苏铁的目光看向远处的赛道。两人之间的比赛已经开始了。水牛已经丢了一剑。“我也是听说的，大家都说水牛没什么天分，进步特别慢，又特别爱生气。蝎子原来和他一个寝室，都说他总逗水牛，慢慢两个人关系就不好了。我看见他们打过，水牛就是劲头大，还是蝎子比较厉害。”

苏铁紧紧盯着赛道上的两个人。水牛又丢了一分。

“输赢差不多定了。”杨光说。

苏铁没有说话，他朝剑道走了几步，有些不对劲，他不确定自己的发现对不对，“蝎子好像很累。”

杨光皱了皱眉，重新转头朝剑道看过去。

蝎子正在朝水牛冲过去，但是水牛一直向后退，谨慎地防守。蝎子结束一轮进攻后，不得不调整节奏。蝎子的节奏被拖慢了。

入队以来，苏铁第一次这么认真地看比赛，他感觉自己好像被迷住了。奇怪，以前怎么没有这种感觉。

“得分了。”杨光激动地碰了碰苏铁。“水牛得分了。”

苏铁注意到，得分后，水牛非常平静。蝎子显得有些疲惫。第三剑开始后，蝎子一个健步刺向水牛，却被水牛防住。两个人的动作很快，苏铁无法一一看清，但他能看到蝎子已经有点急躁。很快，蝎子丢了一分。

这一分像是一个转折点，很快，蝎子丢满了五分。

水牛首先摘下面罩，走下赛道。经过队长身边时，随口说了句“你们练吧。”

苏铁看着水牛朝自己走来，有些紧张。水牛突然转过弯，朝另一条剑道走去，继续进行自己的训练。虽然水牛可能都没看自己，可还是感觉到对方的威慑力，他有种要向水牛解释清楚的冲动。远处，队长和蝎子重新开始了训练，不过从刚才开始，蝎子一直没有摘下面罩。

“咱们也快拿剑了。“杨光悄悄地告诉苏铁。

“真的？”

“骗你干吗？”杨光说，“不过不是每个人都拿。只有一部分人可以。”

苏铁心里突然冒出了一个想法：他很想拿剑。他对自己有这种想法很吃惊，不久之前他还想离开这里。不过刚才观战时，他心里非常想像刚才的两个人那样，站在赛道上比赛。也许自己可以打得更好一些。但他马上又打消了这一想法。毕竟，更好一些是什么样，自己现在都不知道。但苏铁确认自己第一次对击剑产生了亲切感。

训练结束后，杨光跑到苏铁身边。“告诉我吧，到底怎么回事？”杨光仍然追问昨晚的事。

“我不能说。”话刚出口，苏铁就后悔了。

杨光本来也只是问一下，现在来了兴趣，缠着苏铁，非让他说清楚不可。

苏铁禁不住杨光的纠缠，只好将昨晚的事一五一十地告诉他。

杨光听完后，没有吵闹，反倒陷入沉思。

“他们拿红卡的人应该吃得很好吧。为什么还要偷东西吃？而且班长和水牛都不是贪吃的人。“苏铁自己仍旧不明白。

“当然要吃了。”杨光笃定地说，“要不停地吃，不停地训练。我还听过一件事，你知道水牛是怎么留下来的吗？听说祁教练本来是要让他走的。因为当时觉得他好像练不出什么成绩。但水牛拼命训练，在晨跑的时候，一直跑第一，谁都追不上。”

“可是我们不是长跑队。”

“祁教练让他留下了啊。”杨光说，“他是全队体力最好的人。”

苏铁点点头。这就对了，怪不得蝎子更容易累，而比赛后，水牛面不改色。

“哪像咱们俩，倒数冠亚军。”杨光说，“什么时候咱们能变厉害呢？”

两个人陷入沉默。

许久，杨光开口说话，“对了，那你还要电话卡吗？”

苏铁摇摇头，他不想再像昨晚那样被人抓个现形，不过给妈妈的电话该怎么办呢？

苏铁一脸愁容，不知如何是好。突然听见有人叫自己的名字。苏铁抬起头，发现队长站在自己面前。杨光很识相地起身，一转眼就跑出了训练场。

训练场里只剩下他们两个人。队长坐在苏铁身边。

苏铁赶快抢着开口，“我什么都没说。祁教练什么都不知道。”

队长停了，突然哈哈大笑起来。

苏铁以为队长不相信自己，却一时不知道该怎么证明。

“没关系，我不怕教练知道。”队长摆摆手，“教练才不会管我们。我是怕领队还有食堂那些人知道。那样我们就没办法再去拿东西了。”

苏铁先是惊讶，继而恍然大悟，知道祁教练为何要骂自己了。

“所以他们什么都不知道，对吧？”

“嗯。”苏铁点头，“但是他们要把窗户封上了。”

队长摇摇头，“你那天看到我们怎么打开储藏室的门了吧？”

“嗯。”

“可要保密啊，我们可是好不容易才搞到了钥匙。”

“我什么都不会说的。”

“那就好。”说着，队长抓过自己的训练包，从里面拿出好几瓶酸奶和可乐，塞进苏铁的训练包里。

苏铁不知该不该收下，只好说声“谢谢队长！”

“不是给你的，这些你给水牛带去，告诉他，这是我们共同的秘密。”说罢，队长又拿出一瓶酸奶，放在苏铁手里。“这个才是给你的。”

苏铁拿着酸奶，咽了咽口水。对于拿着白色饭卡的他来说，能在用餐时间以外吃到这种东西，无异是非常奢侈的。他把酸奶小心翼翼地捧在手里。

“苏铁。”队长突然很郑重地叫出苏铁的名字。

苏铁以为自己对酸奶的态度被看出来了，有些不好意思。他抬起头，一半窘迫，一半疑虑地看着队长。

“你有什么事需要我帮吗？”队长说。

苏铁怔了一下，想到些什么，但是没有开口。

“别害怕，我就是很单纯地想帮你一个忙。和水牛住在一起很难受吧？”

换作之前，苏铁会立刻点头称是。但是在今天看了水牛和蝎子的比试之后，苏铁突然没有那么讨厌水牛了。

“用不用我去和他说一下。不要找你麻烦。”

苏铁仔细想了想，摇了摇头。

“嗯。好吧。”队长站起身，“如果有事要我帮忙，就告诉我。”

队长已经拿起自己的训练包，准备离开，苏铁突然开口。

“我想打个电话。”苏铁说。

队长扬了扬眉毛，告诉苏铁这完全不成问题。

苏铁回到宿舍的时候，水牛正躺在床上看漫画。苏铁将训练包里的东西拿出来，一一放在水牛的桌子上。

“那是什么？”水牛探出头来问。

“队长让我带给你的。”苏铁说。

苏铁抬头时，与水牛目光相遇。苏铁已经变得冷静，水牛的眼神也不像之前那么目中无人。他似乎想开口向苏铁询问在领队办公室发生的事，但是碍于面子，又不好开口。

水牛沉默了一阵，收回头，又拿起漫画书。

“放在柜子里。”水牛命令道，但是声音没有那么高傲了。

苏铁点点头，迅速而安静地将食物一一放进柜子里。他一直在等待水牛问自己问题，有了和队长谈话的经验，他已经知道该怎么说，才会让对方一下子就相信自己。但是，自始至终，水牛没有就昨晚的问题说一个字。苏铁告诉自己，那就不用在意好了。

熄灯后，苏铁躺在床上，仍旧很久都无法睡着。水牛的鼾声他已经快习惯了，这次的偷窃事件也算暂时结束了，让他在心里左右思量的是晚上打给家里的那通电话。他一直期望能和妈妈通话，但是却没料到会得到一个如此失望的结果。

06

在祁教练的眼里，他挑中的每一个运动员都是一颗珍珠，他当然要精心培育他们，但是遇到一些看走眼的，他也会毫不犹豫地将他们剔除。这些珍珠迟早要卖出一个好价钱，那便是能在赛场上闪耀出光芒。他的精力有限，有限的耐心只针对那些有希望的人，当他认定某个人对自己已经没有用处，会毫不留情地将其打发走。他时常和队里小孩们讲，他们都是自己的孩子。这是没错的，他对他们拥有比父亲更大的权力。他的一切行为，都是出于关心和爱，即使当事人无法理解。这些无法理解的人，常常上午还在训练，下午便被告知可以休息了，可能晚上就卷起铺盖走人了。队里有农村的小孩，不觉得这种事有什么了不得的，大不了回家种地。城里的小孩敏感一些，总会哭鼻子，总比考试失败了更难受一些。但祁教练是雷厉风行不留情面的，这些人临走时，连这位“父亲”的最后一面都见不到。不过这次，祁教练没想到自己吃了个不大不小的哑巴亏。

事情要从新队员拿剑训练的时候说起。这批新队员已经进行了将近一个月的体能训练和淘汰期，准备在新的训练日开始拿剑。拿剑的训练讲解包括花剑的站姿，拿剑的正确姿势。光是姿势的纠正和巩固就要花掉一上午。在统一演示后，照例由老队员分组教授新队员。当日，祁教练本来有一个会议要参加，却临时取消了。他乐得可以留在训练场观察新人的训练，却发现了个自己一时疏忽犯下的错误。他的目光挨个检视拿剑的新队员，到苏铁的身上时停住了。苏铁正在水牛的指导下练习拿剑，平心而论，就第一次拿剑的人来说，他的姿势还算标准。但祁教练却皱紧了眉头，让他恼怒的是苏铁拿剑的手是右手，而他一直以为苏铁是个左撇子。

训练结束后，苏铁才被叫到办公室。之所以没有立刻就终止他的训练，是因为祁教练需要一些时间继续观察，而且他感到自己需要一点时间理出错误在哪里。他想起不久前被带来的那群孩子，苏铁的身体条件并不是最好的，论其灵活程度倒是可以，但与刘老师推荐的那个叫孙威的人比，并没有很强，苏铁唯一打动自己的地方就是——他用左手。但现在他已经确认苏铁是个彻头彻尾的右手选手。当苏铁战战兢兢地站在他面前的时候，他轮番看着苏铁两只手，心里暗自责怪自己竟然没有早些发现。

“你不是左撇子？”祁教练问。

苏铁很惊讶，竟然不知道该怎么回答。

“说话！是不是？”祁教练不耐烦地催促道。

“不是。”苏铁小声说，“我不是左撇子。”难道这也有错？苏铁暗忖。

“那你那天抓手套为什么要用左手？”教练问。

苏铁思考了片刻，终于知道祁教练问的是什么。他在脑子里拼命搜索自己到底哪里做错了，但没有结果，只好战战兢兢地说出实情。“那天我的右手被杯子砸伤了。所以才用左手。”

听到这个答案的瞬间，祁教练觉得自己犯下了非常愚蠢的错误。他沉默了半晌，脸上带着极度烦闷的表情，挥了挥手，示意苏铁出去。

门关上后，祁教练立即拿起电话。十分钟之后，他联系上了刘老师，要求苏铁离队，立即遣返原籍。不出预料，电话那头的刘老师百般推脱，让祁教练给出一个有力的理由，否则他不会接受。祁教练想用自己的权威压制对方，不料对方要起了无赖，竟然借口人手紧张，一时根本抽不出时间来这里接人。末了，刘老师将球踢给了苏铁的父母。

“我不和他们说，这不是我的事。”祁教练坚持。“他现在的训练状况并不好。你们赶快派个人来接他走。”

“我们现在可没人接他，要不你找人送他一趟，那么小的孩子总不能一个人回来吧？出点事儿怎么办，当初都和家长说好是要拿奥运冠军的。现在不能说不管就不管了吧？”

磨了十分钟后，祁教练决定给苏铁的父母打电话。

苏铁从教练的办公室走出来，心里一直忐忑，他不知道自己到底还有什么把柄能被抓住，教练要追究到那么久之前？难道偷东西这件事还没有过去？现在，他的心意已经有些改变，前几天那种想一走了之回到家里的想法已经打消得差不多了。原因就在于那通电话。他本以为向妈妈诉苦之后，他们就会让他回去。没想到，爸爸坚决不让他回来。

“我就知道是个没出息的货，刚试几天就要撂挑子，还能干点啥。当初你自己不是也同意去了吗？你以为去玩的吗？玩腻了就回来？学校里都知道你干吗去了？还有天分，还冠军，这么两天就回来，你就不怕丢人。你回学校你不怕同学们笑话你！”

他没有料到爸爸的反应这么强烈。妈妈也只好劝他再坚持一下。他们觉得他就这样回去，太丢人了。“丢人”这个想法本来完全不在苏铁心里，但是现在却逐渐扎下了根。他回想了很久，将过去的事情放在脑海里反复回看，才模糊地懂得一些感觉，自己大概是已经习惯了被当成一个糟糕的人对待，所以即使自己难以忍受，但是乍一听到“丢人”这个词的时候，还是有些接受不了。一旦有了这样的想法之后，好像远在千里之外的同学们都已经开始嘲笑自己了，老师们那里也更不会有什么好话等着自己。让他有点愤怒的是，他想象自己要真是处于这样的境地，恐怕家里人也会说自己的不好。妈妈还是站在继父那边，求助爸爸更是不可能。那通电话之后，他意识到了自己是如此无助？

“我能做些什么呢？”他问自己。“不想回家了。做什么才能不丢人呢？”

这几天来，苏铁的脑子里一直转着这样的问题。

“你在想什么？”水牛打断了苏铁的思绪。

苏铁回过神来，想掩饰自己走神的事实，但已经晚了。

“你的动作不对，基本功一定要做好。要不然以后有你难受的。我就再说一次，你要是再走神我就不管了，找别人去。”水牛说罢，上前纠正苏铁的动作。

水牛知道苏铁没有告密，最近对他的态度好多了，这是为了报答苏铁，还是为了收买他？毕竟风头还没有过去。苏铁还是可以将事情说出去。教练是不会责怪队长的，队长是教练手心里的宝贝。

苏铁又做错了。水牛不耐烦地打了一下苏铁手里的剑。苏铁震得手微微发麻。他这才知道水牛的力道有多大，这可仅仅是随便碰了碰自己的剑。

“等教练来指导，打的就不是剑了。”水牛说，“认真点，我没时间跟你耗。”

苏铁集中注意力，按照水牛的指导拿剑，练习用剑的方法。

“你是怎么被选进来的？”水牛问。

“嗯？”苏铁很奇怪，他为什么要问这样的问题。

“你不够努力。”水牛摇摇头。

苏铁有些不舒服，水牛的摇头里不是故意的奚落和欺负，而是从心底里发出的一种轻视。他竟然一下抓住了这种感觉。他心里一惊，也许同学们和爸妈也是这样看自己的。这不就是丢人吗？

“你这样留不下来的。”水牛说，“再来，快。”

苏铁点点头，举起酸痛的胳膊，按照水牛的要求练习。他努力达到水牛的要求。他心里第一次有一种非如此不可的冲动。他将剑用力刺向水牛，剑尖刺到水牛的防护服上，发出钝钝的声响，这有节奏的声响好像是他目前唯一可以抓住东西。他为了抓住这东西，要学会用尽全力。

“刺偏了，不要乱刺。”水牛吼道。

苏铁小心起来，注意出剑的方向。终于，他能顺利地每次都刺到同一个点了。

“换另一边。”水牛说着，用手示意苏铁刺自己防护服的左侧。

“力道不够！没吃饭吗！”

“太重了，不要用蛮劲！”

“动作不对！”

“注意脚下！”

水牛一个劲地纠正苏铁的动作。

“太差了。”水牛打了个哈欠。“继续，别停。”

苏铁已经很累了，但却并不想停下。他好像突然想明白了一个问题：自己能做到的事很少，就只能是手里的剑了。一等到他这样想，手里的这把前两天看起来还是普普通通的充满残缺的旧剑，仿佛变成了自己的救命恩人一样。

“这是我唯一能做到的事。”苏铁暗暗想。“我不能离开这，我要留下。”

苏铁的剑每一下都稳稳当当地刺到了水牛指定的位置。

“好了，到此为止，休息。”水牛喊停。他看了看苏铁，没再说什么，自顾自地走到一边去休息。

苏铁右手酸痛，手掌发麻，他随随便便坐到地上，但却没有扔下剑。他把剑放在手里，感受它的重量。水牛应该也感觉到了，所以他什么都没说。他不愿意夸奖自己，但是自己可以让他找不到借口开骂，只要做好一点就可以。苏铁像默背课文一样，在心里反复默念了好几遍。

突然，远处的一阵笑声将苏铁的目光吸引过去。老队员们正围在一起，不知对着什么闹哄哄地说笑着。水牛突然爆出笑声，还朝这边看了一眼。苏铁一脸不解，他不知道大家在看什么。小队员们都四散在远处，不安地看着哄笑成一团的老队员们。

“骨龄报告出来了。”杨光悄悄凑近苏铁，他的语气有点紧张。

苏铁皱了皱眉。“他们笑什么？”

杨光咬着嘴唇，没有回答。

此时，蝎子从那群人里走出来，手里拿着一沓纸，清了清嗓子，开始念了起来。

所有小队员们都胆战心惊地听着。

“操！”杨光小声骂了一句。

蝎子念的是骨龄测试报告。他念了一个人的名字，然后又念了报告里预测的他未来五年的身高值。听到自己的身高估值还不算太差，被念到名字的人小跑着上前，伸过手想要取报告。蝎子挥挥手。

“听着就行，不用拿走。”蝎子说。

那个人被打发走了。接下来，蝎子挨个宣读了每个人的骨龄测试报告。在场的每个人都知道了每个人未来可能有多高。

“杨光，187。”蝎子说。

“妈的。”杨光有点不满意，但这个标准他也可以接受，还是松了口气。

蝎子手里已经空了，但是还没有念到苏铁的测试报告。

“等一下，我记得还有两份，在谁那儿？”蝎子说。

“在这儿。”人群中举起一只手，上面拿着两份报告。手的主人从人群中走出来，竟然是水牛。

蝎子瞥了他一眼，“那你读罢。”

水牛读了第一个人的，然后拿过苏铁的，他看了看报告，又抬眼看了看苏铁。“苏铁，身高预测的结果是，172。”

听到这个结果，连一部分小队员都开始笑起来。

杨光惊讶地看了一眼苏铁，又马上别过头去，假装什么事都没有。

苏铁的脸刷地一下红了。

“来，给我，我给教练送去。”蝎子伸手拿过水牛的报告，转身朝教练的办公室走去。

蝎子带着报告一离开，训练场很快恢复了常态。小队员们还有心思说几句，老队员干脆把这件事抛在脑后。

“为什么要当众念！妈的！”杨光气鼓鼓地说。他想安慰苏铁，但是找不到词。而且，他心里也感觉，172这个身高，也确实有点太矮了，对于击剑来说，这是非常大的不利条件。如果教练看到了，会怎么想呢？

“刚刚是队长陪你练的吗？”苏铁突然问杨光。

“嗯！今天是队长，上次是蝎子。”杨光用力地回答。

“谁教得好？”苏铁问。

“当然是队长。”杨光说，“水牛怎么样？”

苏铁挥了两下剑，“还可以。咱们俩试试，你看我的动作对不对？”

杨光点点头，走到椅子边把手里的水瓶放下。苏铁趁机擦了一下眼泪。杨光走回来时，苏铁已经戴上了面罩。

杨光吃了一惊，但也马上理解了。

两个人交换了一下彼此所学的动作，就像刚刚的一幕完全没有发生。

“水牛真过分！”杨光想替苏铁说句话。

苏铁没有回答，只是摆摆手，示意他并不在乎。其实他小声说了句“我已经习惯了”。只不过声音被狭窄的面罩挡住了一部分，又被广阔的训练场稀释了一部分，竟等于什么都没说一样。

两个人就这样一直练习到休息。

“什么时候能学习防守、进攻呢？”苏铁突然开口说道。

“过两天吧。”杨光不知他为何突然这样问。

苏铁坐到一边，他拿过自己的水杯，拧开瓶盖准备喝水时，才发现自己还戴着面罩。

“队内比赛快开始了。”杨光说。

“队内比赛？”

“就是队里面的人互相打比赛，就是纯粹的比赛练习。”

“我们要参加吗？”

“当然没咱们的份了，不过，”杨光补充说，“有时候需要选拔人去参加更厉害的比赛时，也要进行队内比赛，看看谁厉害，就派谁去。"

苏铁想起水牛和蝎子之间的事，便问杨光。

“水牛只是力气大，蝎子的技巧更好。”

苏铁有一种冲动，他突然也很想参加队内比赛。如果能打败对手，谁还敢轻视自己？不过他也只能自己想想，毕竟差得太远了。

苏铁摘掉面罩，慢腾腾地收拾好东西，然后和杨光一起朝训练场门口走去。苏铁还没有迈出训练场的门，身后的一个声音叫住了自己。

苏铁立刻紧张起来，他听出来是教练。杨光呆立在门口，朝苏铁皱眉，苏铁来不及做个表情回应，立即转过身，朝教练所在的方向一路小跑过去。

到底怎么了？我到底犯了什么错误？

苏铁站到教练面前的时候，他已经准备好面对惩罚了，只要能先为他揭穿谜底。

祁教练审视着苏铁，突然开口，“我给你买张票，送你回家吧？”

苏铁愣住了，是自己的表现不够好吗？水牛说对了，自己还不够努力。

祁教练拿出骨龄测试报告，在苏铁面前甩了甩，“拿着，念念自己的身高。”

苏铁低下了头，没有接那份报告。

“太矮了，没法练，打个电话给你爸妈说你要回家，行吗？”祁教练带着一种纡尊降贵的态度询问苏铁。

“我不想回家。”苏铁说得异常胆怯而坚决。这还是他头一次如此清晰地说出自己的意愿。

实际上，祁教练已经给他家里打过电话了，让他困扰的是苏铁家长的态度非常糟糕，他们坚决反对让苏铁回来。祁教练惊讶自己的权力竟然不能遣返一个孩子。如果他再长大几岁，他可以干脆给他买张火车票，就把他扔到火车站去。他已经准备向领队申请，随便找个人把他送回老家算了。看到骨龄预测报告后，这个想法已经板上钉钉。

“苏铁，你其实不大适合这个项目。”

“我不想回家，我想留在这。”

“我已经跟你爸爸谈过了——”

“我没有爸爸！”苏铁脱口而出。

祁教练反倒来了些兴趣，“我和你爸爸谈过话。”

“他不是我爸爸。”苏铁鼓起勇气，抬起头看着教练，他以前从来没这么做过，没有试过直视什么人的眼睛，“我爸爸死了。”

祁教练吃了一惊。

苏铁也吓了一跳，自己完全无意识地撒了个谎，但仍然没有挪开目光。“那个人是我继父，我要是回家了，他一定会打死我的。”

说最后一句时，苏铁已经有些佩服自己了。这完全是以前从电视剧上看到的台词，电视里总有些孩子害怕回家，怕被爸爸或者妈妈打。听见这话的人，就会哭，然后帮助这个孩子。他不知道自己能不能有这份幸运。

说罢那句话，苏铁的眼睛就红了。他低下头，眼泪一下子就流了出来，抽泣变得越来越剧烈，两个肩膀抖动着，两个拳头紧紧握着，表示他正在极力想要忍住哭泣，无奈哭泣的力量比他强太多，泪水已经决堤。他紧紧闭着嘴，嘴角歪着咧向一边。

祁教练这才意识到，这个小孩竟然有些不好对付，这个小孩哭哭啼啼的样子竟然有些吸引人，这是个爱较劲的人。最后，反倒是他先把眼睛挪开，心里暗暗盘算起来，自己究竟要怎么处理这个小孩。

07

自从骨龄报告之后，小队员们就有了新爱好。每日清早训练前，大家都要踏过清洁工人刚拖过的大理石地面，“噌噌噌”地跑到二楼拐角处的医务室门前。医务室当然不会那么早开门，大家是为了门前的测量仪。一个一个挨个站上去，等着机器将体重和身高的秘密吐出来。长高哪怕半个毫米都是非常了不起的事，任谁都要欢呼雀跃起来。也有毫无变化的，眼睛一错看，发现竟然还比昨天矮了些，吓得跌下测量仪。再次确认后，果真毫无变化，灰颓自不待言，只好低下头默默去操场跑步。

苏铁也在这支队伍里。测完，杨光傻呵呵地跑来问苏铁怎么样？他止不住兴奋地说自己又长高了点。苏铁脑子里也和他一样，浮现出骨龄报告那张薄薄纸张上预言的数字，不管上面写着一八几，反正都已经是一八几了，非常足够，没准还不止呢。

“我好像没变化。”苏铁尽量掩饰自己的悻悻。

“没关系，你肯定会长高的，还有好几年呢。”

杨光安慰起人来，有一种堪称盲目的乐观感，好像骨龄报告对苏铁是不起作用的，似乎几天之前的窘迫场景在他的记忆力已经消失了。苏铁耸耸肩，表示无所谓——毕竟那只是自己一个人的阴影。

苏铁的阴影并不能庇护他远离炎热。祁教练将他的训练削减一半，剩下的时间，他要在炎炎日头下离开训练场，离开训练基地，穿过基地大门，穿过环绕基地的城市边缘贫民窟一般的村庄，到菜市场去买菜，然后再折回训练基地炖汤。这是他留在这里的条件。

要感谢祁教练在面对苏铁的眼泪时，突然想到了上一个煲汤的人因为悟性太差，煲出的汤实在难以下咽，已经被自己赶走了。本来被从训练队里单拎出来煲汤已经是危险的讯号了，如果表现再差，那实在是想留也留不下的废物。祁教练身上有一种紧迫感，恨不得能一日建成罗马，第二日就举兵征服世界，他不允许自己对手头的材料不能物尽其用。苏铁煲的汤就是为了给老队员们补身体，好让他们替他这个罗马皇帝去杀敌。既然苏铁这个包袱一天两天内还甩不掉，做这个再正好不过了。

苏铁如履薄冰。他哭过之后就觉得自己竟然能这么做，眼泪一半是真的，一半是假的，但好用。自己到底是留下来了，自己也想继续留下去。家和学校已似半个敌营，等着看自己出丑，这里就是前线沙场了。他感觉好像有个大屏幕，好多人在前面看自己的表现，自己偏要赢掉他们的轻蔑。炖汤这件事不能出错。

但事情往往就存在万一、偏偏、不巧、凑巧，谁能想得到，这等等等等的难料。出了训练基地的大门，另一个世界简直陆离光怪。时隔不知多久的许久，苏铁第一次出了大门，好像从一部电影里误闯入另一部电影。训练基地好歹是有秩序的、有光泽的、有人打扫的，门外的世界则干脆有种破罐子破摔的痞相。错综的电线表皮上附着点点光斑，一个个难看的二层小楼里镶嵌着一块块薄薄的玻璃，柏油路坑洼，几日的雨水到处留痕积累成水泡，上面发红发绿发腻，菜市场被晒热的铁皮屋顶下是吵嚷的人群。苏铁连日出入，几个档位的老板都认识他了，叼着烟说话时他若听不清，他们也会把烟拿下来，重复说一遍，不经意把烟吐在他脸上。苏铁渐渐习惯来回切换。来回的路上，苏铁见过脸上杀气腾腾的年轻人，也见过年龄相仿的小孩在疯玩，他怕出差错，从来躲得远远。但这一次，他没有躲掉。

大概是附近的孩子每日见他，已经熟知行程。某日，苏铁被截在去往菜市场的路上。为首的使了个眼色，一个靠近苏铁的小喽啰要上前。苏铁一下子将其撞倒，包围圈露出个空子，他拔腿就跑。七八个人在后面死追。

苏铁很快发现自己犯了两个错误，一个是晨跑没长进，跑得不算快。另一个是自己跑错了方向，跑回基地很近，但他跑向了菜市场。还没到，他也没劲了。七八个人围住，也没什么过程，随便踢了两脚，搜走了他身上的钱。剩苏铁一个人和一身尘土时，他有种感觉，好像自己只是跌了一跤而已。可惜不是。

苏铁流了几滴眼泪，找了个安静的楼根，坐下想对策。回去找教练要钱，就说被抢了。他能信吗？这不是我的错啊。但他摇摇头，隐约觉得教练只会不开心。到底还是怪我，因为我没完成任务。那找杨光借钱？他不会有的，再说怎么把他从训练场里叫出来又不被人发现呢？要不找队长？苏铁对自己摇摇头。

时间一秒一分过去，他好像考试时本来一切顺利，却卡在一道题上看时间空溜走的考生，急得哭不出来。苏铁颓丧在街头，不知不觉来到了菜市场，站住脚，又马上转身。但他转念想，要不要和老板说一下？钱可以后给！煲好这次的汤，晚上向教练认错，或者想别的办法，总之先把这道题解决。他想到这，立刻回头，却看见不远的路边，放着一份刚买完的菜。看起来也是炖汤的材料，里面倒栽两只拔毛翘脚的鸡。这要是自己的多好！

苏铁这样想，才发现周围并没有人。苏铁朝前挪了几步，越来越靠近。他手指摸到了手心的汗。对方总不会比我更需要这些！苏铁突然有了一不做二不休的勇气。他一个弓步上前，两手拿起地上的袋子，用力拎起来。

他一抬头，直直地看见面前一个穿短裤的女孩，脚上穿着夹脚拖鞋，头发随意地夹起来，一只耳朵上坠着个亮闪闪的劣质感十足的小耳环，嘴里的泡泡糖刚吹出一个不大不小的泡泡。

两个人都看着对方发愣。苏铁猜到对方就是他手中菜的主人。女孩嘴里的泡泡汤还在膨胀，她好像更珍惜眼前这个泡泡。突然，泡泡破裂了。好像比赛的枪声开始，苏铁和女孩同时开跑，一追一逃，向《猫和老鼠》里一样。我总能跑过个女孩吧。苏铁想到自己被叫到领队办公室听训的场景，撒开了腿使劲跑。女孩跑掉了鞋，速度慢下来，眼见着苏铁消失。

训练场里，剑条彼此碰撞的噼啪声和击中对方防护服的噗噗声并响。脚步在剑道上来回挪腾，胜利时大声吼叫。然后就是祁教练纠正动作时独裁者般的不容置疑的语调和词句。但除此之外，苏铁还能听到锅里炖煮的汤水翻滚，两只鸡埋在汤里若隐若现。下午的训练结束后，老队员们会被教练叫到这个小角落，每个人喝一碗鸡汤。苏铁则和其他小队员一起去食堂吃饭。

去食堂的路上，杨光还在回味煲汤时飘出来的味道，他直流口水。“苏铁，你尝没尝过？”

苏铁摇摇头。

杨光一脸可惜太可惜了的神情，恨不得自己刚刚放在汤里被炖掉。突然，杨光举起手，朝远处的一个人喊话。那人回过头，朝杨光看，站住脚，点了点头。

苏铁认出他了。这个人是前几天刚来队里的，那时苏铁已经是“汤将军”了。两个人尚未结识。杨光倒是谁都不落下，都认识了一遍。他告诉苏铁这个人是从别的体校转过来的，很厉害。“对了，他叫沈子骏。”稍后，杨光悄悄告诉苏铁，沈子骏得过三次少年赛冠军。

两个人来到沈子骏面前，苏铁感觉好像是两个小弟前来拜访大哥一样。沈子骏比两人略高，挺胸，下巴微微扬起，嘴唇紧闭，不苟言笑。他挑了挑眉毛，算是对苏铁打了招呼，转过身就走，都不多问点什么。两个人跟在后面，真像是两个跟班。

苏铁转过头看杨光，他好像毫不在乎，贴上沈子骏，眉飞色舞地聊起来。

“我还有一招没用，那招特别厉害，我要是用出来肯定能赢。这还不算连招……”

苏铁大概知道他们在聊什么了。

“晚上去打机，走不走？”杨光拍了拍苏铁的肩膀。

苏铁还在犹豫，沈子骏已经替他回答了。

“走吧，一起去。”

苏铁想了半天，一时找不到借口。“我和水牛住一个宿舍。”话一出口，他就觉得傻透了。和哪里都搭不上的一句话。

“我知道那家伙。”沈子骏只说了这一句，鼻子里笑了一声，再没有话。表示他完全不把水牛放在眼里。

“水牛教我的时候，用剑打我的剑，我手都震麻了。”杨光说。

沈子骏说起晚上的计划，毫不留情地截断上一个话题。

苏铁知道，原来这几天，他们每晚都跑出训练基地去一趟游戏厅。

“被发现了怎么办？”苏铁小声插了句嘴。

沈子骏只说了句“不会的。”就算回答了。

苏铁不知道他哪来的信心。如果今天下午他遇到自己身上发生的事情，还会不会这么有信心？

奇怪的是，一顿晚饭的工夫，三个人似乎组成了一个小团体，这个新来的叫沈子骏的家伙已经习惯发号施令，习惯改变话题，习惯变化气氛。苏铁发现自己也乖乖顺从的时候，惊讶得不知道自己什么时候给了他这个权利。

苏铁对训练基地之外的世界已经有了担心，他并不想玩游戏，他最后半推半就答应了一起出逃入夜后的几个小时，是因为他想要一些勇气。

毕竟明天下午又剩下他自己了。如果再遇见那些人该怎么办呢？他们知道自己每天都要拿钱去买菜！没钱买不了菜！要是让他们少拿一点呢！老板那边讲价？可惜自己不擅长。要是遇见那个女孩呢？

那个女孩的脸浮现在苏铁眼前。一双瞪圆了的大眼睛，吃惊地、气恼地看着自己。“对不起！但我告诉你，不是我想拿的，我有苦衷。多少钱，你告诉我，我以后会还你。”苏铁想象见了她应该说什么。但以后多注意点，也许未必能遇到。

水牛的鼾声打断了他的思绪。游戏机也睡着了，他的呼噜小一些。苏铁滑下床，溜出门。三个人约好在医务室门口见面，那层楼都是办公室，到了晚上都没有人。苏铁赶到时，杨光正在量身高。

“他呢？”苏铁问。

“早到了。”

两个人在走廊拐角里，一片黑暗中有微光强弱变幻明灭。苏铁皱着眉毛看。那道光飞了出去，些许火星坠在黑暗里。沈子骏走出来，打了个响指。没有一句废话，小团体开始行动。

三个人沿着训练基地四周的墙根走。晚上会有负责巡逻的保安，三个门口都各有昼夜警惕的守卫，保护大家的安全。但是现在，小团体决定主动放弃这个安全。他们弯下身子，躲在灌木丛的后面，脚上踩着柔软的草地，悄无声息地向目标前进。他们彼此小声地沟通，好像真的会被敌人发现。沈子骏领头，加快了速度，大家都想赶快抵达目的地，能多玩一会。

“最难受的是回来的时候。”杨光小声跟苏铁说，“那时候困得难受。”

“嗯。”

“而且那时候容易被发现。尤其是骑在墙上的时候，远处要是有人，肯定被发现。这时候就得赶紧下来，赶紧跑。一定不能被抓住。混进宿舍就好办了。”杨光继续补充道。

沈子骏任杨光向苏铁解释，好像这是他允许的对新人的培训。

苏铁这才意识到这件事的危险，也感觉到这件事的刺激。他感到沈子骏是真的有勇气。他冒出一个想法，也许这是一个可以求助的人！他能怎么帮自己呢？他不能替自己去菜市场。但也许他有办法，也许他晚上出来，能找到那帮家伙？也许——苏铁感觉这个办法可行！但需要合适的时机！

沈子骏举起手，示意停下。后面两个人立刻停下脚步。苏铁和杨光莫名地看看彼此。沈子骏朝远处看了一会，然后变换了方向，猫着腰朝不远处的一座建筑物走去。

另外两个人跟在后面。苏铁渐渐认出这幢建筑，他常常见到，但是并不知道什么人在里面训练。三个人很快来到了窗口。窗户安装了护栏，很多窗户没有关。三个人把着护栏，将自己的身体拉起，看向建筑物里面。苏铁这才发现，这里是体操训练馆。地板上反映着微光，那是月亮和馆外的路灯洒入其中的。

“好大，还有人在啊。”杨光小声说。

苏铁看见体操馆里，似乎寂静无人，只有一片黑暗将这一切笼罩。但是在黑暗中似乎还有什么东西在动。那还在动的一团黑暗将众人的目光紧紧吸引住。

沈子骏则死死地盯着体操馆里看，似乎在寻找什么东西。“我刚才好像听到什么了。”

苏铁也重新审视面前的体操馆。他的目光想努力破译黑暗的密码，寻找到这莫名感觉的来源。突然，苏铁的目光被吸引到体操馆的一端，那里似乎发出了什么声音，接着，体操馆的中央，亮起一盏微弱的小灯。从那小灯周边的黑暗中，走出来一个身影，这个身影身姿曼妙地跳入黑暗，做了几个姿态优美的动作后，停下动作，将一条腿高高抬起，脚尖绷直。静止片刻后，这个人影又动了起来，她不住地旋转，在转过来的一瞬间，她的面容毫无遗漏地展现出来。

那面容的美貌，让三个人都吓了一跳。

在那女子腾挪翻转的动作中，苏铁感觉时间好像变慢了。他借着微弱的光线仍旧可以看得清清楚楚，那女孩扬着头，一只手举起来伸向高空，静止片刻，又把身子向前一倾，换了下一个动作。

三个人安安静静地看了五分钟，沉默不语。沈子骏第一个松开手，接着另外两个人也相继离开窗口。三个人重新朝墙边走去，默默地翻出墙外。

苏铁在一天之内第二次来到了训练基地之外。他警惕地看着四周，而另外两个人已经旁若无人地走开了，苏铁匆忙跟上他们。苏铁又来到了通往菜市场的路，他心中忐忑不安，不过这不安里已经有了些别的东西。还好，他们很快离开大路，钻入小巷，然后又是小巷，面前铺开一条小街，街边林立小店铺，真是小，真是寒酸。但全都关着门。有些地方二楼上透出微光，更多地方只有路灯孤苦伶仃。苏铁以为还要走，沈子骏却走向离三人最近的一个卷帘门。苏铁以为他想歇歇。沈子骏轻轻敲了两下门，然后又很有节奏感地敲了几下。突然，像阿里巴巴的咒语一样，芝麻开门了。面前的卷帘门"呼哧啦啦"地向上缓缓抬起。光和声音从门缝下毫不吝啬地钻出来。苏铁看见地上一双穿着凉拖鞋的脚，正在轻轻地敲击地面。卷帘门的高度能允许三个小孩弯下头进入时便自动停止了，一个声音让三个人进来。

苏铁跟着两个人弯腰，钻入卷帘门，他刚刚抬起头，看见面前是一双陌生但熟悉的大眼睛。那双眼睛也直勾勾地看着自己，连一脸吃惊的表情苏铁都如此熟悉。苏铁腿上的肌肉紧张了一下，跑？

晚了。卷帘门在身后"呼哧啦啦"地关上了。

08

每次回想起钟灵，苏铁都没法忘记，初见时她一个飞腿狠狠地踹到自己肚子上产生的疼痛感。苏铁向后狠狠地撞上了卷帘门。沈子骏和杨光都愣在原地，要不是老板娘赶快过来拦住，保不准苏铁的脸会破相，那可就难交代了。

老板娘知道原因后止不住笑，巧也没有这么个巧法，也不顾在远处生气的钟灵反对，立刻多拿了几个游戏币给苏铁。因祸得福的苏铁整晚煎熬在钟灵的目光里。旁边的两个人站在拳皇机前面对打，把苏铁扔在苹果机的小窗口处。沈子骏将一个小铁钩藏在苏铁手心里，“输了就用这个勾币。”

苏铁输光了所有的游戏币，一转头就发现钟灵的大眼睛牢牢地盯着自己。苏铁偷眼瞄了两位朋友，发现沈子骏正从游戏机里往外勾出两个币。他轻轻摇摇头，知道他们用自己当靶子，怪不得不带着自己。不过这样也好，苏铁琢磨着什么时候和沈子骏说自己的事。他已经做好枯坐到底的准备，却发现钟灵趿拉着木屐朝自己走来。

木屐声停下，一个像小野兽与同伴玩闹伸出的小小利爪似的声音划过苏铁的耳朵。

“刚来的？”

“不是。”

“伸出手。”

“啊？”

钟灵拿过苏铁的手，放在苹果机的台面上。

“张开。”

“我没用。”苏铁张开了手，露出里面的铁钩。

钟灵一边吹泡泡，一边拿起小铁钩，抬起手，朝远处轻轻一挥手，小铁钩轻轻地跌入不远处的垃圾桶。钟灵伸出舌头将爆掉的泡泡糖收回嘴里。“抢女孩的东西，你是挺没用的。你成绩也挺差的吧？”

苏铁不知该先解释哪件事。

“对了，你们下午应该有训练的吧，肯定是吊车尾才被派出来买菜。”

“拿你东西是我不对——”

“拿？你欠揍！”钟灵打断他。

“我不是故意这么做的，”苏铁知道自己解释不清楚，改变策略，反正也要受气，不如多问点消息出来，“这附近有一群小孩你认识吗？”

“这附近的我都认识，只要他来这玩过一次。”钟灵又吹了个泡泡，“很少有人只来一次。”

不知道为什么，钟灵一副不依不饶的样子，苏铁却并没有像自己预期的那么难受。苏铁感觉这个女孩并没有那么凶，只是要装出一副样子。他突然放松下来。苏铁将下午见到的几个男孩形容了一下。钟灵岔开腿坐在旁边的椅子上，歪着头听完苏铁的话，抬手将散落下来的头发轻轻捋好，舔了舔嘴唇。

“那你为什么要炖汤呢？”

苏铁犹豫了一下，将来龙去脉简单地说了一遍。

钟灵听完，默默地点头，“所以你是早晚要被赶走了？”

苏铁没料到她这么直接。他看着她的样子，好像只是对一个故事的结局好奇，完全不在乎自己的感受。“你见过很多人被赶走吧？”

“被赶走有什么了不起，我还想走呢。”

“去哪儿？”

“去美国，去香港也行。你们以后会跑到全国、全世界去比赛吧？多好。”

“被赶走了就没有了。”

“回家也很好，好过待在这。你爸妈会带你旅游吗？”

苏铁从没有回答过这样的问题，他更好奇为何钟灵会这样问。“你去过哪儿？”

“哪儿都没去过。”

女孩用一种满不在乎的语气说话，但却像是在悄悄诉苦一般。这样的对话，对苏铁来说，简直难以为继。两个人陷入沉默，女孩又重新吹起了泡泡糖。好半天，苏铁才开口请求她教自己玩苹果机。女孩吐掉泡泡糖，从椅子上跳下来，懒洋洋地站在苏铁身边，四处环顾了一下，从口袋里掏出两个游戏币，飞快地投入苹果机里。

“看着。”

苏铁看着她啪的一声按动按钮，然后方块形的光电在方块形的四边跳动了一会，突然停下，从机器里哗啦啦流出游戏币。女孩熟练地拿过游戏币，放进自己的口袋。只拿出一个币放进了苏铁手心。

“学会了吗？”女孩打了个哈欠，很满意自己的炫技，趿拉着木屐离开。

不过，她还没有走多远，就听见身后的苹果机里传来哗啦啦的声音。

之后的几天，苏铁绕远抄小道去买菜，为了留出炖汤的时间，他只好拼命地跑。不过，某天他鬼使神差地走了大路，那伙人没有出现。或者说，那伙人再没有出现。直到他下一次去打机的时候，才在里面看见了其中一个人，不过对方显然没认出自己。

苏铁将这件事告诉杨光。杨光狠狠地拍打苏铁的后背。

“那一定是钟灵帮的忙了！她对你有意思？那以后玩游戏就不愁买

币了。”

但钟灵几次毫不留情地抓到沈子骏勾币。杨光的幻想注定成为泡影，他认为这都是拜苏铁没有主动和钟灵拉近关系所赐。

苏铁从鼻子里哼哼两声，打发杨光的胡说八道。他一直没有找到合适的机会和钟灵说那件事，他觉得钟灵应该不会喜欢有人和她说谢谢。久而久之，即使他隔三岔五跑到钟灵妈妈的铺子里去打机，这件事也仍没有契机被提起。每天窝在训练场角落里的苏铁，脑子里始终转着的是那女孩的影子。

花剑训练场和艺术体操训练馆相隔很远，训练时间内，完全找不到机会去那边。艺术体操队的宿舍和他们不在一起，完全没有联系。向别人打听？如何开口呢？总不能说是半夜溜出去的路上，从体操队的训练馆窗口看到的一团影子。那之后，他们又有几次看见了那个女孩，但要在那样的光线下看清对方的脸实在是困难。苏铁在心里计算了好几次角度，终于找到了一个合适的窗口，等女孩出来做动作的时候，他终于扎扎实实地看见了那女孩的容貌。之后，那容貌就一直印在自己的脑海里。这是他的秘密。

苏铁不知道这个秘密能保持多久，钟灵时常取笑他是吊车尾，随时会被赶走的担忧一直藏在他心里。训练时，他注意观察和自己一起的新队员，大部分人都有进步。沈子骏甚至已经打败了两三个老队员。包括蝎子和水牛。蝎子笑了笑，摸了摸沈子骏的头，但被沈子骏甩开了。水牛什么都没说。朋友的强悍更反衬出自己的无能。苏铁没有更多时间练习，每天都和食材打交道，唯一值得欣慰只有他的汤越煲越好。不过教练是不会在乎这种事的吧。

在这期间，队长带领蝎子等几个队员打了全省的比赛。新队员们终于得以集体逃离训练基地，被带到位于市中心的比赛现场观战。这是苏铁第一次来到赛场，他一下理解为什么钟灵会羡慕大家。他不知道该怎么形容自己对这个地方的感觉。训练基地差点大获全胜，最后只拿了团体亚军。队长拿了个人冠军，但代价是旧伤发作。回程的车上，队长把受伤的脚架在队医的腿上，享受按摩。他挥手让大家安静下来，将比赛中存在的问题总结出来，告诉祁教练。所有人认真地听着，祁教练频频点头。苏铁突然想明白，比赛场是英雄的战场，过关斩将，你死我活，无限光荣。他看着队长，队长的脸上就写着光荣和信心。

“苏铁，回去快给我煲汤。我要好好补补。”队长大声朝苏铁说。

“好！”苏铁感到自己笨拙拙的，只本能地说了一个“好”字。不过他也没想到，队长会突然这样吩咐自己。自己什么都没练出来，倒真成了一个煲汤师傅了。

祁教练告诉苏铁，队长修养期间，他除了要为大家，也要给队长专门煲一份汤。

钟灵嘲笑苏铁买菜更勤快了，煲汤更卖力了。

“我煲汤大家都喜欢。”苏铁抗议道。

“你能煲出什么好汤。我妈才厉害。”

苏铁有点生气，这个女孩怎么总要开自己的玩笑？你妈妈哪里像我，每天都煲汤！

有一天，苏铁感觉自己的手艺终于被承认了一点点。喝完汤后，队长偷偷叫住他。

“能帮给我个忙吗？”队长带着一种邀请苏铁成为同谋的兴奋感。

原来，队长有个女性朋友，在艺术体操队训练。苏铁这才想起，确实听说常有艺术体操队的女孩来找队长。队长想让苏铁帮忙，把给自己煲的汤给对方送点过去。“反正我都快好了，而且一个人喝不了那么多。你去比较方便。”

苏铁点头同意。

苏铁在盘算，去艺术体操队到底能不能遇见那个女孩？苏铁心里止不住盘算着这个念头。他决心要万无一失，特意从白天的食材里留出一部分，训练结束后，早早地回到了宿舍，专门煲一锅汤。

离约定的时间还有三小时，苏铁为了待会精力充沛，爬到床上准备睡一会。他闭着眼睛，脑海里马上出现一幅场景，众人尝了他的汤，如何赞叹，那个女孩也在场，眼睛里都是高兴，把汤碗递还给他，止不住夸他的汤好喝。赞叹声越来越大，好像从梦里跳了出来，不过声音变粗了许多。苏铁睁开眼睛，他侧过头，看见水牛正从锅里舀汤喝。

苏铁一下子坐起来。

水牛看了他一眼。

“汤不错。”

苏铁一言不发，跳下床，立在水牛身边，攥紧了拳头。水牛抬头看看他，缓缓站起身，把碗放在苏铁桌子上。“怎么，你的汤只有队长能喝？”

水牛理都不理苏铁，收拾好东西去洗澡了。浴室里，莲蓬头打开，水哗啦啦地流下来，水牛难听的歌声也刺破水声穿了出来。苏铁低下头看自己煲好的汤连半锅都不到了。但约定的时间已经临近。

离熄灯还有一个小时。队长在训练场门口已经等了苏铁二十分钟。他打算回去时，看见苏铁小小的身影从远处缓缓走来。苏铁走到近前，队长确认了自己不好的预感：他两手空空，除了沮丧，一无所有。

“怎么回事？”队长问。

苏铁一言不发，低着头。

队长脑中还没盘算好对付艺术体操队那帮女孩的借口，反倒抱着胳膊研究起苏铁来。

沉默五分钟后。苏铁抬起头，看着队长。

"我感觉自己是个废物，一点用都没有。"

"你煲汤很好喝。"

"队长，靠煲汤能在这里留下来吗？"

队长愣住了，没料到他会这样问，于是摇了摇头。

"我想留下来！要怎么做？"

苏铁的眼神里没有可怜兮兮的神情，只有一种怒气冲冲的坚决。

队长认出了这个眼神，这是一个绝对不甘心被淘汰掉的人才会有的眼神，这样的人心里已经准备好付出任何代价，换取留在这里的资格。

"你已经决定了？"队长问。

"我要尽全力，只是我不知道怎么做？我觉得教练不喜欢我。"苏铁说。

"那就要让教练喜欢上你啊。"队长拍了拍苏铁的肩膀，意思是宽慰他此刻紧张激烈的情绪。

苏铁没有放松，皱着眉思索起来。

"不要乱想了。告诉你吧，想想水牛为何能下来？你要让教练看到，你比他还努力才行，你得豁出命去训练才行。"队长说完，轻轻叹息一声，补充道，"豁出命的意思，你这么小的年纪，明白吗？我已经记不清自己在你这个年纪是怎么想的了？但是我见过许多失败的例子。他们最后都被打垮了。教练喜欢打不垮的人，明白吗？"

苏铁激动的心情稍稍得以平复，他总算找到了方向，才发现之前的自己实在是得过且过。

"如果你在跑步时能紧紧咬住水牛，就很了不起了。水牛就是靠这个赢得了教练的尊重，跑步时他永远是第一。"队长摸了摸苏铁的头，"加油啊！还有，明晚，别忘了给我煲汤。"

六月来了，气温变得很高，早上的凉爽只持续很短一段时间。大家对待晨跑的态度基本上就好像对待一个不重要的考试科目，只要来上课就好，并不想要在这里取得多优异的成绩。苏铁决心要在这里崭露头角时，突然发现自己并没有想象的那么糟糕。他才明白，原来每天跑步买菜的好处在这里。他的耐力在增强，轻松摆脱了最后一名的位置。杨光吓得私下拷问他犯了什么毛病，不够朋友陪自己吊车尾。很快，苏铁的速度就能超过几乎所有的新队员了。唯有沈子骏能和他匹敌。沈子骏似乎习惯了做最强的那一个，不轻易让苏铁超过自己。两个人僵持了几天，沈子骏也懒得花大力气与苏铁比赛了，放任他跑到自己前头去。

苏铁有一种每天都要把自己跑断气的感觉，但无论前面有多少人，他都瞄准了在最前方领头的水牛。

苏铁给自己的训练时间就是每天买菜的时间。有时遇见钟灵，女孩敲他的脑袋，让他慢点，差点撞到自己。他刚来得及道完歉，便拿着菜匆匆往回跑。

很快，他完全能跟得上老队员的步伐了。

他只管死命地跑，也不在乎教练有没有注意到自己。

“通常，新队员拿剑一段时间之后，会有个比赛。那时候教练会淘汰一批人。所以比赛的表现很重要。”

苏铁记得队长的话，所以除了跑步，他还要加强其他的训练。煲汤的时候，他悄悄观察大家训练。晚上，他一个人跑到训练场地来。队长来取他煲的汤时，会顺便指点他一二。

“只要我努力，就一定能留下来吗？”苏铁问队长。

“不一定。”队长说。“但你不会有遗憾了。”

分别时，苏铁问队长，她们觉得汤怎么样？

“大家都很说好喝。”队长说。

“她们”“大家”？这里面有没有她呢？苏铁不知道。与其乱猜，不如去见见。但如果自己连留下来的能力都没有，见面了又如何？如果我能留下来，那么也有她一份功劳，到时候也要去感谢一下她。苏铁暗自想。但如果我离开这里了，就让她仅仅记住我煲的汤的味道就足够了。

苏铁觉得自己好像也称得上有悲壮的感觉了，他只顾拼命地跑步，死命地练习，认真地煲汤，仿佛生命中只剩下这三件事。他期望能在新人的队内赛上让教练注意到自己，这是自己唯一的希望。他像一根绷紧的弓弦，不能再更加用力，也不可能轻易放手。偏偏这时有人来拨动弓弦。那是在傍晚左右，刚下过雨，炎热刚刚被压下去，苏铁蹲在汤锅前，盯着训练场上挥汗大喊的人，在心里温习自己练习过的动作。突然，他的目光被锁在门口，一张熟悉的面孔出现在门口，苏铁下意识地站起身来。对方也发现了自己，皱着眉头向这边瞧，看清楚是谁后，朝他挥挥手，脸上露出笑容。那笑容是客套得不能再客套，没有含义到不能再干枯了，但却让苏铁心悸。他这根弦恐怕要断了。那人走近苏铁，笑呵呵地摸了摸苏铁的头。苏铁下意识地开口问候："刘老师好。"

09

苏铁并没有被刘老师带走，最后关头，祁教练将苏铁留了下来。他知道，苏铁被带走的后果不过是再被转卖一次，说到底不过是变成了刘老师的棋子，万一以后苏铁有了成绩，刘老师便可以吹嘘自己。他还是决定留下苏铁。从那时到现在，已经过去三年了，苏铁的进步证明，他的判断还算不错。

祁教练接到电话的时候，正在观察队员们的队内比赛。他随身携带的黑色笔记本，上面记录着他观察每个队员的一些结论，以及灵光一现的对花剑技术的领悟。他脑子里不时蹦出一些想法，他如果不能及时将它捕捉，就会有新的想法将旧的抹掉。有人告诉他有电话找他时，他的笔尖正在笔记本上犹豫，他写了苏铁的名字，下面写了“左手剑”三个字，但马上画掉。他顿了顿，打算再动笔时，就被打断了。

电话是领队打来的。

通常，训练结束后，祁教练照例要看一个小时的比赛录像，然后再去吃饭。今天，因为领队提出要见他，他只看了半个小时的录像，便离开办公室去见领队。

穿过已经熄灯的训练场地，钻过一条小走廊，爬两层楼梯，二楼尽头就是领队的办公室。四周非常安静，祁教练听着自己的脚步声，照例，心里早已经盘算好了答案。

他停在门口敲门的时候，里面的人也早就等得不耐烦了，大声嚷嚷着让他进来。

祁教练推开门。

“还敲什么门。”领队近来更胖了，脸上有些浮肿，他窝在宽大的椅子里，用眼神催促着祁教练落座。整个人显得非常没有耐心。“考虑得怎么样了？”

“什么？”祁教练不动声色，装出一副吃惊的样子。

“哎呀，别装了，我不都和你打过招呼了吗？赶紧给个准话，这事不能拖，有了确定的消息得通知对方。”

祁教练点点头，却不说话。

“这有什么不可以，我们也不是一无所有，这是交换。卖个人情给人家，何乐而不为，你这么灵活，不可能想不清楚这个道理。”

“不行。”祁教练轻轻地说，但语气斩钉截铁。

“人家用个人赛冠军换团体赛冠军，这很合算啊。你不要太轴，怎么不算算这笔账又不是什么重要比赛。”

“我们靠自己可以拿到所有冠军。”

“那还是有风险的。你怎么知道对方队里没有高手？”

“我不怕。”

领队的手掌狠狠地拍到桌子上。两个人谁都不再说话。领队的小眼睛死死地盯着祁教练。祁教练的目光丝毫没有移动。领队从手边拿过一张纸，低下头，用指关节敲了敲面前的这份名单。

“那个叫苏铁的，团体赛他会参加吧，就在他这吧，他水平还可以，但实力不稳定，从他这操作效果好一点，合情合理，不会太显眼。”

领队将名单收起来，将椅子向后推，从椅子上站起来。

“不用你和他说，我去说。他放点水，以后我会补偿他的。”

“他不会听的。”教练说。

“那是因为你在背后撑腰！”领队嘴边的肌肉颤抖着，愤怒而无奈地看着祁教练。“他有什么好宝贝的，又不是什么好东西。道德品质就有问题，他当初留在这我就不同意。我是给你面子让他留下，现在你不要这么不近人情。他成绩很好吗？输一次有什么了不起。”

祁教练站起身。“你去和他说吧，他如果答应，我会有办法收拾他的。”

祁教练礼貌而冷漠地说过再见，走出办公室。轻轻关上门的一瞬间，窗外遥远的黑夜里响起“砰”的一声，面前的走廊被染上了一些五颜六色的光泽。他这才抬头，看见不远处的烟花消失在夜空。接着是第二个，第三个。

祁教练才意识到，今天是平安夜，市中心不许放烟花，这种平时脏乱差的市郊地区却可以这样放肆地燃放烟花。

他迈开步子，稍微有些焦急地往自己的办公室赶。他要把剩下的比赛视频看完。

领队刚刚说的事情一直萦绕在他心里。那个龌龊的胖子想到了苏铁，这他一点都不吃惊。让苏铁放水很简单，问题也不在于某一次的输赢，问题比这个要复杂。他最近收集的比赛录像，都是其中选手与苏铁有相似之处的，他希望能从中得到启发。他并不后悔在领队这浪费的时间，他正好借机放松一下。自己思考的问题是那个领队远远跟不上的，有时看看别人的愚蠢也会给自己信心，毕竟自己的目标太高，获得的挫折感也是庸才难以想象的巨大。但是他相信自己能扛住所有的压力，解决所有的问题。毕竟，一个决心将一辈子献给击剑的人，是不给自己留退路的。

夜空中开始新一轮烟花盛开，他低着头思考，完全没有注意到。

电影结束了，电影院将困坐了两个小时的人群吐出来。人群看到天上绽开的烟花，忍不住赞叹两句。

苏铁张开嘴，轻轻吐了口气。他站在电影院门口，似乎在等待什么人。

不一会，散场的人似乎已经走光了，苏铁还没有等到自己要等的人，只好继续不停地张望。

突然，一个身影走了出来。

苏铁皱眉，仔细看了看那个人，正是自己要等的人，也就是他在体操馆看见的那个艺术体操运动员。

苏铁犹豫了一下，不敢上前搭讪。他鼓励自己，你可是从训练基地一路跟踪到这里，现在连话都不敢说，怎么行？但是，就是不行。他两只脚像是石化一般没办法动弹。

女孩从他身边走过。苏铁眼睁睁看她走远，没有办法，只好走上前去，慢慢跟在女孩的后面。

两个人默默地走在人群里。走了大约一百米的距离，人群朝各个方向散去了。

女孩没有发现自己的身后有人跟随。苏铁目不转睛地看着女孩的背影，眼睛里闪着兴奋的光芒。起码得知道她的名字吧，苏铁想。

“你叫什么名字？”苏铁本来在心里说，没想到竟然说出了口。

女孩似乎听见了什么，她停下了脚步，回过头来张望。

苏铁顿时目瞪口呆，嗓子眼发紧，完全说不出一句话。

女孩扫视周围，排除了其他可能性，定睛看着苏铁。

“你是和我说话吗？”女孩问。

苏铁被女孩脸上不苟言笑的表情吓到了，这女孩的美好像一块冰，但自己恐怕没能力融化她。苏铁摇摇头。

女孩面无表情，转过身，准备离开。

“你叫什么名字？”苏铁终于鼓足了勇气，又说了一遍。

这次，女孩慢慢地回过头，上下打量着苏铁，嘴角微微翘起。

“你叫什么名字？”女孩说。

“苏铁！”苏铁说，“我是击剑队的。”

“哦？”女孩扬了一下眉毛，“击剑队的？”

苏铁点点头。“你是艺术体操队的，是吧？”

女孩目光冷冷地打量苏铁，没有一丝惊讶。

“邵若冰！”女孩说，“我叫邵若冰。”

一时间两个人没有别的话说。

苏铁长长吐出了一口气，苏铁重新演绎了一次刚才的动作，“平安夜的时候可以吐出一团白色的雾气。”

女孩露出不解的神情。

“在我们家那边是。”苏铁解释道。

邵若冰点点头。

“再见！”邵若冰说。

“再见！”苏铁失望地说。

邵若冰转过身，依然用刚才的速度，很快便将愣在原地的苏铁甩在后面。

刚刚在电影院里，苏铁一路跟踪邵若冰，甚至就坐在了邵若冰的身边，他一直祈祷这个座位没有卖出去，或者即使卖出去了，对方也有事缺席。邵若冰看电影看得很专心，完全没有料到，竟然还有这么个跟踪狂人坐在自己身边。

苏铁的眼睛盯着银幕，但是看见的都是邵若冰的样子，她平时安静的样子，像风不来时的树；她笑起来的样子，像水波荡开，让人想舀一瓢饮下。有时，苏铁的手会碰到两人中间的可乐，有时候邵若冰会拿起可乐喝一口，那一刻，苏铁多么想成为那杯可乐。

苏铁觉得一阵惋惜。突然，他醒悟过来，不该如此自怨自艾，他赶紧跑起来，妄图追上邵若冰。这么晚了，应该护送她回家，这个理由简直是完美。

苏铁赶快拔腿追了上去。穿过几条马路，他终于在人群中瞥见了邵若冰的身影。苏铁心里一直在默念“邵若冰”这三个字，似乎念了它们就有效果。没想到果然如此。邵若冰站在排队准备乘坐末班车的人群中，巴士已经到站，人群骚动起来。苏铁加快速度，闯了一个红灯，赶到了队尾，巴士还没有开。苏铁一直盯着邵若冰的背影看。终于轮到他上车，他在车门口扔下硬币，转头边看见邵若冰坐在座位上，旁边是一个空位。苏铁犹豫了一下，但是他身后上来了另一个男人，这让苏铁立刻有了勇气，直接坐在了邵若冰的旁边。

邵若冰没有理他，歪过头看向窗外。

苏铁紧张得全身冒汗，他沉默不语，想起黑夜中那团影子。

巴士启动了。两个人的身体随着行进中的巴士摇晃。

苏铁在宿舍准备了一大套说辞，练习了各种各样的语气和语调，但是临到用时，他根本什么都想不起来，难道要在这里直接表白吗？苏铁只在电视剧里见过这种事，但是自己完全没有这种经验。

"那个偷偷跑到训练馆外面偷看我训练的是你吧？"

苏铁一脸惊讶，"你怎么知道！"

邵若冰面无表情。

"偷看别人训练，很奇怪。你们自己不用训练吗？你们那么闲吗？"邵若冰说。"真可怕！"

"我又不是坏人，可怕什么。"苏铁嗫嚅道。

"以后不要这样。"邵若冰命令道。

"哦！知道了。"苏铁像个听训的小学生。

"说话算话？"邵若冰说。

"当然，放心吧。"苏铁简直要拍胸脯保证了，但是一想到，自己这样答应后，就没什么机会再见到邵若冰了，不禁有些难过。

突然，巴士猛烈地晃动，邵若冰身子突然向旁边一歪，苏铁赶快伸手扶住她。邵若冰重新坐好，整理了一下仪态，向苏铁说了声谢谢，将手肘从苏铁的手中拿开。

沉默了片刻，邵若冰突然开口。

"苏铁，我有个问题很好奇。"邵若冰说。

苏铁抬了抬眼睛，准备好回答任何问题。

“你不是左撇子，但为什么会用左手持剑呢？”邵若冰一脸好奇地问。

苏铁很好奇邵若冰怎么会知道。

“我看你惯常做事都用右手，但是左手却有很多拿剑才会留下老茧，所以才得出的结论。”邵若冰说。

苏铁抬抬眉毛，眼睛向旁边一转，一副专心思索的样子。邵若冰的手肘已经从他手中离开。两人之间的些微的张力已经被打破。苏铁心里明白，今晚是没办法告白了，索性老老实实回答问题好了。

“最初我是用右手的，教练让我改成左手，因为在比赛中左手的优势大一些吧。”

“他应该是认为你很有天赋吧。”

苏铁忍不住耸耸肩。

“击剑队——我倒是听说——”邵若冰说。

“听说什么？”苏铁急切地问。

“有个人煲汤很好喝。”邵若冰说。

苏铁偷偷皱了皱眉，脸上泛起红色。

“听说全队都在喝他煲的汤，你知道吗？”邵若冰说。

苏铁没有立刻回答，谈话到此告一段落，两个人不约而同地都陷入了沉默。突然，苏铁再次开口，打破了沉默。他告诉邵若冰，那个煲汤的就是自己。

邵若冰倒没有露出很吃惊的表情，好像一切都在她的预料之中的一样。

苏铁想起那个遥远的下午，自己蹲在训练场角落煲汤的下午。刘老师突然出现，要带他走。祁教练把刘老师带到办公室里。训练场的人仍旧继续训练，谁也没注意到这一幕。但是苏铁却心如死灰，锅里煎熬的好像是自己。他并没有流泪，只是非常失望，即使自己这么努力也仍旧没有留下的希望吗？苏铁不自觉地将过往心事全都说了出来。

不过话说完了，他也有些后悔，自己是不是说得太多了。但是他又很高兴，自己说这些事的时候，非常放松，不像刚刚见到邵若冰的时候那么紧张，而且他在说话的时候，一直仔细观察邵若冰，发现她竟然认真在听，苏铁心里非常欣喜。

“所以那个人是要带你回去吗？”苏铁似乎勾起了邵若冰的好奇心。

苏铁点点头。“不过教练拒绝了，我真的很吃惊。两个人还大吵了一架。刘老师很生气，明明是教练打电话让他来接人的，结果现在又不让他带人走。我知道这个消息，终于松了口气，我到底还是打动了教练。”苏铁补充道，“其实刘老师问过我，愿不愿意跟他去别的队。那时候他已经给我找好出路了。但我真的不想再换个环境重新开始了，还有，我舍不得离开这里。”

没有等邵若冰反应，苏铁将晦暗不明的气氛直接戳破。

因为这里有你。苏铁脑海里又浮现起那团晃动的影子。

话题断断续续，但是邵若冰始终是一副难以令人亲近的样子。苏铁觉得能这般接近已经是天赐的机会，暂时不敢奢求更多。

去市郊的公车终于抵达终点，两人下了车，刚刚的繁华换成了逼仄萧索的街道，街上人影稀落。

两人走在通往训练基地的大路上。

“我就是沿着这条路去菜市场买菜的。”苏铁审视着面前的破落街道。“我的配方是教练给的，当然，我自己改良过。”如果你和我在一起，我就告诉你。苏铁犹豫了半天，没有说这句话。即使说了，也毫无用处吧。

苏铁趁着夜色欣赏邵若冰，自己的心愿岂不是已经得偿。即使她始终和自己保持着若即若离的距离感，这距离岂不是比之前要缩小了太多太多。

两人恰好赶在训练基地的大门关闭前回到学校。苏铁很知趣地没有在路口就与邵若冰分别。

苏铁刚刚转过身，被她叫住。

“要比赛了吧，你？”

苏铁说是，同时惊讶于邵若冰的敏锐。

“加油！”邵若冰轻轻地说了一句，便迅捷地转身，消失在小路尽头。

苏铁一个人，不急不缓地走开，经过宿舍门口时，他没有停下。

他走过训练场地，沿着墙边走，突然，一个声音叫住了自己。苏铁停下脚步，看见一个人影朝自己靠近。

那个人影迈着郊游一般的步伐，好像连这单调的景色都可以尽情欣赏，走近来看，他脸上带着微笑，眼神柔和坚毅，透露着十足的自信。

“队长。”

队长走到苏铁面前，“去哪？”

“散散步。”

“得了吧。今晚教练要突击检查，快比赛了嘛。”

“知道了。”

“你准备得怎么样？”

“还好。”

队长摇摇头。“还好是不够的，要拼了命才行啊。”

两个人都笑出来。

“加油！不要让别的事情影响你，记住，分心是大忌。”队长捶了一下苏铁的肩膀，沿着来路朝宿舍返回。

苏铁不知道队长知道多少，也许看到了自己送邵若冰回宿舍。不过苏铁并不担心被队长知道。他继续迈开步子，穿过一片小树林，朝一面有豁口的墙走去。突然，他眼睛瞥见身旁不远处黑糊糊的庞大建筑物。他停下脚步，仔细听，并没有任何声音从里面传出来。苏铁自嘲地笑笑，跳起来，两手抓住那个豁口，一使劲，整个人飞到墙上，又向下一跳，消失在夜色里。

卷帘门缓缓抬升，门后面一双大眼睛在等着苏铁。那双眼睛的主人一看见苏铁就扑上来，两条胳膊环住苏铁。

“他来啦。”她兴奋地喊道。

苏铁轻轻看了一眼。

“今晚没营业啊？”

“当然，老娘生日啊！”

女孩拽着苏铁朝里面走。这女孩的脸轮廓分明，嘴角一直带着笑，行动起来风风火火，充满活力。

“钟灵，你拽疼我了。我手上有伤。”

“对不起，不对起，我帮你看看。”

苏铁将手从钟灵手中抽出来。一下子搂住她的肩膀，带着她一起走向房间深处。

苏铁吓了一跳，一圈人围在一个生日蛋糕前，准备给钟灵过生日。沈子骏和杨光也混在其中。大家看到苏铁，开始起哄他来得这么晚。

钟灵拽着苏铁的胳膊，让他坐在自己的旁边。

“我要许愿了啦！”钟灵兴奋地大喊。“我许愿很灵的。”

有人起哄，“你许愿灵不灵我们到时看看苏铁就知道啦！”

钟灵噘起嘴，用手捂着脸，害羞一样扭着身子，“不许说话啦，不许说话啦。”

钟灵闭上眼睛，两只手合在一起，微微抿起嘴唇，嘴角似笑非笑，好像在打什么坏主意。围坐的人彼此笑笑，最后目光都落在钟灵身上。

钟灵睁开眼睛，一口气吹灭蜡烛。

人人高呼“生日快乐”！

钟灵笑得合不拢嘴。

苏铁也笑着看她。心里查数，今天自己到底看了多少人的笑了。钟灵的笑是毫无保留的，倾尽所有的笑。

生日宴会开始了，钟灵跑到吧台放音乐。整间网吧里塞满了音乐。

苏铁趁机来到沈子骏和杨光身边。得知教练要查寝的消息，杨光很沮丧。

“没准只是说说。”

“不会。”沈子骏说着，给自己倒了一杯酒。“这杯喝完走吧。”

另外两个人点点头。

杨光站起身来，从口袋里掏出什么东西，是包装好的盒子。

“礼物？”苏铁问。

杨光笑嘻嘻地点点头。

苏铁想起自己本来想到市中心买礼物的，但完全忘记了。

杨光走到吧台，钟灵正在和几个姐妹聊天。杨光站在那傻傻听着，傻陪笑。

沈子骏慢悠悠地喝了口酒。

“喂？你这酒喝得够慢的。”

“给大家点时间。”沈子骏说着，轻轻啜了一口。

远处爆发的一阵笑声让苏铁抬起头，他看见钟灵和几个姐妹笑得花枝招展。杨光的礼物放在桌子上，杨光自己也咧着嘴笑。钟灵伸出手弄乱杨光的头发，然后捏起他的脸，就像人们对待可爱的小孩一样。最后，钟灵从吧台出来，与杨光拥抱，两手在他背上使劲拍打。

“可以走了。”苏铁喝光手里的可乐。

沈子骏喝光了酒，站起身。

杨光走了回来，脸色微红。“嗯，快来不及了吧，走吧，走吧。”

“我去上个厕所。”苏铁说。

“门口等你。”沈子骏拍了拍杨光，示意他跟自己走。

苏铁从卫生间出来，朝门口走去，经过一段黑暗的地段时，一只手突然从黑暗中伸出，将苏铁拽到暗处，接着那人整个身子都贴在苏铁身上。

“别动。”

“我没动。”

“我的礼物呢？”

苏铁没有回答。

“我就知道。”

“我得回去了，教练晚上要查寝。快要比赛了，很严格的。”

“你知道我许的什么愿吗？”

苏铁在黑暗里摇摇头。

“等愿望实现了你就知道了。”

“真能实现吗？”

“讨厌！别乱说话！”

“对不起，礼物的事——”

没等苏铁说完话，钟灵的嘴唇已经将他所有的话都封住。

“谢谢你的礼物。”

说完，钟灵转身跑开。

苏铁舔了舔嘴唇，朝门口走去。

卷帘门外的两个人已经有些不耐烦了。见他来了，沈子骏将烟扔到地上，用脚踩灭。

“走吧。”苏铁说。

卷帘门放下了。三个人没说话，匆匆忙忙朝训练基地赶去。

10

不日将要举行的比赛算不上什么真正重要的比赛。击剑运动在最近几年才被大众所熟知，各地逐渐兴起一些击剑俱乐部，练习击剑的人逐渐多了起来。商业资本才逐渐把注意力转移到击剑项目上，不少商业资本联合地方政府，举办一些颇具规模的击剑比赛，让逐渐增多的击剑俱乐部可以派出队员参赛。训练基地准备派队出征的这场比赛，级别会比一般的商业比赛高一些，举办方邀请了省内的各个市队，以及一些颇知名俱乐部的队伍，让大家都派出自己的年轻队员，进行一场声势浩大的新秀赛。

但即使这样一场看似无关痛痒的比赛，背后也会有各种小小暗色的交易。领队接到上面通知，C市队的体育局领导刚刚上任，为了区别于前任在体育事业上的管理不力，新领导决定一炮而响，彻底树立治下的新形象。于是这场对于C市队比赛的输赢就变得很重要了。C市区的领队自然会体贴领导的意思，按实力来说，C队绝对不是实力缺缺的弱队，但是年轻的新秀实力如何实在难说，加上缺乏比赛经验，很难保证给出一个让人满意的结果。为了让领导高兴，干脆和其他有实力的参赛队伍通通气，大家彼此协调一下，协调出一个团体冠军也不会有什么难度。

训练基地的领队一开始接到这个消息，前后思考了一会，也觉得没什么大不了，这场比赛针对的都是各队新手，输赢也不代表各队真正的实力，拿了冠军也不过是给领导脸上贴贴金而已，何不做个顺水人情。让他不理解的是祁教练竟然如此固执，他没那么幼稚，以为祁教练是在坚持什么了不起的信念，将荣誉看得比个人得失重要，他不会相信这一套。他知道祁教练在取得胜利方面是完全不择手段的。条件允许，他完全可以使出更加过分、更加卑鄙的手段。没有什么潜规则是他不知道和不能接受的。那么这次到底是为了什么？祁教练对这么一场近乎于练习赛的新人秀却如此介意，让领队百思难解。本来，他也犯不着为了这样一次比赛，搞坏与本队教练的关系。无奈，他和祁教练的关系已经坏得不能再坏了。

祁教练不近人情和不服管教人尽皆知，几乎将他好不容易在队里建立起来的尊严碾了个稀巴烂。就是这样，他还要不时踩上两脚。而这些零零碎碎的侮辱，并不是因为祁教练对他这个领队怀恨在心，蓄意报复，如果是这样，自己还多少能容忍一下，也许还有机会可以解开误会，哪怕有机会让祁教练在形式上臣服于自己的权威，他都会尽全力试一试。让问题不可挽回的是，祁教练对自己的态度是彻头彻尾的轻蔑——看不起。骄傲，这是七宗罪里最严重的罪过，撒旦不就是因为骄傲，错以为大家通过他对上帝进行的敬拜是针对他自己的，这种自大让他生出要取而代之的野心，最后被逐出天堂。祁教练这样的人，早晚会有人教训的。领队本打算把这机会留给别人，但这一次他实在咽不下这口气，顺水人情已经变成一种意志的对抗，他非要挫挫对方的士气，让他知道是谁在做主。

比赛临近。领队挑了个合适的时间，特意到队里视察，他连续视察了几个队，最后才来到花剑队。他知道祁教练此刻一般都在自己的办公室研究录像带，要等一会才出来指导训练。

领队观察了一会年轻队员的训练。他在人群中找到苏铁，但转念一想，还是先找别的人询问一下比较保险。他皱着眉挑选，胖胖的手指伸出来一指，轻轻点了点，眼睛里露出慈祥而不失威严的笑容。

被他手指点中的小孩惊讶地瞪大了眼睛，四下看了看，确认是自己后，才从训练中脱身，慢吞吞地朝领队走过来。

“领队好。”他拽着T恤衫的前襟，一边扇风一边说。

“你叫什么名字？”领队问。

“杨光。”

“嗯，杨光。准备得怎么样了，参加比赛能拿名次吗？”

杨光被问得愣住，惊讶又有些不耐烦地回答：“还没确定。”

“还没确定？”领队更为惊讶，离比赛时间连一周都不到了，竟然还没有确定人选。他决心再打探一下。“你被选中参赛吗？”

“不知道，有可能，我们要打队内积分赛。积分够的人才能上场参赛。”杨光说。

领队点点头，拍了拍他的肩膀，让他回去。领队自己则走进训练队伍中，不时停下，装作观察训练的样子，点点头后满意地走开。他终于走到了苏铁的身边，眯着眼睛看着苏铁做完一系列训练动作。

苏铁被领队看得心里发毛，动作都变得不协调了。他主动停下来，向领队问好。

领队收起那副慈祥的面容，他知道这招对苏铁没有用。他换上一副严肃认真的神情，询问苏铁的训练状况。

苏铁如实作答，尽量不表现得兴趣缺缺。

领队寒暄了几句，突然放缓语气，用外人难以察觉的语气告诉苏铁，请他晚上训练结束后来找自己，并请他保密。说完这些，领队又故意在训练场里转了转，便迅速离开了。

杨光凑到苏铁身边，询问领队和他说了什么？

“估计是晚上出去的事，要拿我开刀了。”苏铁满不在乎地回答。

杨光耸耸肩，两个人都不再想这件事。

训练结束前，祁教练才从办公室里出来。他只轻轻一瞥，脸上立刻显出一副不耐烦的神情，每当有人偷懒或者士气低落的时候，他脸上就会有这副不满的表情。

“干吗无精打采，集体偷懒吗？”教练扫视全场，所有人都认真起来，“全体都有，Tabata。然后波比跳。到我满意为止。”

训练场内霎时间扬起了一阵抱怨，但被祁教练一个轻轻的眼神压了下去。所有人都按照教练的吩咐就位，开始制定的体能训练。很快，大家开始出汗，肌肉开始酸痛，眉毛眼睛都拧在一起。每个人都盼望他开口喊停。但祁教练一言不发地看着大家，紧紧闭着嘴唇。

“我说一下，后天我们举行队内比赛，选拔一下参加新秀赛的队员。”祁教练顿了顿，继续说，“你们这么松散，要去新秀赛上丢脸吗？被人打得落花流水就不要回来了。我这不收留废物。听懂了吗？”

全体回答：“听懂了。”

“精神集中！我不想再说第二遍，别再让我看见你们眼神涣散，动作走形。”

祁教练说完，抬手看了看手表。“队长。”

“到！”队长喊道。

“二十分钟后结束动作，然后解散。”祁教练说完便径直离开。

“是。”队长喊道。

祁教练走出训练场时，场内瞬间哀鸿遍野。

“这是哪里不对劲了？”

“新秀赛算什么，这么认真，没搞错吧？”

“哎哟，我又参加不了新秀赛，能不能休息啊？”

“是气不顺，拿我们撒气吗？”

队长大喊一声，让大家闭嘴。训练场内顿时安静了，只有鞋底划过地板的声音和此起彼伏的喘息声。

训练结束后，苏铁故意慢悠悠地去吃了饭，然后准备回到房间洗个澡，但转念一想，不如就这样一身臭汗地去见领队。于是他改变路线，折返回来，朝领队的办公室走去。

领队已经在办公室等候多时了。此时已经离训练结束一个多小时。他已经差不多要相信，祁教练真的在暗中鼓动和支持运动员和自己对抗。如果是那样，他绝对要狠狠地报复。正在这时，敲门声响起，打断了他的思绪。

“请进。”领队尽量掩藏自己的愤怒。

门开了，苏铁站在领队面前。

领队想露出笑脸，却皱了皱眉。苏铁走近他时，一股浓烈的汗臭味迎面而来，领队强挤出笑容。

“训练一定很辛苦吧。来，坐下说吧。”

苏铁一屁股坐在领队对面的椅子上。他琢磨着应该和杨光打个赌，自己猜得一定对。

“你们的训练很辛苦，我是知道的。基地也是尽一切的力量保障训练的顺利，保证运动员的健康。但是你们自己也要自觉，我发现你最近总在熄灯后外出，是这样吧？”

猜对了。苏铁心里说。

“我没有啊，我晚上睡得很早。”

“我既然找你了，肯定是有证据。”领队顿了顿，“我不想翻旧账，但你在我心里是有案底的。你不用急于辩解。”领队挥挥手，没让苏铁开口，“你放心，我对你并没有成见，就事论事。我是担心运动员因为自己不懂得自律，耽误了自己的正事。你比赛准备得怎么样了？”

苏铁将后天队内比赛选拔参赛选手的事告诉了领队。

领队将话题盘旋片刻，犹豫该不该将谈话的最终目的托出，还是随便鼓励苏铁几句，赶快让他走人。最后，他还是忍不住测试自己的权威对苏铁的作用。

苏铁听到领队的话后，第一反应是屈辱：为什么偏偏找自己来放水？难道是因为自己的实力不济，对自己不抱希望吗？还是让自己输给别人看上去比较自然合理，充满可信性？难道自己的努力他们看不见吗？苏铁第二个冒出来的想法是在这个指令里面，教练的意思有多少？他对面前这个肥肥胖胖的领队可以说毫不在乎，但是如果他传递的也是教练的意思呢？教练也认为我不行吗？

“为什么会找到我？”

“因为你是有前途的运动员，才有能力做好这件事。”

苏铁不相信这个理由，这种事任何人都行，选自己是因为他觉得自己有把柄捏在他手里，好对付而已。

“苏铁，你要知道，品德有问题的运动员，我们是可以禁止他出赛的。一个品德有问题，不服从组织安排的运动员，能是一个好的、合格的运动员吗？”领队的小眼睛炯炯有神地盯着苏铁。

苏铁知道自己不会被吓住，但是他感觉非常失望，这更糟糕。

领队让他好好考虑一下，考虑好了来找自己谈谈。

“领队，选拔在后天才开始，我还不一定能入围呢。”

苏铁没有告别，站起身，微微向前倾身，点了点头，便转身离开了办公室。

领队独自坐在办公室里，回味刚才的片段。从苏铁的反应来看，祁教练还没有和苏铁提过那件事。苏铁看起来也没有完全站在祁教练那边反抗自己的意思，只是他还没有经历过类似的事，有些不习惯罢了，自己一定可以摆平他的。

苏铁整晚难以安眠，脑子里都是领队在办公室说的话，这些话缠缠绕绕到天明，苏铁不知何时睡着，又何时醒了过来。索性不想再睡下去，干脆起床，提前下楼，去操场跑步，也图个清静，捋一捋思绪。

走出宿舍大楼，苏铁来到运动场。与和众人一起晨跑时的情景不同，此刻的运动场空无一人，显得无比失落。运动场边立着一盏盏灯柱是白色的路灯，孤零零地垂着头。苏铁沿着操场慢慢地走。

他走了一百多米便觉得不耐烦，他并不想沉浸在某种失落的情绪里，相反，他希望能够刺激自己，让自己像墙边挂的口号那样："更高、更快、更强。"他抬起两只手臂，原地跳了两下，落地后上身前倾，整个人顺势跑了出去。他跑得飞快，在凉爽的早晨带起一阵风。他甚至想，要不然和风赛跑算了。

直到他发现自己满身大汗，肌肉酸痛，才想到应该停下来歇一歇。又没人逼自己，何苦跑得那么快。

正在此时，他发现前面不远处有一个纤细但健美的身影正在慢跑。苏铁很惊讶，他之前竟然没有发现这个人。那人离苏铁很远，在操场的另一端，所以他才一直没看见。苏铁放慢脚步，仔细观察这个身影。苏铁加快脚步，两人距离越来越近，对方的身形包裹在紧身衣内，线条柔和优雅，但是跑步的动作有力而端庄，平衡了身材曼妙带来的强烈诱惑感。苏铁没想到这么早就有女生单独来跑步，突然感到好奇。

苏铁慢慢地、脚步轻轻地移动过去，渐渐靠近那女孩。他仔细辨认背影，不禁惊讶无措起来，这身影是如此熟悉！他马上瞪大眼睛看，女孩穿的是带有艺术体操队标志的衣服。他吃了一惊，立刻紧张了起来。刚才那些浓重的去不掉的困扰和忧愁一下子都消失不见了，他现在的注意力完全转向女孩，他发现这个女孩的身影越看越熟悉。苏铁慢慢跑上前，确认这就是——邵若冰！离女孩还有两米的时候，他犹豫了一下，但还是鼓起勇气，索性跑上去与她并排。当他跑到女孩身边的那一刻，他才突然有些后悔，他希望自己不是这样出现在她身旁，这样自己这一身臭汗味或许就无足轻重了。

"苏铁？"邵若冰的声音异常熟悉。

苏铁转头看向女孩，他的心立刻绷紧。对方察觉到有人在旁边，转过头来。苏铁装作毫不惊讶地说出了女孩的名字："邵若冰！"

两个人都没想到对方会在这里，竟然都莫名其妙地笑了出来。

苏铁停下脚步。但邵若冰并没有停。

苏铁只好抬腿跟上，与邵若冰并排跑起来。

“我不知道你还有早起跑步的习惯。”苏铁说。

“我所有的事你都知道吗？”邵若冰语调平静地说。

“当然不是。”苏铁说，犹豫后又加了一句“但我很想知道，只是你不肯说。”

邵若冰皱皱眉，转过头看他。苏铁被看得有些紧张。

“你看我干吗？”苏铁说。

邵若冰没有说话，挪开了目光。这样，苏铁反倒被动了，显得自讨无趣。

苏铁只好装出一副故作轻松的样子，笑了起来，“我能再见到你，很开心。”

邵若冰朝苏铁礼貌地笑了笑。

苏铁心里刚刚升起一丝兴奋感，难得她竟然会对自己感兴趣。但是却偏偏是现在，自己一身臭汗而且思绪烦乱的时候。

“你经常起这么早来跑步吗？”苏铁问。

“最近体重增加了，要减重量，所以早上来跑步。”邵若冰礼貌地说出了事实。

“哦。”苏铁说。不知道如何开始新的话题，他心里暗自盘算，以后自己也要早起来跑步。

“你心情不好？”邵若冰说。

“啊？”苏铁被人戳破，大吃一惊，渐渐停下脚步。

邵若冰停下脚步，站在原地。“是因为比赛吗？”

苏铁摇了摇头，“只是一场新秀赛，算不上什么。”又补充了一句，“也不一定让我参赛，你是怎么知道的？”

邵若冰没有回答他的问题。“都在你脸上写着呢。”

苏铁失望的心情一下子又怯怯地回暖，他看着眼前的邵若冰，对他来说，她是近乎完美一样的存在了，总是一副无懈可击的样子。他暗中觉得，自己可能配不上这个邵若冰，她应该不会像自己一样，经历了那么多困难才勉强合格留在这里。

邵若冰跑累了，也换作步行，苏铁陪在邵若冰身边。苏铁找尽了话题，想让谈话不停地继续。谈话持续了将近20分钟，苏铁尽全力维持话题，但还是逐渐察觉到一些神秘的模糊的界限。无论他说多少话，无论他有多么热情，邵若冰似乎永远处在保护层之内，给自己一种无法接近的感觉。最初的兴奋感逐渐消失，换上一种缓慢发酵的失落与不甘，但苏铁不允许自己表现任何的负面情绪，仍然竭尽全力地陪她聊下去。

11

又是一天匆忙的结束，祁教练早上看见苏铁那么早在操场上跑步，吃了一惊，没想到这小子这么刻苦。整整一天，他留意观察苏铁，发现他的进步很大，但是也有些问题。

午夜十二点四十五分钟左右，熄灯的时间早就已经过了，整个训练基地都被厚厚的沉寂覆盖。从祁教练的窗户向外望出去，窗外是由隆重的黑暗汇成的洪流，静静地倾泻下来，排列整齐的照明灯就像是洪流中挣扎的人，永远不会沉，永远不会离开，像他自己一样，始终处在同一种折磨之中。

祁教练每天晚上都要消耗大量的比赛录像和定量的酒精。比赛录像来自世界各地，来自全国各地，来自全省各地，来自尘封的无人问津的历史，来自经典比赛的录播。他不仅将值得研究的录像内容做了详尽的笔记和分析，还研究了其中隐藏着的不同的风格流派和历史，以及流传下来所经历的种种变迁。因为太过熟悉这些东西，他甚至可以将20世纪50年代的一位顶尖选手和本世纪的冠军在脑中虚拟出一场精彩的对决，用他掌握的技术来判断谁的胜率更大，其中不仅会考虑到种种技术优势和差别，还会考虑到运动员本身的心理素质，得出的结果也不仅仅是输赢胜败，他还会分析出随着时间的流逝，所谓技术的进步带来的却并不全都是正面的效果，古老原始的技术中反而保有更为重要的东西。

击剑是一门艺术，它和所有的艺术一样，需要从事者有献身的觉悟才能进入精深的境界。他一向自认为是流浪在击剑界的苦修士。他可以毫不犹豫地说自己将生命的所有部分都献给了击剑运动。他的高傲建立在坚定的信念、完全的献身、强大的执行力以及灵活的头脑之上。他丝毫不掩饰自己瞧不起很多人，那些人倒不一定是实力不济，而是对这项运动本身心地不诚。他们的存在玷污了他为之付出的神圣领域。但同时，他也可以为了自己喜欢的事业，为了达成目的而毫不在乎颜面地卑躬屈膝。他环顾四周，没有见过什么人能够做到这一点。

自己的这些想法，那个领队是永远不可能了解的。在这个系统里面也不会有人理解。但是没关系，他会用自己的成绩堵住他们的嘴，而决不会选择放弃自己的骄傲。

培养出一个能打出好成绩的运动员当然很重要，一个冠军会让他周围的人鸡犬升天。但这种事对他来说只是早晚的问题，祁教练并不为此而着急或者焦虑。他有自己的判断方法，不同的比赛有不同的对待方法。这场常人眼中小而又小的比赛，对他来说却有不同的意义。

他将录像带从机器里取出来收好，起身来到柜子边，手指在装满整个架子的录像带脊背上划动，突然，他的手停在某一盘录像带上。他轻巧熟练地抽出录像带，走回录像机旁，放入录像机，按动录像。

祁教练坐在电视机前的小板凳上，已经有些发红的眼睛盯着面前的电视屏幕，32 英寸的电视机屏幕里出现一些晃动的线条，晃动消失后出现了满屏的彩色画面。祁教练把电视机的声音放大，让自己可以听见来自现场的声音。他的目光越过一个个运动员，定格在场边的休息长椅上。一个男人刚刚走到长椅上坐下突然又站了起来，朝赛道边走去，眼神紧紧盯着赛道上的运动员。祁教练一眼就辨认出这个男人。

这个男人脸上的表情相当放松，甚至有些隐隐的得意，看得出来这个人的经历相当顺遂，一向似乎没有什么事做不成。

祁教练的脸上不禁现出一丝妒意，说不清是对这个男人还是对自己的命运。祁教练很久没有见到他了，只知道他退役后在省内某个队伍中担任教练，却没想到会在这份前几日搜集到的比赛视频中见到他。

祁教练和此人师出同门，是师兄弟关系。与祁教练相比，对方身形高大，体态更为优雅，脸上的表情也没有那么严峻，肌肉没有那么紧张，显得非常随和。祁教练自己则完全完全相反，他并不高大，并不强壮，早些年还非常瘦弱，是他靠着自己的毅力把自己变得强壮起来。他脸上带有一种异常严苛、傲慢、挑剔的表情，阴晴不定，让人无论如何揣摩不出他内心的想法，他的一个笑容后面随便一个眼神，就能起到拒人于千里之外的效果。

两位同门师兄弟之间的差别是如何造就的，没有人比祁教练自己更清楚了。他们的教练本来是国内有名的击剑运动员，某种程度上他们可以说是幸运儿，能够被教练选中。但是他很快就明白，教练对他有多失望，因为他并没有什么特殊的天赋，师弟一出现教练便将注意力完全投注到师弟的身上。祁教练非常敏锐地发现，师弟的优越条件比他更适合击剑这项运动。教练倾注了更多的心力培养师弟，对祁教练的前途并不看好。祁教练曾一度失望至极，甚至绝望地想要放弃击剑运动。但是他的性格不允许他做出这种选择，可是现实逼迫他做出了这样的选择。他离开了击剑队，去做一个与击剑无关的人，他靠着自己的精明能干，在戴勒姆、通用、奥美等不少国际大公司工作了几年后，进入麦肯锡做咨询工作。工作一年之后，处在上升期的他辞职了。没有任何理由。

理由只有他自己知道。为了融入外企公司的文化，他偶尔阅读《圣经》。当他读到该隐与亚伯的故事时，内心受到了强烈的触动。该隐的献祭没有被上帝喜爱，这就像他自己对击剑的爱没有被教练接受一样。祁教练立刻找来关于击剑的一切消息。他重新进入击剑的世界，发现师弟的击剑生涯在一段高歌猛进的时期后达到顶点，拿到全国冠军后，参加了一次奥运会，后来因为伤病退役，准备转任教练。

祁教练很敏锐地发现自己还是要回到那个世界，才能得到自己想要的东西。他需要在那里创造出巨大的成就才能弥补心里的空洞，但这一次，他不想做运动员，他要做培养运动员的人。

他用无比的狂热重新捡起关于击剑的知识，最后靠着老教练的名声进入某个小队当助理教练。他只蛰伏了很短一段时间，霸道的脾气就掩藏不住了。但他的指导异常精准，终于让他在三年之后有了独当一面的机会。

师弟退役后成为教练所任职的队伍与他所指导的队伍曾经有过几次相遇，他将对方打得一败涂地。那种满足感是难以言语的，他知道，自己的成就越大，对师弟的伤害就越大。

该隐杀死了自己的兄弟亚伯，这个报复性的行为，导致了该隐被迫出走、流浪，成为永久的凶手。祁教练接受的惩罚就是生活在西西弗斯推石头上山一样单调的世界里，每日只与击剑相伴，几乎抛弃了人生其他一切的乐趣，但他不曾有一刻后悔。

祁教练深深陷入了沉思，过往像火车在脑中呼啸而过。汽笛声响起，不知是谁在尽力嘶鸣。祁教练清醒过来，让激动的情绪退潮，才听清楚那并不是火车汽笛，而是敲门声。他看了看表，又看了看门口，似乎已经知道来访者是谁了？

门开了，队长站在外面。

祁教练低着头走回房间，队长在他身后关上门，安静地跟着他走入房间。祁教练抱着胳膊，走到窗口前，一动不动。

队长停在电视机前，盯着上面的画面。

“这是什么比赛？”

“新秀赛上可能遇到的队伍。”教练头也不回地说。

队长环视了一下教练的办公室，这里像是关于击剑的图书馆，不，应该是资料馆。几个大书架早已经堆满了书籍和录像带，地上、茶几上、沙发上到处都放着书籍和打印资料，书桌上有几个文件收纳柜，里面放着教练手写的各种笔记和工作日志。每次进入这间办公室，队长都会陡然感觉走入了某个宗教场所，自己所从事的运动迅速有了无比庄严的意味。

“教练，事情怎么样了？”队长盯着教练的背影，等待一个答案。

“我还在犹豫。”祁教练回答。

队长顿了顿才回答，“教练，我请您不要再犹豫了。对方邀请您去执教，这是很好的事。对方是省队，级别比这里高，人才比这里多，您去了那里才能更好地施展您的能力。”

祁教练回过身，意味深长朝队长点点头。少顷，教练开口道：“那你们呢？我就这样把你们留在这里吗？”

队长明白了。他并不知道事情从什么时候开始策划的，但是他得知消息是在一个月前。祁教练告诉他，另一个省的省队已经与他接洽许久，很想请他去那边做教练。虽然自己只是个年纪轻轻的运动员，但是多少明白其中的微妙。这种事对教练的好处是不言自明的，虽然无疑会被训练基地的人视作背叛，会非常影响当事人的口碑和前途，被背叛的队伍无疑会竭尽全力抹黑背叛者，处处与他作对。除非执教者本人是极具能力和权威的人，否则是承受不起那种灾难性的后果的。唯一值得庆幸的是祁教练就是能禁得住之后的种种凶险的人，而且教练去了那里，应该能更好地开展工作，况且，他以后早晚是要去更高级别的队伍执教的，这是由他的水平和资历所决定的。但是祁教练却对这么好的机会犹豫不决。

“您还在犹豫吗？”队长问道。

“我没有犹豫。”祁教练斩钉截铁地说。

但是队长知道，教练在这里工作并不愉快，因为队里的干预，很多理念得不到贯彻实施。他行动起来颇为掣肘，他对训练基地早有不满。这次F省的省队来接洽他，是难得的机会。

“我可以去直接执掌一个省级队伍，国家队我也能胜任。只是——”

教练沉吟，几次张口，却又不再说下去。

队长点了点头。

“你说的也对，我也想过干脆答应了。我也问过他们，能否，能否带这里的队员过去？”教练看了看队长。

“他们答应了？”队长问道。

教练点点头。

“但是，他们只让我带一个人。”教练沉吟片刻，再次开口道，“我本想带你一个人去。不过我们都要想好，到了那边可就没有回头路了。对我们两个都一样。这边的队伍不会再要我们。而且，等到消息一放出来，会有很多人过来挽留你，他们会用各种各样的方式，你要想好，要是不能确定自己能否经受得住这些诱惑，你现在可以拒绝我。一旦答应了，就不要有回头路。”

祁教练说这番话的语气却并不坚决，词句之间满是犹犹豫豫，难以决断。

队长知道教练这么做不仅是因为自己的天赋和能力让他满意，他对得罪自己的人从来都是深恶痛绝，睚眦必报。自己跟随着教练转会，无疑会将训练基地的人气得七窍生烟，想必这会让教练非常开心。但是他也知道教练并不会这么做，他不会因为想让别人难过就抛下全队。

“除了我，还有什么人要一块带走吗？蝎子？”队长问。

祁教练摇摇头。“玩笑话，玩笑话。”他在窗边来回踱步，手放在下巴上，陷入了沉思。“也许——”教练轻轻摇了摇头，样子非常犹豫。“这件事，不要泄露消息，免得无端生事。”

教练果然放心不下大家，队长想，这些年轻的队员难免听风就是雨，不加分辨就大张旗鼓地激动起来，那才是真的麻烦呢。他们恐怕现在还体会不到教练的苦心。但队长却知道，教练放弃了这个机会付出的是什么样的代价。

祁教练转折心思，停不下脚步。“还是算了，不能这样不负责任地离开，我明天便去回他们的话，就说——”

队长立刻阻拦了他，然后将利弊再一次澄清。

祁教练却摇了摇头，似乎放弃了这一想法。“不行，我不能这样。其实，我犯了个错误，我不能就这样离开。”

队长脸上出现不解的表情。他知道祁教练很少会承认自己犯错误，即使是对自己这个他一手带出来的人也几乎没有。

今晚，祁教练脸上第一次出现了懊悔的神情。

“我在他身上犯了个错误，这怪我当时决策错误，我当时忍不住想当然了。”

队长想要追问，但是又闭上了嘴，他怀疑自己还是不要问得好，如果祁教练要说，自然会告诉自己。

“新队员都还算可以，有几个打得确实不错。”队长说。

祁教练摇摇头。“不需要了，一切等到新秀赛之后再说吧。”祁教练从柜子里拿出一瓶威士忌，坐在沙发上给自己倒了一杯，拿在手里。“我会再好好想想，如何回绝他们。你是不是觉得我有点太妇人之仁了？是不是让你失望了？”

队长坚定地摇摇头。

“您是为了大家好，我当然知道。”队长说。

祁教练这才把杯子举到嘴边，小小地饮下一口。

队长走出教练办公室时，连着打了两个哈欠。走廊里黑黑的，他好想看见自己消失在黑暗中的样子。他回头望，能看见教练办公室门缝里透出的光，好像那是一个神秘的异世界，他应该庆幸自己竟然能平安无事地走出来。教练今晚估计会睡在那张沙发床上了。又一个哈欠，队长决定赶快回去睡觉。

他走出基地的大楼，横穿过一片空地，经过运动场边沿，朝宿舍走去。突然，他看见黑暗中有一团人影在移动。

队长停住不动，等待黑影慢慢向自己靠近。他借着微弱的月光看清楚了他的脸。

“苏铁！”队长轻轻叫道。

那个人影停住了，从跑道上走下来，走到队长身边，咧开嘴笑了。“队长，你怎么在这！”

队长盯着苏铁看，看不清他的眼神。他脑子里突然出现了一个可笑的想法，要是苏铁刚才在门口听到了他和教练的谈话会怎么样？就像电视剧和那些小说里那样，一个无辜的人掌握了一个秘密。队长饶有兴致地靠近苏铁，仔细看了看他的眼神。

苏铁不知所措，扬起了眉毛。“是我，还能有假吗！”

队长笑着拍了拍他。“你这么晚训练吗？”

“跑步，训练体能。”其实苏铁只是睡不着，来这里消耗一下精力，顺便重温一下早上和邵若冰一起跑步的幸福时光。

“击剑是靠脑子的，回去好好休息吧。”

“我是经过思考的，我想要让自己体能更好点。”

“很好啊，很有自信嘛。”

苏铁的呼吸终于平复，他抹了一把汗，轻轻摇着头，“并没有那么有信心。”他沉默了片刻，“但我很想有，我觉得自己很需要信心。”

队长笑了笑。眼前回想起刚进队时的苏铁，那个怯生生，充满警惕性的小孩。

“信心是自己奋斗来的，不要怕，要有勇气。就像打怪升级一样，你不是经常去吗？”

苏铁被队长的话逗乐了。自己的行踪根本逃不过他的眼睛，但转念一想，这也是正常的，但今晚他不想再多暴露自己。

“队长，你们会参加全运会吧，到时候会离开这里去省队训练吗？”

“要参加全运会的人都要去省队训练啊。”

“嗯。”苏铁问，“那还会回来吗？”

队长笑笑。

“失败了就会回来。”

“哦，那不要回来了。”

两个人哈哈大笑起来。

“我也想去省队，我想参加全运会。”苏铁的语气出乎意料的坚定。

“说出来是对的，还要每天提醒自己，不要一玩游戏就忘了目标。”

“我听说队长你以前是高手，一个人出去刷副本，连组队都不需要，很厉害的。也不教教我。”

队长忍不住笑出来。

“现在回去休息，明早你可以好好和水牛比比。”

苏铁听从了队长的命令，两个人一起朝宿舍走去。

苏铁在回想连日来发生的事，前前后后就像过山车一样，但现在的他不会让这些东西吓倒了。他在心里暗暗确定目标。

队长暗自思忖，如果一切顺利，他可能会代表另一个省的队伍参加全运会吧。如果不顺利呢？他皱了皱眉，不顺利的情况反倒是很难想象了 .....

两个人的身影渐渐消失在夜色中 ......

12

晨风吹入训练基地广阔的操场，轻轻抚摸着昨夜堆积的浓雾，太阳早早地浮动在天边。阳光慢慢爬上树梢，爬上训练基地的楼房墙壁上，爬到一扇扇或开或紧闭的窗户上，玻璃映出天上的云，训练基地里的每个房间都逐渐明亮起来。

值夜班的保安下了班，打着哈欠、揉着眼睛，敲打保安室的铁皮门，叫醒睡在床上的同事。

与此同时，粗暴的铃声响彻全训练基地的每一个楼层，每一个走廊，闯入每一个房间，扑在每一个人的床上。

宿舍楼里，已经三三两两地走出了几个人，他们眼睛还没有睁开，彼此互不搭理，拖着脚步朝运动场走去。

浓雾尚未散去，在运动场上徘徊。远远看去，雾气遮住了一个个塑料座椅颜色各不相同的观众席，白色的跑道界线也模糊不清，好像雾气里的运动场是一个可以躲起来继续睡觉的地方。

又有一批人从宿舍里走出来。从宿舍楼里的某些窗口里传出骂声。走在下面的学生嘴里小声咒骂了几句，算是还嘴。大家都因为睡眠被打断而感到怒气冲冲。尤其是昨晚那些外出通宵玩游戏的人，昨晚一整夜的欢畅淋漓现在回忆起来多少有点后悔，总是昨晚已经做好准备牺牲睡眠，此时他们可能刚刚翻墙进来，悄悄躺在床上，闭眼睡了那么小小一会，就被铃声驱赶到运动场跑步，心里就像装了个火药桶一样不痛快。

从楼里走出来的人越来越多，从窗户里传出的骂声越来越少。队员们渐渐从各自的起床气中恢复过来，开始打闹、胡说八道、炫耀昨晚的经历，各种突如而来的好兴致又驱散了早起带来的怨恨。

苏铁早上始终没有睁开眼睛，起床铃的催促也没有让他烦躁。那声音越大，他反而越震惊。水牛不痛快地喘着粗气爬下床，为了刺激自己，一把将窗帘拉开，他在窗口做了两个扩胸动作，又把手抓到屋子与阳台链接的门框上，一使劲，把自己整个身子拉上去。他上到最顶部的时候，头部的位置能看到苏铁的脸，苏铁没有受到一丝影响。连续十个动作之后，水牛精神了。他放自己下来，趿拉着拖鞋，声音很大地去卫生间洗漱。不大一会，水牛和游戏机都整理完毕，连问都没问苏铁一句，便出门，下楼跑步去。

“现在过了几分钟？”苏铁想，“还有几分钟？”现在的温度很舒适，他不起床不是因为昨晚上床太晚而困倦，而是他刚从一个梦中醒过来。他不想睁眼是因为这个梦真实到让他以为不是梦的程度。“还有十分钟。”他想。门外走廊的嘈杂声已经过了最高峰。

隔壁有人扯开嗓子大吼一声：“还有 6 分钟。”接着整个寝室都活跃起来。床架嘎吱嘎吱响，跳下床的闷响接连不断，凳子腿在地板上拖拽发出的刺耳声音，卫生间的门被猛地打开，水龙头和马桶的声音，彼此谩骂催促的声音，第一个准备好的人打开门飞奔出去的声音。

“我计算错了，现在估计连六分钟都剩不下来。也许等一会，杨光会来敲我的门，没准沈子骏也在外面等着。那时候我就得起床了。其实我也可以装作自己已经早就到操场了。等他们离开，我再起床，从另一边下楼，还是可以赶在他们前面，等他们见了我，一定非常吃惊。”

他在枕头上哼哼了一声，甩掉这些杂念，专心回忆起自己的梦境来。首先是一个清晨，在训练基地的操场上，四周寂静无人。然后，微风、白云。他一个人在操场上散步，还有另一个人，离自己很远。他好不容易才追上对方，他怀疑是她。他不敢确定，走上前去，果然是邵若冰。他上前搭话，虽然很紧张，但是进展却很顺利。她也在跑步，此刻停下来和他一起散步，陪他聊天。她非常热情，两个人不时中止聊天，无来由地哈哈大笑起来，笑得整个早晨都温柔起来。苏铁希望连绵无尽的白云就这样将自己包围。苏铁突然告诉她，自己一直喜欢她。奇怪，自己虽然紧张，但语气听上去诚恳而放松，跟他平时想要的效果一样。她低下了头，不说话。他趁机讲出自己与她第一次见面的场景，他努力留在这里也有一部分是因为她。他语速飞快，神情激动，突然，他停住不说话了。女孩牵住了他的手，静静地看着他。两个人停下脚步，她靠近自己，两只手轻轻抱住他的脖颈，踮起脚，轻轻吻了他的嘴唇。

"是真的。"苏铁跟自己说。他记得有天早上自己确实去过操场，遇见过邵若冰。现实和梦境混在一起。"到底有没有那个吻？竟然记不清了。"如果有，他是不大敢相信的。如果没有，梦境太真实，几乎要遮盖了回忆。他希望是有的，真实也就变得无法判断了。

走廊里已经没有声音了，更多的声音从运动场上传来。各队教练的哨声，喊叫声，队员们为了驱散睡意的喊叫声。

"如果我今早还能见到她，就可以确定了。"苏铁脑子里冒出这个想法后，立即变得无比笃定。

苏铁来了精神，刚睁开眼睛，敲门声响了，他没有动。"假装不在吧，如果和他们一起，就没办法脱身了。"

苏铁一声不吭，但外面的敲门声持续不断，不肯让他蒙混过关。

苏铁反倒放松下来，他动作小心地穿好袜子和T恤衫，一闪身，从床上跳到地上，落地动作控制得很好，没有声音。他穿上裤子和鞋子，水牛没有关阳台的门，他走到阳台上，从窗口看向不远处的小操场。操场上的一半被另一幢楼遮住，他发现操场上还没有人。

"苏铁，开门。"

苏铁一惊，声音是沈子骏的，苏铁一动不动。沈子骏此刻的语气有点让自己不高兴，那是一种命令式的语气，而且笃定自己的判断是正确的，好像自己早就在他手心里跑不掉一样。

“苏铁，你见到杨光了吗？”沈子骏说。

苏铁竖起耳朵。“恶作剧？杨光就在门口吧。”

“杨光不见了。”沈子骏又敲了敲门。“昨晚你们去网吧了？”

苏铁朝门口走去，准备好迎接尴尬后，打开门。“别开玩笑了。”他本想说这句话，却只在心里说。门外站的只有沈子骏，他迅速扫视了一眼宿舍。

“他会不会先下去了？”苏铁主动让开身子。

沈子骏摇摇头。

“我昨晚没和他一起。”苏铁说。“我以为你们俩可能会去。”

“我没去。要比赛了，我待在宿舍休息。”沈子骏说。

“教练待会点名他就惨了。”苏铁说。

“我们走吧，也许他先下去了。”

沈子骏朝楼梯跑去，苏铁关上门，紧紧跟在后面。

运动场上沸腾的人群早就安静了，队员们被分类到各自教练的队伍里。长跑队已经开始跑步了，其他的项目也有人开始进入跑道。

苏铁和沈子骏赶到运动场时，祁教练正站在排成两排的队员们面前。他头发梳得一丝不苟，紧闭着嘴唇盯着对面的队员们看，队长正拿着名册点名。两个人赶到后，赶紧插入队伍中，连碰带撞，将已经站好的队伍弄乱。队长点名完毕，但是苏铁并没有在人群中发现杨光。

“集合时间，十五分钟，全运动场最慢！”

所有人都不敢说话，等着接受惩罚。

“苏铁！沈子骏！”

听到教练叫自己，苏铁立刻站直了。沈子骏也一脸严肃地做好了准备。

“你们得了拖延症吗？还是腿短跑不快？早上睡觉做春梦了，舍不得醒？你们很厉害吗？苏铁，你能打败这里所有人吗？你能拿冠军吗？”

苏铁一声不吭。

“你嘴巴长哪里去了。”

“我不能。”

“不能什么！”

祁教练把两只手抱起来，在胸前形成一道屏障。

“不能拿冠军。”

“你当然不能。但是你可以迟到！你可以拖慢大家的集合速度。”

“对不起，教练！”苏铁知道教练不会骂沈子骏，因为沈子骏的实力超群，是这一批人里最好的，自己不是。

“杨光在哪儿？”教练突然话锋一转。

苏铁惊讶了一下，看向宿舍，从宿舍到这里的路上空无一人，宿舍的大门紧闭，看样子这个时候不会有人从里面走出来了。他只好吞吞吐吐地作答。

“我不知道。”

“你们每天泡在一起，找到他了，让他到我这来。跑步。”

没等苏铁回应，祁教练已经转身走开。

队长点点头，带队进入跑道。

苏铁混在人群里，跑到与杨光同寝室的人旁边，小声询问。对方告诉苏铁，睡觉前杨光还在，早上醒来就不见了。

苏铁跑道沈子骏旁边，“肯定是自己出去玩游戏了，因为我们俩都不能陪他。”

沈子骏和苏铁对视了一眼，看样子并不很认同苏铁的判断。

“没必要到今天早上。”沈子骏说，“从来没出过这样的事。而且他昨天还说今天上午想和我对练一下，没理由突然消失，而且他是从来不缺席晨跑的。”

苏铁这才仔细思考杨光可能遇到了什么事。他仔细回想这个朋友，除了去网吧之外，还能遇到什么事呢？

“我们中午的时候出去，去网吧找吧。”苏铁说。

“难道是翻墙的时候受伤了？”沈子骏说。

苏铁想笑，这怎么可能。那堵墙翻了不知道多少次，熟练得不能再熟练，怎么可能掉下来受伤。

“他早上回来的时候总打瞌睡，可能大意了。”沈子骏解释道。

苏铁明白，倒也是有这种可能。比赛在即，要是受伤了，那可麻烦了。而且还是因为这种事，想抱怨都说不出口。

“算了，不要多想了，中午去网吧找。”苏铁说。

沈子骏摇摇头。“中午队长找我，可能是找我对练。我没办法脱身。”

苏铁点点头，看来只能自己一个人去了。午间休息的时间有限，平时他会睡一觉，但今天他也没心思睡觉了。

上午的练习，苏铁与蝎子对练。蝎子想要参加全运会的比赛，正在拼命练习，训练时，他将身上那种玩世不恭的调子收拾得一干二净。蝎子的特长是进攻的变化多，他的打法有些出其不意，很灵活。苏铁的防御并没有好到可以对付他，但是苏铁目前有一个优势，就是技术要比蝎子细腻，速度上也会占有一些优势，只是经验上就差得远了。蝎子一直压着苏铁打，但苏铁的反攻非常勇猛。

“你今天干劲十足啊。”歇息的时候，蝎子凑近苏铁说。

“还好吧。”苏铁点点头。

“可不是还好。”蝎子一脸坏笑。“心里有动力了吧？”

苏铁惊讶地看了蝎子一眼，判断不出他到底是什么意思？

“你不是也想去全运会吗？”

蝎子摇摇头，拍拍苏铁的肩膀。“教练最近的注意力都不在我们身上啊。他好像很看重新秀赛。你要是参赛的话，应该可以拿个名次什么的。”

苏铁耸耸肩膀，没有说话。他和蝎子的交情不深，只知道蝎子一直和队长混在一起，但关系似乎也没有那么好。尤其是最近，队长似乎对谁都很疏远。教练呢，苏铁想到，最近虽然一如既往的严厉，但是相比以往，似乎更少地来指导大家了。

“被冷落的滋味不好受啊。”蝎子感叹了一句，又站起来，戴上面罩，准备继续训练。“你这家伙，是不是喜欢上什么人了？”

苏铁一惊。等他反应过来说没有的时候，已经被蝎子看透了。

“大方承认不就好了，有什么可隐瞒的。”蝎子故意逗弄似的说。“有需要帮忙的告诉我，我帮你出主意，我厉害得很。”蝎子的话锋一转，“艺术体操队的邵若冰吧？”

“不是。”苏铁戴上面罩，站在剑道上，摆好了架势，摆明了不想和蝎子再聊这个话题。

苏铁不知道蝎子是怎么知道这一切的。因为这番对话，他开始对蝎子有些防备。不过有一点他说得没错，苏铁的内心确实有了动力。他已经从如梦似幻的感觉中醒过来，能够分辨真假。昨天晚上，在运动场的跑道上，邵若冰确实吻了他。他当时完全没有准备，是她主动凑上前。但和梦里不一样的地方在于，他们两个人并没有聊得那么开心，彼此的关系并没有那么热烈，邵若冰始终保持着和自己的距离。正因为如此，这个吻就更显得奇怪了。苏铁此刻更难以摸准邵若冰的心意了。但无论如何，这一吻还是让他有了很大的动力。如果能够参加比赛，他要请邵若冰去现场观赛。所以，一定要进入新秀赛才行。

上午的训练结束后，苏铁和蝎子行完礼，立刻转身，脱下防护服，收好自己的剑，匆匆离开训练场。

他打算不吃午饭，直接去找杨光。

训练基地平时是不准运动员外出的，即使训练结束，也必须待在基地内，除了周末和节假日，但是这样的日子也只是允许外出，训练却不会间断，等到训练完毕，队员们外出的时间也就非常短了。但实际上，每到夜晚，总有大批的队员想尽各种办法逃出训练基地的封锁。所以，这个时间点想要出门，几乎没有可能。不过苏铁是曾经的“汤司令”，一年半之前受了教练的指示每日进进出出，早就和大门的保安混熟了。他在大门口等了一会，等到那里只剩下自己相熟的人，便上前去纠缠，几分钟之后，他已经顺利地走出了训练基地的大门。

中午的时间有限，苏铁沿着最近的道路朝网吧所在的地方走去。他经过通向菜市场的主要街道。不当“汤司令”的几年后，他几乎没有白天来过这里，都是晚上趁着夜色去网吧时途经这里，但也从来没有仔细看过四周的环境。现在他再次重新看到这里，不禁感到诧异，除了更拥挤更脏乱之外，这里几乎没有任何变化。他褪去了当年那种带有胆怯和不安的目光，发现这一路上的环境非常破败。

苏铁拐过几条小街，穿过两个小小的窄巷子，来到了一条小小的商业街。这是他第一次被带来这里后，头一次白天来这里。面前就是网吧的卷帘门，街上被大太阳填满了，寥无行人，店铺的卷帘门仍旧关闭着。苏铁敲敲门，这扇曾经在夜晚充满神秘感的卷起的门，现在像是一张用废的白纸，上面都是涂抹不掉的痕迹，被人随手卷起，准备扔掉。

门开了，钟灵的妈妈站在门口。在大白天看见苏铁，连她都觉得有些不对劲，但是她眼里的神色并未显得很吃惊。

“阿姨，杨光昨晚到这来了吗？他今天晨跑都没去，哪儿都找不到他。”苏铁焦急地问。

钟灵妈妈连忙点头，告诉苏铁，他在楼上。“我估计会有人来找他，我劝他回去，但是他不干，你快上去看看。”

钟灵妈妈赶紧让开身子，指了指屋子的角落。苏铁顺着钟灵妈妈所指的方向看过去，在一台台电脑的后面，屋子角落里，有一个红色的陈旧的木梯子，通往苏铁从来没有去过的网吧二楼。

13

这座蹲守在街口的低矮陈旧的矮房子，是钟灵没有见过面的爸爸留下来的。钟灵从懂事的时候开始，就一直住在这里。在她整日流浪于穷街陋巷的童年之中，钟灵的妈妈守着这简陋的楼房和不好不差的地段做过许多仅能糊口的买卖。从小卖店到小超市到五金店再到服装店，钟灵的妈妈动用了一个为抚养孩子而坚韧不拔的母亲所能动用的所有的商业头脑和体力，得到的回报还不算特别糟糕：她们始终都得以徘徊在破产的边缘，却从未真正的流离失所。

钟灵常常和街上的野孩子们混在一起，经常一整天不在家。钟灵妈妈忙起来没法照顾她，但闲下来就会为她担心。晚饭后两三个小时，钟灵还不回来，她就关上店铺，穿街走巷地去找人。走了很远，她才问到女儿的踪迹，发现钟灵和一帮小男孩混在一间又矮又破烂的黑屋子里，站在一台投币游戏机前。一眼望过去，这间屋子里摆了几十台这样的机器。在此之前，钟灵妈妈从来没有接近过这种地方。满屋的人都一脸痴迷地站在机器前，脸上闪着不断变幻的光，老板坐在一张小圆桌前，一边抽烟，一边等着收钱。钟灵是这间屋子里唯一的女孩，但脏兮兮的比男孩还野。她气鼓鼓地把钟灵拽出游戏厅，两人默默地朝家里走去。

钟灵妈妈憋着一股火，不想撒在女儿身上。

钟灵突然开口："妈妈，我们开一家游戏厅吧。很多小孩都去过，还有初中生和高中生，很多人都去玩。"

她本想给钟灵一个耳光，但突然觉得自己没有资格。现在，一个小女孩在为自己的生活担忧，为母女的生活寻找出路。她不说话，只是静静地听钟灵说话。

“咱们附近有一个体育训练基地，那里面有好多人，他们等到熄灯后都会跑出来玩的，但是刚才那个地方太远了。我们离训练基地那么近，要是我们干这个，他们一定都会来玩的。”钟灵说这话的时候，脸上已经没有了小孩的表情，但声音又非常稚嫩。“那些训练基地的小孩都很有钱，不像街上的小孩，穷得很，总要从机器里钩硬币。”

事实证明，钟灵是对的。她和妈妈的游戏厅成为了从训练基地里逃出来找乐子的运动员们最大的消遣之一。当游戏机过时的时候，她立刻出主意，和妈妈一起将这里改造成网吧。为了方便让那些尚未成年的小孩来玩，她们到了晚上就大门紧闭，只有知道暗号的人才能得其门而入。

钟灵和很多人成了朋友，对如何吸引他们到这来玩，有数不清的办法。尤其是当她发现自己不仅可以如从前般与男生称兄道弟，更是已经漂亮得足够吸引男孩们一次次地敲开游戏厅的大门。钟灵毫不手软地用自己的美貌吸引人，又用自己随时可以展现的假小子性格和对方保持距离。她非常善于保持这种微妙的距离。但是到了这个时候，她在心里也不得不承认，自己起码已经有了两个失败的案例，一个是杨光，他对钟灵的热情恐怕不是一时半会可以退去的。第二个是苏铁，钟灵发现自己对他有一种和别人完全不同的感觉。

苏铁自然不知道这些历史，他从来只认为这里是个吵嚷喧嚣、乌烟瘴气的地方。一楼所有的窗户都紧紧关闭，没有半点阳光透进来，日光灯整夜开着，墙壁脏兮兮的，地板上都是烟头和吃外卖滴下来的污渍，打扫卫生过后，屋子里飘着一股消毒水味，混合着远处厕所传来的臭味。

苏铁走到屋子角落，沿着掉了漆的红色梯子向上走，来到了二楼。

与其说是二楼，不如说是比阁楼稍微大一些的地方，可能是后来加盖的房间。

苏铁非常惊讶，二楼竟然异常整洁。他面前一条短短的走廊，左右各有两间屋子，其中一间挂着粉色的门帘，随着风微微摆动。门口摆着两双鞋。一双是很久没洗过的运动鞋，其中一只侧翻在地上，苏铁一眼认出那是杨光的。另一双是廉价的凉拖鞋，却整齐地头朝房间摆在门口。

“你快回去吧，不要耽误训练，我没事了。”

苏铁听到从门帘内传出了钟灵的声音。苏铁很惊讶，这声音和平时的钟灵完全不一样，平时的她显得闹哄哄的，充满活力，现在的声音里充满疲惫和无奈。

“我真的没事了，你回去吧。”

苏铁没有听见杨光的回答，按常理，杨光的嘴可是闲不住的。苏铁感觉自己好像已经猜出什么了。他觉得自己此刻的出现无论如何都会有些尴尬。

“不训练真的没事吗？教练会骂你吧。”

“放心吧。”杨光终于说话了，语气异常紧张。“明天才是队内赛呢。”

“那你更要训练啦。”

“我待会回去，待会大家吃完饭午睡了，我翻墙回去，比较安全。”

“好吧，真是麻烦你了，不好意思。”

“说什么呢，我给你倒点水。”

苏铁听见地板上传来一阵脚步声。

“没水啦，我去接点水。”

苏铁一惊，本能地想要从梯子上爬下去，装作刚刚找来的样子。可是杨光动作很快，已经掀开门帘，露出半个脑袋。

看见苏铁的一瞬间，杨光整个人都呆住了。两个人彼此尴尬地注视着对方。

苏铁有些无措，末了，对着杨光举起手腕，指了指手上的表。他强调似的戳了戳表盘上的数字 2，意思是两点钟训练就要开始了。

这个动作多少打破了僵持的气氛，杨光点点头，恢复了动作，拿着水壶凑到苏铁身边，准备顺着梯子下楼。

苏铁松了口气，既然目的已经达到，他也准备离开了。他守在梯子边上，想跟在杨光身后下楼。

杨光突然抬起头，看着苏铁。

苏铁以为对方要说什么，询问地看着杨光。但是他发现，杨光那样的眼神，自己从未见过。

“钟灵，苏铁来看你了。”杨光突然喊道。

苏铁瞪大了眼睛，本来不需要有这个麻烦的，杨光这是干什么？自己的任务只是来找他而已。

未等苏铁说什么，杨光用力地将他从梯子上推到了地板上。杨光气鼓鼓的，示意苏铁一定要去看看钟灵。苏铁一脸不解，杨光狠狠推了他一把。苏铁失去了平衡，跌进门帘里。杨光这才爬下梯子去接水。

钟灵躺在床上，右脚被一根绳子吊起来，那根绳子的顶端系在临时钉在棚顶的钉子上。钟灵被突然跌进来的苏铁吓了一跳，吃惊地看着地上的苏铁。

钟灵身后不远处的窗子被午后的太阳撞破，洒了一地棱角分明的菱形，其中一块落在了钟灵的身上，菱形上面灰尘无声息而又混乱地飘浮着。钟灵头上那些散逸的头发上轻轻地浮着一层光。钟灵薄薄的小耳朵里透出淡淡的血色，上面还细细地隐藏着几根蓝色的血管，让整个耳朵看上去近乎于透明。

两个人之间的沉默已经超过了某个界限，苏铁咧开嘴，装作摔疼了的样子，唧唧歪歪地站了起来，开始狠命地揉自己的胳膊肘和膝盖。

钟灵看着苏铁，她知道他在努力化解尴尬，自己本应该说点什么，但是她故意什么都不说。这个年纪的女孩子已经远远比男孩要懂事得多，她现在来了兴趣，想听听苏铁的第一句话会是什么。

“你没事吧？”苏铁处理完自己身上的疼痛，冲口而出就是一句。

钟灵摇摇头，冲苏铁笑笑。心里却暗忖，说得好像你知道我是怎么搞成这样似的。那好，不如回敬一句。“你没事吧？”

“啊？”苏铁笑笑，使劲地摇头。“我没事，我没事。”

苏铁有点紧张。他走过去，坐在床边的一把椅子上，椅子上还残留着些许温度，这椅子刚刚应该是杨光在坐的。椅子离床非常近。苏铁略微起身，想把椅子稍微挪远一点。

“别乱动。”钟灵突然喊道，一下子抓住了椅子的扶手。

苏铁只好停下手，乖乖地坐在椅子上。钟灵这才安下心躺在床上。苏铁发现，自己第一次这么近距离地、自顾自地看着钟灵。她的脸蛋红彤彤的，就像广告里那些被抱出浴盆的小婴儿的脸一样，有一种稚气的可爱。她的头发稍微有些乱蓬蓬的，刘海歪在一边，鬓角轻轻贴在耳侧，发梢正好在脖颈处停下，细细地散开在洁白的颈项和带花纹的枕巾上，仔细看上去，刚刚在阳光里她的头发微微有些棕色，现在则又变成黑色。那双眼睛大大的，似乎是一汪水注在里面，但却并不柔弱，反而显得神采逼人。她的神态里有种不分对错好坏的不顾一切的幼稚，但表情上又有超越同龄人的成熟感。苏铁的目光最后落到她的眼神里，才想起很久之前的那个吻。那是个只带来了尴尬的吻，他一向装作此事没有发生。其实是连装都不用装地完全忘记了。

钟灵故意别过头不看苏铁，却突然开口问话：“你知道我是怎么搞成这样的吗？”

“这是骨折了？”苏铁问。

“还好，不严重。”钟灵回过头，“不对，你这是什么语气，怎么一点关心的感觉都没有！我这可是骨折啊，很严重的！”

苏铁有些木讷地点头。

“你不是来看我的吧？”钟灵的语气变得严肃起来。

“我不知道你受了伤，我是来找杨光的，他没出早操，也没出上午的训练。我得赶紧找他回去。”

“你倒是够朋友。”钟灵眼里闪过一丝小小的失望，但马上又被新的念头点燃，“你想不想知道我怎么受的伤？”

“嗯？嗯，想！”

“哈哈，不告诉你。”钟灵狠狠地拍了苏铁一下。“我不许你知道！喂，你想不想知道我许的什么愿？”

苏铁摇摇头。“说出来就不准了。”

钟灵黑下脸，轻轻摆摆手。“你无聊。”

苏铁在想杨光为什么还不回来。

“那我问你，你和杨光谁厉害？”钟灵说。

“他赢我多一点。”

“那就是他厉害喽！”

“嗯。”

“没意思！”钟灵努力想挑起话题，但是苏铁并不想和她一起努力。她越是热烈，气氛就越是尴尬，好像一个空水壶放在火上烧。

“我打扰了你们训练，你下楼去找他吧，快走吧，别在这耽误时间，明天不是就要比赛了吗？”

苏铁心里确实惦记着比赛，他很想走开，但是觉得现在肯定不是一个合适的时机。他站起身，慢慢地在屋子里走了一圈，停在放了没几本书的小书架前。小书架上摆着一些廉价的小饰品，还有一些用旧的教科书，以及洗干净后放上去但是已经落灰的小布娃娃。苏铁的目光最后落在一封信上，信纸已经被拿出来，被随意地对折，放在淡蓝色的信封旁边。信封上写着蹩脚的几个字：钟灵收！苏铁仔细研究了一下那几个字，然后微微弯下身，手指将对折的信纸微微打开，想要看见信里面的内容。

“最近来不了了吧？”钟灵突然发问。

“嗯？”苏铁放下被撬开一角的信纸，走回钟灵旁边。不过他心里已经隐约得出了一些结论。

“那你要介绍点朋友来网吧，你们那不是有很多新队员什么的吗，最近的生意不大好。”

苏铁一口答应。

钟灵从他脸上看到了敷衍，他很想离开这里吧。她在想自己上次吻他是不是不对，自己不应该那么主动，到现在他没有任何回应。钟灵烦恼起来，腿上的伤口也更疼了。她感觉自己马上要抑制不住自己的脾气，要不然直接问他吧？可能会更丢脸的！她心里乱想，脸已经涨红，而苏铁还是一副不明所以的样子。钟灵不知道他是真的迟钝，还是不在乎呢？想不出个所以然，她决定下逐客令。

“你赶快走吧，我要睡觉了。”钟灵拿了块手绢，遮在自己的眼睛上。“带杨光一起走，别让他上来了。”

话音刚落，门外响起撞击声，是水壶跌落在了地板上。

苏铁看向门口，帘子微微有些颤动，但最终归于平静。难道杨光刚刚一直在外面偷听吗？

“真没意思！快走吧！两个人都快走！”钟灵想侧过身，却弄痛了受伤的腿，她低声叫了一下，又换回原来仰卧的姿势。

苏铁看不见她的表情，但是从她随着呼吸而起伏的两肩和胸口，能猜测出她此时的表情。

苏铁简单道了个别，然后慢吞吞地掀开门帘，地上什么都没有。

杨光在门口和钟灵妈妈匆匆道了别，使劲摆着手，制止钟灵妈妈道谢。他恨不能拽着苏铁赶紧离开似的，用眼神催促着。等到身后的卷帘门放下，杨光才轻松下来，长长吁了一口气。他刚刚是担心，钟灵妈妈可别在道谢时七七八八地讲出许多细节。他知道苏铁会有很多问题，他希望自己能独自掌握这些信息，亲自决定哪些告诉他，哪些埋藏在心底，好像让苏铁知道自己喜欢钟灵是一件很羞耻的事。

苏铁多半猜到了杨光的心思。

两个人一言不发，默默地往回走。

“要在下午训练开始前回去，你最好再去给教练说明一下，道个歉。”苏铁说。

“嗯。”

“无故缺席，而且还要算上失踪，这是很严重的，你小心点，找个好点的借口。”

“没有借口，只要明天赢了就好了。”杨光目不斜视，丝毫不在乎身边苏铁的表情有了变化。他加快脚步朝训练基地走去。

苏铁也加快了脚步。他感觉到杨光的表情明显不对劲，明明是生气了。

两个人彻底没有话说了，而且彼此的速度都在加快，好像在较劲一样。瞬间变成了两个竞走运动员在街上比赛的既视感，引得周边的路人侧目。

估计杨光也觉得难看，突然跑起来，苏铁紧紧跟随。

两个人由竞走变成了一场赛跑，目标是训练基地。

杨光像是要甩开苏铁似的，一闪身进了小巷子。

苏铁赶紧改变方向，差点没撞到行人。他想喊住杨光，但看见对方较劲的背影，他的情绪也被挑了起来。苏铁窜进小巷，拔腿追赶。

杨光回头看看苏铁，加快了速度。

这是通向基地的近路，但不是唯一的路。苏铁突然拐进另一条小巷，从这条路走，虽然要翻一道墙，但是会少跑几百米的路。

杨光回头，发现苏铁不见了，他不知苏铁会有什么鬼点子，但却本能地加快了速度。“那小子一定有近路。”这时，他身边驶过一辆拉菜的货车，等到车尾经过自己身边时，杨光向旁边一跳，两手抓住小货车尾部围栏，轻轻一撑，跳上货车。照这个速度，就算苏铁抄近路也占不到什么便宜。

货车开得很轻快，没几分钟就到了通往训练基地大门前的路。突然，杨光看见苏铁从一条斜刺出来的小路杀出来，不过他不可能赶上货车的速度。杨光稳稳地坐在车上，看着苏铁渐渐被落下。突然，小货车拐了个弯，朝另一个方向驶去。苏铁飞快地轻轻摇了头，从杨光身边超过去。

杨光立刻跳下车，拔腿追赶苏铁。

通往训练基地大门的最后两百米，好像是一个小小的决胜赛道，两个人都用尽了力气向前冲刺。苏铁平时的成绩可以甩开杨光，但是今天他已经跑了那么远，还翻了一道很高的墙，体力消耗很大。杨光却刚从车上养精蓄锐下来，况且杨光此时的冲劲明显要猛于苏铁。

杨光死死咬住苏铁，始终保持一米的距离。很快，还有最后的五十米。杨光大喊了一声，开始加速。杨光渐渐追上苏铁，突然超过他，领先了半米。终点就在前面，两个人对视了一眼，都使出最后的力气向前冲。

那道还紧闭着的训练基地大门突然被撞响，接着又是一声。然后便是两个人大口大口的喘息声。苏铁与杨光面对面地看着对方，咧开嘴，直直地瞪着对方。苏铁捶了杨光一拳！杨光没站稳，倒在门上。

“神经病！”苏铁说。

杨光摇着头，“你输了。”

两个人对视片刻，突然哈哈大笑起来，一直笑到肚子疼，才慢慢停下来。

苏铁敲开门，和杨光一起朝教练的办公室走去。苏铁嘱咐他现在赶紧想个好的理由，否则会被骂得狗血淋头。

杨光点点头，突然开口问苏铁：“你一直在门口吗？”

苏铁一愣，但很快反应过来，他说的是刚才，苏铁摇摇头。“我什么都没听到，你出来的时候，我刚上楼。”

杨光点点头。沉默了一会，又开口，“她昨晚想进来找你。”

苏铁瞪大了眼睛！这姑娘真是够疯的！

“她煲了汤，想给你送来的，结果翻墙的时候，不小心跌倒，把腿摔坏了。幸好我凑巧也要出去，碰见了她。”

杨光说完，两个人都陷入了沉默。两个人来到了教练办公室所在的楼前，停下脚步。

“她希望你能有个好成绩。”杨光说完，拍了拍苏铁的肩膀，“加油吧！明天赛场上见！”话毕，杨光转身，走进了大楼内。

送走了杨光，苏铁没有回宿舍，而是默默来到了训练场。他现在确切地知道，杨光喜欢钟灵，而钟灵喜欢自己。不过他心里却没有为此而起一点波澜。他回想了几秒早上的梦，回想了几秒那天晚上和邵若冰在运动场上的场景，发现自己还是异常平静。同时，身上充满了跃跃欲试的力量。这是比赛之前的兴奋吧，注意力正在不自觉地集中到一个焦点上。他拿起剑，站到赛道上，找了一个练习靶子，练习起最简单的动作。他不断地重复刺向剑靶，他感觉自己好像是一个列阵完毕的战士，已经做好准备迎击敌人的进攻！他充满了信心，相信自己一定能赢！

14

翌日，队内选拔赛如期举行。这本来也就是个平常的日子，但是因为大家私下传言教练对这次的比赛很重视，不少人都跑来看热闹，想瞧瞧教练手下新一拨的精兵强将是什么样子，领队也特意来观战。训练基地里闲下来的几位领导，也特意到场，表示对教练的重视和支持。

于是，一场小小的队内比赛，却好像变成了一场冠军争夺赛一样。还没参加过打比赛的队员自然没见过这阵势，一个个都非常兴奋。忍不住叽叽喳喳，掩盖紧张的情绪。

“闭嘴！”

开赛前，教练把人叫到自己的长椅前训话。

“来了这么多人，也很好，没见过这阵势的，熟悉一下。以后有机会参加比赛，这种阵势不算什么，现在也算是个预演了，明白吗？”

众人点点头。

“你们要练习的是，如何在这种嘈杂的环境里，在这种备受关注的环境里，最大限度地集中你的注意力！这和我们平时练习不一样的地方就在这里，你可能会怯场，会分心，脑子里会多想。”教练抬起手指，从左到右慢慢地划过面前的队员，确保不遗漏任何一个，“你们，要清空你们的脑子，除了比赛，除了如何取胜，什么都不要想！我要看到一场全力以赴的比赛，每个人都要用尽全力，不仅是你的体力，还有你的智力，你的直觉！去吧，准备开始！”

队员们点点头，各自分头准备。

沈子骏、杨光和苏铁站在一起。

“好好打，别紧张。”沈子骏像一位老大哥一样教育起两个人。

杨光和苏铁对视一眼，点点头。

“反正第一也是我的。”

沈子骏说这句话的时候，眼睛已经看向赛道，嘴唇紧闭，好像在盘算着什么，应该是在思考技术动作或者战术。

分组出来了，第一场就有沈子骏，他戴好手套，把自己的剑弯了弯，调整到合适的角度。

“喂，你们两个！”

苏铁与杨光抬起头来看沈子骏。

“不要因为女人怄气，会分心的。”说罢，沈子骏戴上面罩，朝赛道走去。

苏铁有点害羞，又有点不服气，“我们才没有因为女人怄气！”沈子骏像没听到一样，缓步朝前走。

苏铁耸耸肩，“他上场前还说这种话，这才是分心呢。”

“你可要尽全力啊！”杨光说。

“你也别在遇到我之前就完蛋，那就没意思了！”

“那得祈祷咱们俩谁都别遇到沈子骏！”

比赛开始的哨声响起。

所有人的目光都投向赛场上。

比赛在两条赛道上同时进行。哨声响过，参赛选手们互相举剑敬礼，然后开始比赛。赛道上传来两个剑条彼此撞击的声音，还有突然迈开弓步时脚底踩到地板的声音。

苏铁突然注意到一件事，这是一件很普通的事，但确实让自己震惊了。那就是从他走进训练场的时候就开始存在的嘈杂声突然消失了，全场的观众都安静了下来，聚精会神地看着场内的比赛。这是苏铁第一次经历这样的时刻，他心里觉得有种说不出的美好！

很快，哨声响起。两场比赛的其中一场已经结束。沈子骏走下来。

苏铁吃了一惊，“天啊，标准时间限制为3分钟的比赛，沈子骏一分钟就解决了。”

沈子骏摘下面罩，坐到椅子上休息。训练场里的议论声又响起来了。在场的人们都惊讶于沈子骏超出年龄的压倒性实力。

苏铁和杨光继续观察比赛。他们知道，如果这时候自己对沈子骏表达祝贺，那无疑是在侮辱他。这胜利实在太小！

几分钟后，苏铁也准备上场了。杨光竟然同时在另一个赛道比赛。

“昨天你可是输了啊。”杨光一边准备，一边取笑苏铁。

“昨天已经过去了。”苏铁戴上面罩，瞬间，隔开了训练场内的声音，他好像进入了一个小房间里，就像电影里那些去教堂旁边小屋子祷告的人一样，他们祷告完就去杀人了。苏铁对着杨光举起两根手指，比了一个V形。

“得了吧，你还没赢呢，小心乐极生悲。”杨光打开苏铁的手指。

苏铁摇摇头，再次举起两根手指。

“是两分钟！”他的声音透过面罩传出来。“两分钟内，结束比赛！”

苏铁说完，不等杨光准备好，直接走向赛场。

杨光轻轻哼了一声，小声嘀咕了一句“我也可以，了不起嘛！”戴上面罩，跟在苏铁后面走上了赛道。

赛道上，另外两名选手也已经准备就绪。

这时，坐在近处一言不发的教练和坐在远处嘴唇紧闭的领队都集中起注意力。

双方互相致敬后，比赛开始了。

苏铁从比赛前的沉静状态，一下子变成了狂飙状态。他猛烈地进攻，几乎不给对方任何喘息的机会。苏铁的动作很快，但是失误也比较多，对方就利用他的失误来得分，两个人很快拉锯到两分。苏铁没有占到什么便宜，但是却毫不在乎地仍旧猛烈进攻。

领队皱了皱眉，这就是苏铁的不稳定性，看上去非常凶猛，但是得分能力一般。他自己并不看好这个队员，他身上有什么特殊的地方呢？现在他在赛场上的样子，完完全全是好大喜功，容易冲动嘛！

苏铁继续进攻，继续失误，比分来到了3比3。

杨光心无旁骛，专心比赛，已经把对手逼到了5比3的境地。得分后的间隙，他看到苏铁的比分，心里断定，两分钟内结束比赛只能是个手势了，不会变成事实。

苏铁继续进攻，对手快速防守，快速反攻，但苏铁摸透了他的路数，早有了防备。苏铁迅速一个向后的弓步，撤回来，同时用剑挡开对方的进攻，再进行反手反击，迅速刺中对方，得分。

苏铁领先一分。

“这还不算什么！”苏铁对自己说，“还有一分钟三十秒。”

比赛再次开始，苏铁如法炮制。

赛场上的人都聚精会神地观看比赛，大家并不觉得苏铁面临的是多么强悍的对手，但是却对苏铁采取的冒进战术感到不解。他并不能像沈子骏那样将对手死死地压住，何必要冒丢分的风险强行进攻，稳扎稳打的话胜算更大啊。

但是苏铁的打算不是这样，决定他行动方法的是刚刚夸下的“两分钟”海口。他的技术不可能在两分钟内结束比赛。所以这是他给自己出的一道题，必须用一些方法来解题。与他对战的人他非常熟悉，平日练习里，实力都比自己差一些。他选择的战术着眼于击垮对方的心理：先用气势震撼对方，如果能够有超过两分的优势，那么加上自己的气势，对方的心理可能会松动，有可能会一溃千里。两分钟内结束比赛才有可能。

站在远处观战的沈子骏早已经看出这一点。他嘴角翘起来，哼出一声，“冒险家。”

那如果对方的意志没有垮掉，会怎么样呢？苏铁自然还准备了另外一套方案，同时实施。那就是大幅度的体力消耗。苏铁知道自己相比面前的对手，具有很大的体力优势，如果自己将比赛节奏大幅度提升，消耗同样的体力，对对方来说更为不利。

果不其然，苏铁领先两分后，对方的心理似乎有些动摇，动作变得急躁，不再能抓住防守反击的机会，甚至开始主动进攻了。

“上钩了！”苏铁暗暗得意。想想自己，其实也是够鸡贼的，那两分钟的誓言可不是随便夸的，那是因为自己已经知道对手的前提下才抛出来的“诱饵”。

教练坐在场外，目光紧紧盯住苏铁，微微点了点头。他明白这是什么？对，就是“诱饵”。这枚“诱饵”就是要引诱对手对自己忌惮，扰乱他原有的对自己的战术预期。当然，这也是对所有可能遇到的选手施加的影响，就像一种当众催眠。看来，他脑子里装的都是这种东西啊。如此，失败的可能性也是很大的。

“当然”，苏铁这样想，“失败的可能性很大，但是权当一场实验吧。未必不可能。”

还剩一分钟多点的时候。苏铁继续提高进攻频率，经常冒险地一个弓步冲出去，完全凭速度刺中对手。对手已经完全慌了神，很快败下阵来。

还差5秒到两分钟的时候，苏铁赢得了比赛。他走下场来，坐在长椅上一边休息，一边等杨光。

“滑头。”沈子骏漫不经心地说了一句。

苏铁耸耸肩。

很快，杨光也回到了长椅边，他满脸汗水，皱着眉盯着苏铁。

“我只是把吹过的牛变为现实啊，不要吃惊。”苏铁故意得意地说。

杨光眉毛拧在一起，摇摇头。苏铁兑现了诺言，他是非常吃惊的。但是他也知道，苏铁的对手不算厉害。杨光估量一下自己的实力，恐怕两分钟内也可以结束比赛。

两个人看着场上的比赛。不知道是为什么，在这本来是好朋友的两个人之间，突然出现了一些奇妙的感觉。两个人在训练时也会相互较劲，但是此刻却不是那种一同挥汗比拼的感觉，而有一种针锋相对的竞争感。到现在为止，还不能保证两个人就一定能对垒，但是他们各自都在心中暗暗做着准备。

大概是因为两个人谁都不再和彼此说话，所以，反倒是沈子骏先开了口。

“我也说不准你们俩谁能赢啊？”

杨光惊讶地张大了嘴，又立刻合上，假装不在乎。

“是吗？”杨光说。

苏铁没有说话。

“平时你肯定会叽叽喳喳没完没了。”沈子骏说。

“哪有！不要乱说！我可不是个聒噪的人！”杨光的脸都有点红了。沈子骏真是太不给面子了，就算你看出两个人有些不对劲，也不用这样说啊。

“你们俩吵架了？”沈子骏继续说。

杨光摇摇头，“没有。”

沈子骏又看了看苏铁，苏铁只是笑笑。

沈子骏点点头，“明白了。”

杨光有点着急了，“你明白什么了？”

“那就让你们俩打一场吧。”沈子骏说罢，转头开始数算还有哪些队员在场上。

又一场比赛结束了。失败者灰头土脸地走回来，悄无声息地坐下，让自己消失在观看者队列中。胜利者气喘吁吁，万分侥幸。谁知道自己能不能再坚持一局呢？

沈子骏突然站了起来。

“交给我吧。”

“啊？”杨光一脸疑惑。

“我来给你们一次公平竞争的机会。”沈子骏说完，便拿起剑朝赛道上走去。

苏铁和杨光面面相觑。

然后又各自看向另一边。

苏铁很羡慕沈子骏，他是那么有自信。他想起沈子骏从外地的队伍转到这里来的情形。那天，大家在训练的时候，他突然出现在训练场，站在场边看着大家训练。他整个人非常安静，大厅里很热，但是沈子骏身上的冷静似乎让整个大厅降低了温度。在场上训练的人，总感觉到有种高傲的审视的目光在看着自己，一种不满的情绪在彼此之间传递。终于，有两个人朝沈子骏走过去，他们询问了沈子骏的身份。沈子骏告诉他们，自己的教练在和队里的教练谈话，他在这里等。这些都是很普通的话，但是沈子骏竟然可以用一种惹人发怒的语气说出来。两个人决定和沈子骏比一场。至于结果，是羞辱性的。沈子骏用压倒性的优势将两个年龄比他大的队员打得只能勉强招架。苏铁忘不了这一幕，因为沈子骏竟然用这种形式如此轻而易举地来到队里。他想到了自己经历的那些坎坷，有一种微微的耻辱感。在沈子骏的自信之光芒下，他感觉自己近乎无地自容。“我也想要被那样承认！”那是他当时的想法。现在，此刻，这个想法就更强了。

哨声和惊讶声打断了苏铁的思考。

比赛结束，沈子骏竟然输了。

连赢的人都站在赛道上不敢挪步，他肯定以为自己出现了幻觉，或者裁判误判，他正等着有人来纠正结果呢。

但是，沈子骏真的输了。他闲庭信步地走回来，坐下。

比赛继续。沈子骏又赛了一场，这场轻松地赢了。

所有人都松了口气。

“好像他就不该输一样。”苏铁心中暗忖。

沈子骏拍了拍两个人的肩膀。“该你们了。”

两人不知道沈子骏说的是什么意思。这时，裁判叫了两个人的名字。

苏铁和杨光应声起立，朝赛道走去。

苏铁的脑子飞速旋转，到底要怎么才能打败他？刚才那种办法肯定是没希望的。杨光不会那么容易被吓到！就算是，也不会是被自己吓到。杨光的特点是爆发力，如果单纯论体力的话，难分上下。杨光的速度很快，苏铁自己也常常以速度快著称。但是相比杨光，他还是慢了一些。

两人在剑道上站定，彼此行礼。

“我要打败你，苏铁。”杨光说。

苏铁什么都没说，只是点了点头。他知道杨光说的是什么意思。他也想赢，但不是因为别的因素，只是他真的想赢。自己和杨光应该是进步最快的两个人了吧。如果自己在这打赢杨光，绝对算是一种胜利。

比赛开始了。

果不其然，杨光发动了一场迅猛凶狠的进攻。剑尖刺到苏铁身上的时候，力道透过防护服传到身上，隐隐作痛。苏铁连丢两分，但是他并不着急。这一回，苏铁改回防御的一方，他是不会轻易进攻的。杨光的进攻动作虽然够快，但是相应地，对自身体力消耗也会很大。他总是用大弓步猛力向前冲，腿部的力量需要非常强。而且，这种几乎是自杀式的进攻虽然气势明显，但如果身体疲惫了，也会非常明显地表现出来。此外，倘若进攻失败，想要撤回去防守恐怕就没那么简单了。

苏铁集中所有注意力防守。他的进攻都是试探式的，主要是引诱杨光进攻，他自己则随时准备好快速后撤。但苏铁的问题是，他也并不是一个防守非常好的人。所以他此刻集中了所有的注意力，随时准备应对对方火箭式的进攻。

终于，让他找到了一个纰漏。

杨光的一次攻击让他躲过去了，他立刻还击，杨光的防守当然快不过苏铁这么迅速的进攻。苏铁稳稳地击中了杨光的胸部，扳回一分。

比赛再次开始，杨光的进攻更加凶猛了。

苏铁拼命招架，还是丢了一分。现在是1：3。

苏铁的防守更严密了，杨光的纰漏渐渐显露。

苏铁绝不冒险，他防守成功后立即转换为进攻，如果这次失败，则立即快速后撤，和对方拉开距离。很快，他抓住对方两个纰漏。比分持平。

此刻，杨光被困在面罩里，气喘吁吁，双眼通红。“这个胆小鬼，什么都不敢做，只是躲在那防守，就像他对钟灵一样。”杨光知道自己走神了，马上调整好思绪。“我要赢，我要赢，怎么才能攻破他。要更凶猛！冲破他的防线！”

杨光的进攻更猛烈了！

苏铁有些吃惊，这样的进攻对体力消耗很大。当然，也非常难以防御。

两个人的比分咬得很紧，时间只剩下一分钟。杨光一直始终以一分的优势领先。

苏铁暂时没有找到办法打破这个循环，即使他能在杨光的失误中得到一分，却始终无法赶超。而且自己万一没有防守住进攻，或者自己的偷袭失败，对方的速度自己很可能招架不了。这个时候，比分拉开到两分，就会变得非常危险了。

赛场外的人都小声议论着，这两个人的对抗太令人紧张了。

祁教练看着比赛，暗自思忖：毫无疑问，这是两个都在快速进步的人，但是都有很多缺陷。这场比赛的输赢并不能决定什么。只是借此机会可以看清每个运动员的特点，以及在面对这种重要关头时的行动方式。杨光无疑是太过凌厉了，几乎不留任何余地，就像是古时候被派出刺杀君王的死士，每一击都试图干掉对方。苏铁在体力上会比杨光强一些，其实速度也不会比杨光差多少，但是他不会像杨光一样选择这种进攻方式。他选择防御也只是最保险的打法。相比之下，祁教练倒是希望他能选择强硬地进攻，让自己看看他硬碰硬的本事。因为这才是他现在最关心的事情。他想看看这小子的左手到底——

他没有想下去。他注意到，比赛时间只剩十秒，比分仍旧是杨光领先一分。

苏铁大汗淋漓，已经累得脚麻腿酸。“还有一分持平，还有两分结束比赛。结束比赛？不对！我不能这样想！不是结束比赛这么简单！而是——要赢得比赛！”

即使他心里这样给自己鼓劲，但是办法却没有。

杨光又进攻了，他趁机抓住了一个疏漏，狠狠地刺过去。

进攻被杨光躲过了。

苏铁的两条腿像灌了铅一样沉。他慢慢地挪回赛道另一端。突然，他透过黑黑的防护网，看见了一个熟悉的身影——是邵若冰！

苏铁的呼吸立刻急促起来！

她知不知道场上的就是我？难道她是来看自己的比赛的？

哨声响起。

“我要赢！”苏铁突然燃起了一种强烈的渴望。

比赛再次开始，杨光的进攻依然猛烈！他毫不吝惜地消耗自己的体力。

现在只有最后一剑了！

杨光没有想到苏铁能够守住自己的进攻，并死死咬住自己的失误。

但是他对自己的意志力和身体有信心，即使体力上并非最优秀，但是他的冲击力绝对是苏铁无法匹敌的！他决心就要靠这个打赢苏铁！

杨光的剑飞快地刺向苏铁。苏铁用力扭动身子，杨光的剑从他身旁不到一厘米的地方划过，落空了。但是苏铁想进攻也没那么容易；两个人已经离得太近了。这种时候一般就是两个人把剑高高举起，向下朝对方乱捅。

就在这时，杨光为了防止苏铁的进攻，突然大步后撤。

就在这一瞬间，苏铁猛然想到一个办法！

15

比赛结束后，两个人都差不多精疲力尽。离场的途中，两个人一言不发。

苏铁的腿差点抽筋。他一瘸一拐地走回座位，把自己扔在椅子上。

杨光递给他一杯水。

苏铁点点头。接过水杯，一口都喝光了。然后他开始脱防护服，厚厚的防护服里全都是汗，他的T恤衫已经湿透了，浅灰色上摊开一片片的汗渍。

“你赢了。”杨光小声说。

“胡说。”苏铁说，“明明是你赢了。”

“裁判判我赢了。”

“所以那就是你赢了啊。”

杨光不说话了。

“你最后那招真是吓了我一跳。”杨光说，“我完全没想到你会这么做。其实你也刺到我了，只是裁判没看见。”

苏铁拍了拍杨光的肩膀。“这可不像你，什么时候变得这么婆婆妈妈了，赢了还不高兴了。”

杨光犹豫了一下，端详着手里的剑，“其实按照我的设想，我应该大比分赢你的，最起码得有三到四分吧。”

苏铁有些惊讶，这小子心里还有这种想法，也太看不起我了吧。不过，他只是对杨光乜斜了一眼，咧开嘴，故意滑稽地冷笑了两声，说道："轻敌可是兵家大忌。"

杨光伸出舌头，做出上吊状。又马上恢复正常，又该他上场比赛了。他用防护服使劲地扇风，把身上的热气吹散，然后又把防护服穿好，戴好面罩，拿起剑。接着，他伸出右手。

苏铁在他的右手上拍了一下。

杨光快速地走向赛道。

只剩下苏铁一个人了。他把脱掉一半的防护服彻底褪下，靠在长椅上准备好好休息。

失败的滋味原来是这样。

又一场比赛开始了，杨光已经行过礼，接下来，几秒后，他听见杨光大弓步时鞋底在赛道上摩擦出来的声响，剑条噼里啪啦地互相击打的声音。然后是杨光大叫的声音，他得了一分。这么快！竟然这么快，这可是在刚刚结束一场大强度的比赛之后。如果换作是自己，能做到吗？

这个答案无论如何只能是个假设，但是另一个答案恐怕是无比真实的了。

首先，苏铁已经失去了晋级的资格。看来这次的新秀赛他是难以成行了。即使现在，苏铁也不敢相信这是真的。他偷偷抬眼，目光穿过人群和其他障碍物，看见远在观众席上的邵若冰。邵若冰穿着一件黑色的连衣裙，配着一条红色的丝巾，而丝巾围裹着的是洁白纤细的颈项。苏铁感觉自己好像看到了上面浅蓝色的血管，那一道道优美地延伸进入她身体的线条，牵引着苏铁的想象。

但是自己输了。邵若冰可是艺术体操队里的当家花旦，上个月刚刚带领全队拿过一个全省艺术体操锦标赛的冠军。

这种荣誉对邵若冰来说也许已经是家常便饭了。但是对苏铁这种手中空空如也，名下一无所有的人来说，那是可望而不可即的光环。

苏铁发现邵若冰的注意力完全在赛场上。想到自己刚刚输掉比赛的时候，她恐怕也是看得一清二楚了。

比赛的最后关头，他用了杨光的办法，在对方进攻失败后，他用尽全身力气，也突然来了个大弓步冲刺，一下子向前冲了一米多，直直地刺向杨光。

这么短的时间内，这么短的距离内，苏铁认为杨光必定是躲不开的。

没想到，杨光突然用大弓步后退，当然，这很难，所以后半程他近乎要跌坐在赛道上，他借此与苏铁拉开了足够的距离以便把剑刺向苏铁。

最后，两个人差不多同时刺中了对方。

让苏铁惊讶的是，他试图做出那种大弓步的进攻后，才体会到杨光一直在比赛中使用这样的技术，实在是可怕。

苏铁突然感觉到一种失落感，好像自己已经被远远地甩在了后面一样，高高在上的邵若冰和遥遥领先的杨光。苏铁心中既有失落，也有一种难以抗拒的愤怒感。是的，他不服气！这种愤怒针对自己，他要让自己变得更强！

"喂，打得不错。"

这声音不是沈子骏的。苏铁吃了一惊，回过头，看见队长站在自己身后。苏铁瞪大了眼睛。

"我说真的。"队长说着，翻过栏杆，坐在了苏铁身边。

苏铁惊讶于队长会专门跑过来和自己说话。

"我，我打输了。"苏铁小声说。

"胜败嘛，乃兵家常事。"队长说这话的时候，脸上的表情有一种事事皆难逃其法眼的感觉，有点像是诸葛亮在神机妙算。

"可是输了就是输了，没有资格参加新秀赛。"苏铁失落地说。

"嗯。如果那样的话，确实有些可惜，毕竟多参加比赛还是有好处的。"队长说。

苏铁不明白队长的话，什么叫如果是那样的话，刚才的结果他难道没有看见吗？自己已经失去了继续晋级的机会，铁定无缘入选参加新秀赛了。除非扩大名额，但转念想想，那怎么可能呢？

“嗯，也许以后还有机会吧。”苏铁说。

队长看着面前这个小自己三岁的男孩，不仅感慨他与进队之初相比已经有了很大的进步。看到这种巨大的变化，他好像看见了自己过去的岁月，看见那时的自己是怎么样走过来的。现在队里的人都只知道他是教练最喜欢的选手，将他看作天赋奇高的选手，其实当年，他进队的时候，恐怕比苏铁还不如呢。

“喂，苏铁。”队长说。

“嗯？”

“你要时刻保持无比强劲的想要赢的欲望。”队长说。

苏铁被队长突如其来的话吓了一跳。

“是、是的，我、我、我也想赢——”

“不够。”队长摇摇头。“你现在说想赢，只是一个小小的火苗，等待着机会再燃烧。”

苏铁皱了皱眉，没有听懂队长说的话。

“我说这还不够，你不能是一个火苗，那很容易被扑灭。如果你连输一个月，两个月，三个月。如果你有突破不了的瓶颈，那你会懈怠，会偷懒，会想找退路。”队长说这些话的时候，神情依然保持着一种轻松和冷静，说话的语气也并不显得多么激动和郑重，只是这话从他口中说出来，却自有一种不可忽视的分量。“你想要赢得胜利的欲望要强过龙卷风，强过海啸，强过地震和火山爆发，强过一切，并时刻做好输掉的准备。输掉之后，再来！需要这种觉悟，才能持续向上走。”

队长的话说完了。

周围的嘈杂声又潮水一般钻进了耳朵，苏铁这才发现，自己刚刚听队长说话的时候，注意力非常集中，完全忽略了周围的环境。现在，队长说完了，他心底有些东西被这些话搅得翻滚起来。

队长轻轻耸耸肩膀，“好啦，话说完了。你可别怪我太唠叨。”队长从长椅上站起来，丢下一句“加油！”便离开朝观众席走去。

杨光和沈子骏各自都刚刚结束自己的比赛。

最后一场，两人对打。所有人都不禁兴奋起来。

苏铁也离开休息区，走到赛场旁边观战。

按说这场比赛基本上是没有什么悬念的。杨光无论如何不可能打得赢沈子骏。沈子骏几乎是这些新手中的皇帝级的人物，说他从来没有输过也并不为过。他的战绩辉煌到会让与他对战的人预先就失去了大部分斗志。好像和沈子骏打已经证明了自己很棒，后面的事根本不是自己能决定的，好像到此为止，接受失败的结果才是明智的。

苏铁脑子里萦绕着队长的话，心里有一种莫名的激动，他热切地注视着这场比赛，想要看出其中所有的奥妙！

比赛开始了。

两个人的战术并没有什么特殊的地方。杨光猛攻，沈子骏非常稳重，不会被轻易挑逗起情绪迎战，也不会被吓得退缩不前，他简直是不为所动地防守着，防线固若金汤。

苏铁看得出来，杨光打得很艰难。毕竟，沈子骏可以躲在自己的防御里，伺机进攻。沈子骏的进攻很坚决，毫不留情，而且速度不比杨光慢。好在，他没有像杨光那样用大弓步。所以杨光保持了比较大而且灵活的移动距离。

比分很快拉开。沈子骏在保持领先 3 至 4 分的优势下压制住了杨光的进攻。但杨光还能顽抗，他还没有失去自己的节奏。

苏铁突然感到一阵感动，相比沈子骏那种骄傲的，自知强悍无敌的打法，苏铁更倾向于被杨光充满冲击力和美感的打法征服。他好像看见了杨光刚刚与自己比赛时的场景。杨光的每一次进攻都让他想起队长说的话，仅仅做一个火苗是不够的，需要做火种！

苏铁此时好像已经忘记了自己失败的痛苦，全身心地投入到别人的比赛中去。但是，远处的身影却让他的注意力分散开来。

在观众席的最边缘部分，有两个生面孔。苏铁从没在训练基地见过这两个人，虽然训练基地的人苏铁也不可能全都认识，但是基本上能出现在击剑馆的人，他都会混个脸熟。这两个人从气质上看，就和这里完全不合。他们两个像是走进我军阵营的敌人士兵一般。

就在苏铁要对两个人失去兴趣的时候，他发现其中一个人有些面熟。苏铁搜索脑子里的面孔，这个人属于几年前的那些快要消亡的记忆。突然，那个人做出了一个他熟悉的动作，那种傲慢的感觉，让他一下子回到了几年前，在家乡的训练馆，在摇晃的开往南方的火车上，就是这个人，一直欺辱、耻笑着自己——孙威！！

苏铁的心跳加快了，他有一种莫名的兴奋感，这样一个完全想不到的人竟然出现在这里，自己好像很可以做点什么。做点什么呢？难道真的要去挽回多年前失去的尊严吗？有点可笑吧？

突然，掌声响起来。

苏铁回到现实，看见杨光蹲坐在地上，沈子骏走上前，伸手将他拉了起来。

苏铁看了看比分，知道掌声大概更倾向于沈子骏，因为他是胜利者。

那两个人已经起身，看样子是准备离开了。周围观战的人也准备离开了。大家都放松下来，刚才还在比赛对抗的队员们，现在开始嘻嘻哈哈开起了玩笑。

祁教练突然站起身来，大家以为他要训话，安静了下来。祁教练只是向前走了两步，确保每个在场的人都能看见他。他用眼神将几处窃窃私语压制住，一言不发地将每一个队员扫视了一遍。

“你们自己算一下，刚才的第五、第六、第七名，出列！”

话音刚落，嘈杂声又起。大家叽叽喳喳地寻找这三个排名的运动员。

苏铁有点不敢相信，却已经一下被推到前面。他回头看，发现杨光正朝他做鬼脸。

三个人出列，站在祁教练面前，脸上都掩不住兴奋。难道真的要增加名额？而且要增加三个这么多！

苏铁看见，刚刚那两个要走的人也坐了下来。还有一部分没有离开场馆的人也停下脚步，朝这面看。

“三选一！”教练说。

看来要三个人打一场了。苏铁看看其他两个人，自己好像还有点把握，不禁有点放心起来。

“你们每个人都和一个老队员打一场，赢了的留下！五剑定胜负！”教练冷静地说。

此言一出，众人顿时哗然。

其实，也不是完全没有可能。按照现在苏铁这些人的水平，去和队长或者水牛之类的人打比赛，简直就是送死，根本没有赢的可能。但是如果限制在五剑之内，那么情况就不一样了。限制在五剑之内，老队员体力上的优势就被消解了不少。此外，五剑之内，不是每个人都能达到最佳状态，此时，就要看谁更好地集中注意力，从而更快地进入最佳状态。如此算下来，小队员的胜算也就稍微大了一些，但也仅仅是一些。

所以听到这个消息，人们都兴奋起来，但是也不免紧张和害怕。

分组很快就完成了。第一个队员对战队长；第二个队员游戏机对战水牛；第三个就是苏铁，对战蝎子。

苏铁现在才明白队长刚才见到自己的开场白，他肯定知道教练早就有此计划。

此时，祁教练宣布，这次比赛三组同时进行。

苏铁刚刚注意到，念到苏铁名字的时候，观众席末尾那两个人中的一个明显朝这边看了过来，好像是想找到自己。看来自己的判断没错。

苏铁装备完整，走上赛道，蝎子已经在另一边准备了。苏铁此刻有一种如芒在背的感觉，他介意的是那个人的目光。面对眼前的蝎子，苏铁知道，这绝对不是轻轻松松能完成的。自己要是输了，这可是输在那个人眼前啊！

哨声吹响，三场比赛同时开始。

苏铁知道对方擅长进攻，而在这五剑一局的比赛中，他肯定防不住对方，所以不如干脆拼命进攻为上！

蝎子非常狡猾，很难预判他的动作，而且蝎子比苏铁高，这就有了很大的优势。

苏铁很快就丢失了两剑，再丢一剑的话，这场游戏基本就结束了。

可供苏铁思考的时间很短，他仅仅和蝎子上过几次对练的课程，有过简单的动作练习，那也完全算不上是实战。他拼命搜索蝎子的信息。

与此同时，苏铁要不断地进攻，寻找漏洞这一剑又被防住了，蝎子迅速攻防转换，猛冲上来。进攻时蝎子的一个动作提醒了苏铁。

假动作！

没错！蝎子喜欢用假动作！

苏铁开始集中注意力，努力辨别蝎子的动作。蝎子的进攻很猛烈，苏铁且战且退。突然，他的直觉抓住了迹象，那很可能是一个假动作，苏铁的反应也在一瞬间。苏铁假装上当，作势要摆出一个防御姿势，让蝎子放心地做另一个动作。但这也是赌博！这个假动作万一是真的呢？

果然，蝎子上当了！苏铁抓住机会，迅速调整了动作，朝蝎子无法防御的地方刺击！

刺中了！得分了！

苏铁赌赢了！或者说，判断正确。但是离胜利还早着呢！

蝎子的进攻力气并不大，但变化很多，非常难以预料。苏铁的进攻总是很快便变成了防守。

但是有一个问题帮助了苏铁，那就是蝎子有些轻敌。苏铁看得出来，蝎子没拿自己当回事。他很多假动作其实并无必要，这就像猫杀死老鼠之前喜欢多换换花样，好好玩，玩够了再杀掉。但就是这些假动作，让苏铁发现了破绽。苏铁抓住机会，连续两次破解了对方的假动作，一举得分。现在比分已经变成了3比3。

苏铁拼命进攻，不给对方留喘息的余地，攻防转换后，就要靠识破对方假动作来得分了。最后，他捕捉到了一个失误，又看破了一个假动作，比分以5比4结束。

苏铁赢了，而且他是三个人里唯一赢得大队员的人。

蝎子走过来，拍了拍他的肩膀。

“不错。”蝎子说，“有那么几个动作，有队长当年的风采。”

没等苏铁摘下面罩，蝎子就走了。苏铁诧异莫名，这家伙为什么突然来这么一句？

杨光重重拍了一下苏铁的后背。“还可以嘛，这回能一起参加比赛了。”

沈子骏走过来，面色沉闷地打量着两个人，突然开口道：“决定了吗？”

“什么？”

两个人都大惑不解地看着他，不知道他话里到底问的是什么。

“嗯，就是女人归谁。”沈子骏故意压低了声音，显得自己的话很有权威。

“啊？”杨光大叫一声。“不要胡说！这种事怎么决定！”

“笨蛋！你可是赢了的人！”

“赢了也不行啊，怎么能拿别人当赌注！”杨光据理力争。

苏铁不禁笑了出来。原来沈子骏这装模作样的家伙，心里什么都看清楚了。苏铁看着两个人不停地就“钟灵”开着玩笑，不禁也放松下来。

突然，他的眼睛瞄到了观众席，那两个人不见了。不知为什么，苏铁拔腿跑了出去。

他刚才看到了吗？我是如何得胜的？

苏铁刚跑出场馆门口，却不知被什么东西绊了一下，跌倒在地。苏铁身后传来笑声。这声音，苏铁很熟悉。他回过头，紧紧盯着身后那个嘲笑自己的人。

16

当年，苏铁入选击剑队，孙威却落选，这着实伤害了孙威的自尊心。好在刘老师给孙威找到了另一个队伍，让他得以继续训练。孙威一直没有忘记苏铁带给自己的耻辱，他听说有新秀赛，而且苏铁所在的队伍也会参加之后，顿时起了报仇雪恨的念头。于是当即决定在比赛前先来这里探一探苏铁的虚实。没想到，这一来就真的看见了苏铁的比赛，孙威将苏铁的实力看在眼里，料定他不如自己，于是扬扬得意起来，甚至忍不住飞扬跋扈起来。

再次遇见这个人，苏铁以为自己应该可以非常冷静，但他不知道自己错了。在自己被绊倒的一瞬间，他似乎又回到了当初每天被欺负的日子，心头的怒火一点就着了。他两只手撑住，没有让自己完全倒在地上，他回身的一瞬间看清了那张熟悉的脸孔，还有那张脸上的表情：傲慢和嘲讽。苏铁起身便朝向那张笑脸扑过去，但他挥出的第一拳击空了，整个人的身子被惯性带走。

“哈哈！”对方尖笑起来，笑声过后紧紧跟随着一声口哨，像那些电影里欺负一条狗的坏人。

对方站在台阶上，高过自己，一把抓住苏铁的衣领后襟。

苏铁索性扑在对方的腿上，两只胳膊紧紧抱住对方的腿，使劲想要把他摔倒。

苏铁憋红了脸，用尽全力，他再没有听见笑声。他把对方逼得不断向后退，以防被他摔倒。

对方叫骂了几句，不得不想办法推开他。一直在旁边的朋友也来帮忙了，一边半软半硬地威胁苏铁，一边想把他从自己的朋友身上推开。

不知道是两个人中的哪一个，朝他的背狠狠地锤下去，力道也就像广岛上空的第一颗原子弹那么大。

苏铁咳嗽出来。

突然，一声低低的号叫。

苏铁咬住了对方的腿。号叫声让苏铁满足，虽然使出这招真的没什么光彩的，但听到对方痛苦的证据后，他毫不后悔自己用这么下三滥的手段。

最后，苏铁还是被甩开了，从五级台阶上毫无障碍地滚下去。

苏铁再站起来时，孙威已经冲了上来。

两人动起手来。

和多年前一样，孙威仍旧保持着身高的优势，但苏铁也不再是那个只会动嘴的乖孩子了。在其他人赶来之前，时间也只够他们打两个回合的。那个跟在一旁的朋友还算厚道，只是站在那，并没有伸手帮忙。

很快，苏铁鼻子上着了一拳，一阵酸。但他毫不在乎，狠狠地还给对方一拳，打在了对方的脸颊上。

苏铁纠缠住对方不放。

“你他妈疯了！”孙威找了个机会狠狠地推开他。他的如意算盘打错了，本来以为只是一场开胃菜式的见面，硬生生被苏铁搞成了大餐。

苏铁的眼睛通红一片，死死盯住了孙威，他还要冲上去。

孙威的朋友已经有点不耐烦，朝孙威使了个眼色。

“知道了，别催我！”孙威对朋友的催促很有些不耐烦，但他也决定要走了。他打算速战速决。

苏铁又冲上来，孙威趁其不慎，将其胳膊紧紧锁住，扼住了苏铁的脖子。

苏铁的脸色通红，他紧紧咬着牙，手指用力要把孙威的手指掰开。

“跟我玩！你没什么长进啊，小板凳，这么不冷静，还咬人！我看你刚才那两下，估计初赛就得被淘汰了。”孙威得意地看着苏铁。

苏铁拼命地试图挣脱，但是他发现自己的力量敌不过孙威。

“疯狗！”孙威终于制服住了苏铁，“在这逞什么能，我告诉你，你今天怎么被我玩的，赛场上也一样。”孙威正在得意，突然感觉什么东西凉凉地落到了脸上。他感觉不对劲。等到那凉凉的东西顺着眼角滑下来，他才知道，是口水。孙威骂了一句，抬起头，看见身旁站着一个人。

沈子骏站在那里，又吐了一口口水，准准地落在了孙威的衣服上。

孙威把苏铁扔开。

苏铁气喘吁吁还要冲上去，杨光赶快过去拦住他。

孙威把脸上的口水擦干净，第三口口水吐在了他的鞋子上。

孙威抬头，看着沈子骏。

沈子骏什么都不说，眼睛直勾勾地盯着孙威。突然，又吐了一口，准准地落在了孙威的肩膀上。

苏铁被杨光紧紧地拉住，刚刚他几次想冲上去，但是现在，他也对这一幕感到惊讶。

孙威朝他的朋友使了个眼色，白了沈子骏一眼，转身走开了。他的朋友跟在他身后。

他们三个人看着孙威走远。

祁教练从门口走出来。他从三个人脸上发现了些什么。

苏铁把脸别过去，不让祁教练仔细看。

“有什么事吗？”祁教练问。

“没有。”沈子骏说。

祁教练看向苏铁和杨光，两个人摇摇头。祁教练默默看了一眼苏铁，走开了。

三个人仍旧站在原地，等到祁教练走远了，杨光才放松下来，忍不住开口问东问西。

“他们是谁啊？为什么和他们打？”杨光很气不过，“你为什么不叫我们？”

苏铁把自己的胳膊从他胳膊底下抽出来，什么都没说，默默地走开了。

“别问了。”沈子骏说。他知道苏铁的性格，这时候还是什么都不说的好。

杨光看了一眼苏铁的背影，犹豫地站住了脚步。

苏铁的心情非常差，他很后悔刚才那样做，自己实在是太冲动了。他飞快地跑开，不想接受任何人的安慰。刚才那一幕在他脑海里不住地回放，他不自觉地设计着更为合理的处理方法。无论哪一种，都比刚才那样冲动要好。太容易被激怒了，这是弱者的表现。

他来到训练中心偏僻的小林子里，这里离训练基地的宿舍楼很远，平时很少有人过来，现在这个时间就更没有人了，四周空空荡荡，只能听见他一个人的脚步声。他很想抽根烟，但是并没有，他也不想去找人要一根，那太麻烦了。他在小林子慢慢地走，来回兜着圈子。

树林里不像外面那么炎热，训练基地的声音也被稍稍阻隔在远处，他终于能获取一些宁静。苏铁的脑海里出现了沈子骏面对孙威时的场景。他不得不承认，那才是他幻想之中自己面对孙威时该有的态度。但是很遗憾，孙威并不怕他，甚至还拿他当成多年前那个受欺负的小孩子对待。苏铁攥紧了拳头，好像自己到此为止的努力都被打上了问号一样，他心里有一种不可抑制的屈辱感。他想到孙威说的关于比赛的话，看来他也会参赛。那么当时带队的老师将他们带走后，并没有直接回家，而是带他们接着去别的队面试，看来孙威是被送到别的队伍去了。看来，他们在新秀赛上一定会见面了。他暗自下了决心，自己一定要在新秀赛上报仇雪恨。

一天的比赛结束后，队长被教练叫到办公室去，聊了一个多小时。祁教练将消息告诉了他，他已经联系好了某省的训练队伍，对方几乎答应了他所有的要求，这次新秀赛之后，可能就要跟这个训练基地告别了。祁教练要队长做好准备。

队长点点头，准备工作基本都完成了，蝎子是有价值的队员，也已经答应一起离开，至于其他人，在最后关头攻坚就可以。至于年轻的队员，沈子骏已经答应，因为他非常认可祁教练的训练方法。其他人，暂时都没说，等到最后阶段再告诉他们也可以，免得节外生枝。

祁教练点点头，不说话，他很感谢队长做的这一切。虽然他是个资历不错的教练，但近年来他取得的成绩并不算太好，他也知道自己的别扭脾气，若是没有强硬的实力作为后盾，他的话在队里很难有足够的分量，即使是这样一支主动邀请他过去执教的队伍。但是倘若他能够带一批深具潜力的运动员过去，那么情况对自己自然是极为有利的。

"苏铁呢？"队长问，"要我去和他说吗？还是你不打算带他走？"

祁教练抬起头，看着队长，默默地思索着，并不着急给出答案。他心里也确实不知道如何是好。带苏铁走？但是他的问题——恐怕没有必要带他过去。但是若不带他过去，留他在这里，无异于将他毁掉。

"他的问题很严重吗？"队长看出了祁教练的担忧，"难道没有一点希望吗？"

祁教练的目光落在地板上，眼神有些发愣，好像完全没有听队长说话，又好像在数着地板上菱形花纹图案的数量。总之，他整个人陷入了默默出神的状态里。

队长知道，祁教练已经陷入了自己的思索之中，于是不再说话，只是找了个借口，离开了办公室。

队长在操场附近兜了个圈子，等到约定的时间差不多了，才朝训练馆走去，他在那里约了人见面。

队长故意放慢脚步，他不去看表，他估计现在应该已经过了约定的时间。他知道自己为什么故意放慢脚步，这里有一种自我欺瞒的感觉，好像自己迟到了，对方也就不会出现，今晚的会面也就不存在了。

他走到离训练馆还有一百米左右的地方，就看见了那个等在门前的人影。

那个人影也看见了他，对他招了招手。

看来是没办法躲开了。

那个人影朝他走过来。两个人越靠越近，那个人影四下看看，突然快步上前，一下子抱住他。队长也轻轻地抱住那个人影。这时，才能看得清楚对方的面容，那个人影竟然是邵若冰。

“你迟到了。”邵若冰说，“五分钟！”

“嗯。”队长笑笑，“那我道个五分钟的歉。”

邵若冰安静地看着他。这个玩笑并不好笑。

“你来看比赛了？”队长说。“你的训练怎么样了，我以为你最近应该很忙的？”

邵若冰点点头。

气氛突然变得很奇怪，两个人谁都不说话。

训练基地的规定是不允许运动员们谈恋爱的。虽然不可能完全禁止，但是也绝不可能明目张胆。两个人的地下恋爱谈了很久，但是见面的时间非常不稳定。队长很清楚，两个人能在这个时候抽出时间见面是非常难得的。队长突然想笑，要是教练知道他竟然谈了恋爱，大概也会吓一跳吧，自己也实在是掩盖得太好了。不过，如果答应和教练一起离开，恐怕这段感情还是要切断了。

“事情怎么样了？”邵若冰突然开口。

邵若冰是那种绝对不会主动开口说话的人。如果队长不开口，他们可以整晚不对彼此说一个字。现在她主动开口，队长知道自己最好还是把答案如实告知。

“已经定下来了。大概——在新秀赛之后——”

“之后什么时候？”邵若冰突然问。

“之后——不久。”队长平静地回答道。

邵若冰不再说一句话。两个人一直逛到再也逛不下去。

队长想向她解释些什么，但是又觉得怎样解释都会非常无力。邵若冰这位平日里被称为“女神”的人物，此刻的表情虽然仍旧能保持高冷，但也多少有些掩藏不住的难过。

“我要走了。”邵若冰的语气非常有礼貌，“明天要训练。”

“嗯！”队长说。

邵若冰轻轻摆了摆手，头也不回地走了。

队长望着她的身影渐渐消失，轻轻叹了一口气，转过身，准备回宿舍去了。

这时，他发现身后不远处有个晃动的影子。队长仔细看了看，认出来那是谁。

“喂！”队长叫道，“过来。”

那影子本来想走，这回停住了。犹豫了一下，慢腾腾地挪过来，是苏铁。

“干吗？这么晚躲在角落里偷看？”队长问。

“我没有偷看。”苏铁回答，“我有事找你。”

苏铁本来是有事要找队长的。他经过这里，却是意外，看见队长和邵若冰就更是意外了。这个意外却毫不意外地搅乱了他的心绪。白天邵若冰能来看比赛，他已经很高兴了。现在，他终于有些明白是怎么回事。难道邵若冰和队长在一起？是的，肯定是这样。队长这么谨慎的人，当然不会到处炫耀，不会笨到要惹来教练找他谈话。如此，也就更不会让自己这种小队员知道这些事。一瞬间，苏铁觉得自己距离邵若冰又远一些，不禁感到异常的失落。

“什么事情？”队长问。

“我想知道，参加新秀赛的队伍都有哪些？”苏铁问。

“怎么，你紧张了？”队长说。

“没有。”

“我开玩笑的。你是看到下午来的那两个外队的人了吧？”队长追问道。

“嗯！”

“怎么，你认识他们吗？”

“不认识。”苏铁连忙说，“只是想到，既然要和陌生人打，总要先了解一下对方的打法的。如果有详细的资料就更好了。”

“比赛前，教练应该会给你们放一些参赛队伍的过往资料——”

“——可是我现在就想知道——”苏铁说。

“斗志很高嘛。嗯，今天下午那两个人我也看到了，你感到紧张也可以理解，碰见两个刺探军情的，不过其实那两个人也没必要，完全是小题大做了。”

队长看了看苏铁。

“你想要谁的资料，直接告诉我吧。”队长说。

苏铁知道队长已经完全猜出了自己的意图，他也没必要隐瞒了。

“孙威！”

队长皱了皱眉，思索了片刻，恍然大悟。“我想起来了，是那个今年的新秀吧。”

“我不知道。”苏铁悻悻地说。什么新秀！苏铁很不服气，当初还不是在这里落选了，才跑到别的队伍里去。“队长，咱们队是不是最强的？”

“啊？”队长忍不住笑了出来，“这个嘛，哈哈，咱们的实力还是很强的。你说的那个人嘛，我倒是知道，因为有事，碰巧看见过几次其他队伍的训练，好像知道这个家伙。是Y市击剑队的新秀，据说还不错。”

“还不错是什么意思？很厉害吗？”苏铁问。

“就这个年龄来说。”队长点点头。

“那我能打败他吗？”苏铁看着队长的眼睛问。

“有这个可能，当然，概率并不是特别高。”队长奇怪，苏铁怎么会将一个完全陌生的人当作自己的目标。

苏铁沉默了片刻。

队长有点后悔，自己是不是说话太直接了，于是便想出言安慰几句。这时候，苏铁却突然开口。

“我要打败他！”苏铁说，“我一定要打败他！”

队长惊讶地看着苏铁，很少见他表现出这么坚决的样子，今天的胜利能够增强他的信心，但是看上去怎么有种负气的感觉。

“知道了。我去帮你找找他的资料，然后告诉你。”

“谢谢。”苏铁的语气非常客气。

说完谢谢，苏铁没有停留，转身便离开了。

队长总觉得苏铁的态度里有些不一样的东西，但是他说不出来是什么。他看着苏铁的背影，想起自己曾经的那些岁月，又想起祁教练对苏铁的判断，不禁感慨起来。不过，每个人的命运都要自己去创造，不，或者说去承受，他只能尽力帮助他了。

宿舍楼门口，杨光和沈子骏正在楼边等苏铁。四周都黑了，只有楼梯口的灯还亮着，灯光从两个人的头顶洒下来。苏铁远远地就看见了他俩。他俩也看见了苏铁。

苏铁从远处走过来，看上去有些无精打采，两条胳膊松垮垮地摆动着，但是离近了看，两只眼睛里面却闪烁着光芒。

杨光跳下台阶，走到苏铁面前，把一个包装盒放到苏铁手里。他的态度还有点不好意思。

“钟灵送的。”杨光说，“她知道你比赛胜利。”

苏铁没有拿过礼物，只是盯着看。

“她过生日的时候祈祷的就是你能参加新秀赛。拿着吧，她知道训练受伤多，送你的跌打酒。”杨光把礼物塞到苏铁手里。

苏铁掂量着手里的礼物，心却似乎不在这，竟然就径直走开了。

“喂！”杨光叫住他，“你好歹说一声谢谢吧，钟灵那么关心你！”

“谢谢。”苏铁敷衍了一声，走开了。

杨光本来设想自己可以和苏铁一起拆开礼物，毕竟三个人都取得了参加比赛的资格，值得庆祝一下。可是不知道为什么苏铁竟然是这种态度。他感到非常不公平，为什么钟灵要这样对待他，他却这么冷淡无情地对待钟灵，自己又在里面扮演了这样尴尬的角色。

“喂！等一下！”杨光跑上前，拦住苏铁。“你这是什么态度！”

沈子骏拦住了杨光。

苏铁看了看手中的礼物，看了看杨光，将礼物扔到杨光手上。

“你想要什么？是这个吗？”苏铁的语气有些死板，说起话来好像是魔怔了一般，“我要赢。我要打赢他！我只要这个！”

苏铁与杨光和沈子骏对视着。

沈子骏发现苏铁的眼神与之前不一样。

苏铁转过身，慢慢地走上楼。

杨光还想去找苏铁理论些什么，被沈子骏拦住。

“让他去吧，他已经找到了自己的敌人。接下来，应该会很有意思吧。”沈子骏自言自语地说。

17

新秀赛的前两天，突然刮了一场大台风。早晨的跑步训练和所有的室外体能训练都停止了。天气变得异常凉爽。虽然台风算得上是当地人习以为常的老朋友，但它突如其来的拜访还是让人心里有一种说不出的新鲜感。

“这是不是一个预言，比赛会跟这场台风一样激烈？”杨光总是有这样天真有趣的想法，但是并没有人回复他这句玩笑话。

所有人都在训练场练习，但是今天的气氛确实受到天气的影响，与往常不同。被阻隔在窗外的风雨声和被风吹动彼此敲打不停的树叶沙沙声密密麻麻地包裹住了整个训练场。大家的脚步声和剑条碰撞的声音变得绵软湿润，有些像是受了潮的饼干。有时候，一阵强风吹过，雨点狠狠地击打在玻璃窗上，人人都忍不住扭过头去看。

队长知道这种兴奋感。奇妙的天气是一种不错的调剂。而恰巧教练不在，大家尚可有一二刻的放松。他负责替教练管理秩序，在练习的间歇，在训练场的一端，他站在一根粗壮的立柱旁边，那双明亮而坦率的眼睛仔细地观察着训练场内训练的人。他观察到很多人的打法真的受到了天气的影响，与平时不大一样。有的人变得更滞重懒散，有的人则更轻巧俏皮，也有的人丝毫不受影响，比如沈子骏。他此刻正在与另一位队员进行对练。

与沈子骏对练恐怕并不能学到什么东西，因为队内的年轻队员里，很少有人能达到沈子骏的水准，所以这种实力极端不对等的对战练习，对实力偏弱的一方并没有太多的好处，信心还可能会受到损害。

沈子骏来到队里很久了，但是队长一直没有和他交朋友。不是没有机会，而是他身上带着一种不需要朋友的感觉。尤其不需要这些年长的朋友，可能因为他暗中觉得这些年纪大的人也仅仅是年纪大而已，没有什么了不起。确实，沈子骏的实力不比这些年纪大的人差。沈子骏非常清楚自己的实力，他的坚不可摧的信心，在比赛的时候也不失为一种有力的武器。

沈子骏狠狠地刺出几剑，他对面的人把剑放下，示意停止。那个人摘下面罩，额头和鼻尖都是汗，他张着嘴，只顾着喘气，没力气说话了，只好摆摆手，示意自己需要短暂的休息。他走回座位，拿起水杯喝水。沈子骏正想摘下面罩，突然一个人走上了赛道。

队长小小地吃了一惊。那个人戴着面罩，站在了沈子骏的对面。两个人没有动，估计在说些什么。队长离得很远，完全听不到。不过很快，他们两个人拿起了剑，对彼此行礼。刚刚的陪练队员喝完了水，回过头，一下怔住了。沈子骏已经和那个新对手打了起来。

通常两个人对练，会轮换着给彼此“喂”动作，将一个个攻击和防守动作分开练习，然后再慢慢连起来。很少会真的对打起来。但这两个人现在是在认真地对战。队长从动作里认出了那个人——是苏铁。

两个人对战的赛道在训练场的角落，其他的人也都忙着自己的训练，所以这两个人的举动并没有引起很多人的围观。队长所在的角度不错，正好能够悄悄观察着这场和窗外台风一样突如其来的对决。

苏铁的动作很凶猛，非常积极，努力地拼抢想要得分，同时也注意到了动作的协调，减少失误，不让以先防守后反攻为策略的沈子骏轻易抓到把柄。沈子骏确实没能抓住苏铁的失误，但是他的防守却明显优于苏铁。苏铁的进攻常常被沈子骏化解，但是沈子骏的进攻却能撕破苏铁的防线。本来也是没有悬念的比赛，反倒不用在乎输赢，可以好好欣赏一下比赛，仔细观察一下两个人。队长带着这样的心情，更加投入地观看两人对战。

越是看得认真，越是要感叹，沈子骏的技术真的很好。他的技术非常全面，打法又沉稳，好像是德国人制造的虎式坦克一样，发动机一旦运转，便稳步向前，势不可当。在这样的对比下，苏铁这边，除了顽强，几乎没有别的优势。

但也不尽然。

队长注意到了苏铁的两次得分，虽然只有很可怜的几次，一般人完全会将其定义为侥幸。但实际上却并非如此，队长一边观察着苏铁，一边仔细回想着刚才苏铁得分的动作细节。他得出一个小小的结论，这个结论不会改变这次对战的结果，但也不失为一个有趣的发现：苏铁有一些奇特的想象力。队长带着好奇心继续看下去，想要验证自己的想法。

苏铁丢了一分，再次开始进攻时，却丝毫不知收敛。两人的几次攻防转换之后，苏铁突然加快了进攻速度，接着一跃而起，妄图去打沈子骏的后背，但实际上他中途又换了方向。但这个如此狡猾的假动作还是被沈子骏及时地防守住了。队长心头惊讶，这种假动作是蝎子经常用的。看来苏铁学得很快。而且，苏铁在里面加入了他自己的想象力，这个假动作的意识不错，只是他的技术动作没有办法完全跟上自己的意识。想到这里，队长明白，苏铁表现出来的与众不同之处在于技术和意识的不平衡，而他的意识——其实很有潜力，这是纯粹练习技术动作无论如何得不到的。意识的问题，是一个人的存在方式的问题。

远处的比赛已经结束了。沈子骏拍了拍苏铁的肩膀，表现得像是一个老大哥一样，对挑战自己权威的小弟给予了足够的包容。苏铁耸耸肩，就算是回应了。但是两个人都戴着面罩，谁也看不到彼此的表情。等到走下赛道的时候，两人一前一后，谁都看不见对方的脸了，才都摘下了面罩。沈子骏的表情并没有什么变化，除了呼吸有些急促之外，仍旧是一副镇定如常的样子。苏铁有些紧张，脸上隐隐写着担忧，已经有些长了的头发黏在一起，被汗水湿透了。沈子骏凑近苏铁，小声说了些什么，苏铁笑了笑。苏铁朝刚才陪练的队员点点头，算是一个简短的道歉，然后向沈子骏挥了挥手，走开了。毫无疑问，沈子骏捍卫住了自己的地位。不过队长对苏铁这突如其来的举动更加好奇了。

苏铁穿过各条赛道上前后忽闪的人影，手里提着剑，朝门口走去。窗外，一阵雷声响起，好像一个石头的轮子轰隆隆从头上滚过，雨点敲打窗户的声音更大了。远不到天黑的时间，乌云却大面积地聚集，训练场馆内一下子就暗了下来。场馆内训练的人“哇”声一片。在此之前，苏铁对这一切没什么感觉，现在才注意到天气的种种变化。苏铁抬头看了看训练馆顶部的窗户，那里有一片不知被从哪里出来的树叶，卡在窗户边上的缝隙里，风掀动了叶子的另一边，好像随时要将其撕裂。苏铁收回目光，朝队长走去。

队长并不吃惊，他已经准备好了之前苏铁向他索要的东西。

“孙威不会比沈子骏更厉害吧？”苏铁劈头便问。

队长立刻就了解了苏铁的想法。这种突如其来的挑战是因为他没有信心。不久前，苏铁悄悄找到队长，向他索要孙威的比赛信息。队长想起来好像孙威之前有过几次上场的机会，留下了录像。苏铁立刻开口索要，完全不像以往那样谨慎小心。队长以为对于这样一场比赛，苏铁多少有些小题大做了，恐怕想看录像这种事，多半还是因为心理原因。不过，队长还是答应了。他觉得这个苏铁突然开始这么认真起来，也不禁让人很好奇他的命运到底会怎么样，就像是你看到一部电影的主人公开始努力准备对付敌人，总会对他有些好感，何况这位主人公和当年的自己又有几分相像。

“我还差很多。”苏铁摇摇头。他脑子里浮现出那天沈子骏仅仅凭借气势就震慑住了孙威的情景。“我会努力的，我可以的，最起码我没有被沈子骏的气势吓住。”

“也许是因为你们很熟悉。”队长说，他并没有恶意，只是想让苏铁认清所有的情况，“而且那不是正式的比赛。不过你确实打得很凶猛，很顽强。”

苏铁想了想，点点头。“队长，我想尽快就看看他比赛的录像，可以吗？”

“等到训练结束后吧。”队长说。“那时候教练不在，我可以把录像带拿出来。不过，教练待会会回来，今天下午有他的课，他会亲自带人练习。不过也可能回不来，开会的地方离这里挺远的。”

“好的，谢谢。”

苏铁看上去一副不想多说话的样子，说了“谢谢”之后，便有些急着离开。

“你要学会控制自己——的情绪。”队长犹豫了一下，还是继续说下去，“你的发挥受情绪影响很多，有的时候你打得过于轻率却不够顽强，有的时候你很顽强却很拘谨，你需要有一个基本发挥水平，否则在比赛里你会吃亏的。你不可能每分钟都在最佳状态，所以必须把自己平时的正常状态水平，提升一点。”

苏铁想了想，确认自己领悟了队长的话，嘴角翘了翘，微微露出一个笑容，表示感谢。

他低下头，走到一边，把剑放下，脱下手套，松开防护服，准备休息一会。

他刚刚坐下，却没办法休息，各种思绪泉涌出来。他努力将不同的情绪一一捋清。他暗自思忖着，自己对队长除了感谢，不该有别的感想，他很感谢队长的帮助。自己的情绪确实不稳定，现在不就是这样吗？但是即使心存感激，他也忘不了昨晚的那一幕。他之前竟然完全不知道，队长和邵若冰早就已经在一起了。他们隐藏得实在是太好，自己竟然完全没有发现。昨晚，他感觉邵若冰有些不开心，换作往常，如果掌握了这样的信息，他自然会想办法去见邵若冰，找尽话题和她聊天，但是现在，他完全不知道怎么办。对于这种复杂的局面，他根本没有任何处理经验。如此一来，队长刚才的指点，就算是情敌的指点了，一个比自己强太多的情敌。苏铁讪笑，算不上是情敌吧，算不上……本来只想休息五分钟，但是各种思绪纠结在一起，没有一件事不是悬而未决且近乎无能为力的，他不免深深陷入对自己的不满之中，无论是沈子骏还是队长，为什么他们看起来都能把一切处理得很好，而自己却不行。这之间的差距，到底包含着怎么样的神秘，实在是难以参透。一种深深的自责感和自我怨恨的感觉包围了苏铁。

四点钟左右，天已经黑得像是夜里十点。除了沈子骏这样认真到极端的人，大多数人都已经放松下来，如果教练再不回来，就准备提前解散。有人已经开起了玩笑，有人提议敢不敢不拿伞跑到食堂去。不过话说回来了，这种天气，有没有伞，其实是差不多的。

不知是谁讲了一个什么笑话，突然传来一阵哄笑声。大家好像故意要用哄笑声对抗窗外的雷雨声，所以笑声格外大。突然，好像又打雷了。一声轰隆的巨响碾压过了训练场内的每一个角落，闯进每一个人的耳膜里。反应敏捷的人率先收起了笑声，寻找声音的来源。

他们寻找到声音的来源就在训练场的门口。那里有一个披着雨衣的身影，全身上下都在滴水。雨衣的帽檐遮住了那人的脸庞，但是任谁都能分辨出他的身份，只要看他的动作就可以了。这个人明显有些不悦，大概是被狂风暴雨扰坏了心情，他气呼呼地关上身后的门，两个肩膀明显地起伏了一下，好像在努力安抚自己的情绪，让自己变得平静一点。他一把将湿漉漉的雨衣扯下来，在门边找了个悬挂备用剑的架子，挂了上去。

在这过程中，他的目光飞快地扫视全场。所有人都紧张起来，轻松的气氛一扫而光。祁教练健步如飞地朝训练场地走去，就像是一支箭刺进了一个苹果里。而这个苹果，并不那么新鲜。祁教练心里挑剔地想。

他在一个位置站定，仔细观察赛场上的人，确保每一个人都能达到他的标准，都在用极度认真的态度在训练。他的行动力从来都如闪电一般，让人惊骇。没有任何短暂的休息，也没有任何多余的客套来转换情境。他从新秀赛的赛前筹备大会上回来，却能撇开一切坏事和糟糕的情绪，立刻投入工作。

他用教练员的目光观察，许多现象涌入了他的眼帘。自律的人一如既往地努力，但是自律不足的人却有千奇百怪的疏漏。为了选拔参加新秀赛的队内比赛刚过，有一些人已经好了伤疤忘了疼，落选的耻辱难道竟然只维持了两个晚上就消失了吗？有几个人脸上并没有足够的雪耻和奋进的决心。还有人太过鲁莽，虽然憋足了劲，但却用错了地方，拼命地练习，但却不知道在练习什么，这些人是没有对自己在比赛中的表现和意识进行足够彻底的反思，所以此刻只能用蛮力。但起码他们还是努力的，可以稍加指导。

不过不是今天。

他今天不想和蠢货打交道。但他在心里习惯将所有人都先骂作蠢货，不过他很公平，永远会给他们在他这翻盘的机会。

他的目光最后落在了苏铁的身上。他仔细观察了几分钟，发现苏铁身上有了些不一样的东西。虽然很微小，但是也证明他在比赛后确实有些进步。教练观察了一阵，得出一个结论：苏铁很擅长学习。教练不禁觉得有些思绪。苏铁可以算是个还不错的苗子，也许有很深的潜质，如果努力——他又想起自己对苏铁的担忧，他并不想承认，这里面有他自己的错误。在今天的会议现场，他见到了自己的师弟。两个人都很平静。简单的交谈后，便不再说话。祁教练突然想到自己当年的处境，自己的教练为自己制订了一套训练计划，但是这套计划是很不负责任的，只考虑到了整个队伍的需要，却没有充分考虑他自己的条件。结果——当然是祁教练自己的职业生涯很快走到尽头。只不过当时他没有想清楚，只觉得自己的实力不逮。现在去讨伐任何人，都只能显得可笑了，他是哑巴吃黄连，有苦说不出。直到最近，他看着苏铁的成长，才发现，自己竟然用了和教练对待自己一样的思维在对待苏铁。他自己为苏铁做的决定，很可能是错误的。这几个月来，他一直在寻找线索，证明或反驳自己的观点。只是——

"苏铁！"

苏铁完成了最后一个动作，挡住了对方的一次进攻，放下剑，回头看向教练。所有的人都暗暗看向苏铁，这一瞥的感情非常复杂，既有羡慕，又有庆幸。苏铁也一样，既有庆幸，自己有这样的幸运可以在赛前被教练选中单独辅导，但是也很恐惧，因为教练的指导是非常残酷无情的。

苏铁很想回到椅子边去喝口水，但是现在的气氛摆明了不允许他做这个动作。祁教练正在不远处等他。这不算什么，我现在就是需要最严格的指导！苏铁这样想，给自己鼓劲。他挥了一下剑，迈开步子，朝祁教练走去。

18

“不对！你这样做不是最简洁的动作！会拖慢你的进攻速度！”

祁教练的声音并不大，但他的每句话都像一把匕首，专门挑拣你的弱点，毫不留情地刺下去。

“你的腿！这算什么弓步！我是这样教你的吗？”

苏铁满头大汗，一言不发，只能点点头，脑子里飞快地想着自己到底哪里做错了，完全顾不得疼痛。他料想腿上一定又留下了一道血痕。当他逐渐摆脱初入队的处境时，他以为这种近乎体罚的指导方式会变得温和，但结果却让他大失所望。16 岁，我已经够大了，但在教练面前仍旧是一个可以被随意抽打的小孩。

另一方面，祁教练对错误的惩罚从来都没有温和的一面，从最小的队员到最年长的队员，即使那个队员的个头已经蹿到一米九几，远远高出他自己，他仍旧毫不留情地用剑条修正对方的错误。

为队员们料理全身上下条条伤痕的老队医曾经去找过教练，他是下了很大的决心才开口和教练谈论这个问题。

“训练已经很辛苦了，这样做，会给他们造成很多不必要的伤病。而且他们还是孩子，应该多鼓励。我建议不要体罚。”老队医知道教练的脾气，所以临到见面，还是把准备好的长篇大论缩减成了这样简单的一句话。

对这种问题，祁教练一向只是觉得多余，但因为对方的身份和年纪，他不能像对待别人一样不尊重任何礼节。他简单解释了自己的理念，第一句话就让老队医吃了一惊。

“他们并不是孩子，他们入队的时候就应该清楚地意识到了，我也每天提醒他们。这里不是迪士尼，我们不需要让每个孩子都高兴着训练，相反，我觉得我们需要让他们意识到自己的使命，还有自己离目标有多远，应该如何继续拼命努力。”

“我在很多队里待过——”老队医对祁教练的理念显然不能认同，但是对方干脆利落地打断了他的话。

“任何队的教练都只有一个目的，培养出一个全国冠军，世界冠军，或者不止一个，越多越好。我认为自己的方法更加有效。”

“多少也应该顾及一下这些孩子的心理成长吧！”老队医据理力争。

“如果他们心理上的问题无法解决，那么证明他不过关，最终也会被淘汰。”

祁教练没有给老队医再说话的余地，丢下这位满脸都写着对孩子们的担忧的老人，径自离开。

那之后，他下手依旧凶狠。老队医只能默默医治受伤的孩子们，但从他们眼里却找不到怨恨。

领教过祁教练厉害的人，都改正了应该改正的问题，技术上的进步非常明显。

祁教练单独带队员上课的时间并没有明确规定，如果他觉得必要，十分钟可以结束，或者两个小时也完不了。今天的情况恐怕是后者。苏铁已经体力不支，仍旧看不见训练停止的迹象。祁教练已经纠正了他不少技术动作上的错误，还修正了一些他战术思想上的胡思乱想。对于前者，祁教练会严格地纠正，一定要让他按着最正规有效的方式来；对于后者，他会指出某些轻率和荒谬之处，但并不会完全否认苏铁的想法。

“每个人都应该找到自己的战术和打法，你可以自由探索，我只是指出你不恰当的地方，并不会阻止你探索。”祁教练说。

祁教练很想在这几个小时里就解决苏铁身上的问题，他一直在仔细观察，不断地在思索，是不是可以得出另一个结论，但最后他也意识到这是不可能的了。他心中的这个秘密恐怕必然要吐露给苏铁了。但终究难以开口，他已经和另外一个人聊过，也许可以让对方和苏铁说清楚。

“到此为止！”祁教练说。

“谢谢教练。”苏铁终于停下步伐，他摘下手套，费了点力气才把左手的手指从剑柄上拿下来。

“你回宿舍洗个澡，好好休息一下。”

苏铁吃了一惊，祁教练竟然说出这种类似关心的话，实在是不可思议。不过更不可意料的还在后面等着他。

“你妈妈来看你了。现在住在城里，我给你一个晚上的假，你可以去看她。天气预报说台风晚上六点钟左右就会过去。你可以在外面留宿一晚。”祁教练说完这些话，拍了拍苏铁的肩膀，便朝自己的办公室走去。他今天之所以比预计的时间晚回来，就是因为绕道去见了一下苏铁的妈妈。她突然找来，按常规办法，让她来这里走程序见苏铁就可以，根本不用自己出面。但是他正不知如何处理苏铁目前的问题，于是干脆直接去见了他的妈妈，先将问题和她说清楚。等到她和苏铁聊完，大家再一起坐下来商议，应该就会有一个结果了。

祁教练刚走，杨光就凑上来，狠狠拍了苏铁一下，“运气不错啊！”

苏铁不知道，他指的是能在赛前得到的亲自指点，还是自己能有外出假去看妈妈。他摘下面罩，这才发现，雨已经停了。

“天气预报说了，今天是台风最后一天，这次台风太短了。”杨光说。

苏铁抬头看，刚才塞在窗户缝里的那片树叶已经不见了。他猛灌了一口水，砰地一下坐在椅子上。

杨光正在一旁告诉他最近有什么好看的电影，“你可以让你妈妈带你去看！”

苏铁问他想看什么，自己可以替他看了，回来讲给他听。

“去你的，我要自己去看。”杨光撇撇嘴。

苏铁笑出声来。

“我多想比赛前看个电影啊！”杨光摇着头，好像在向上天祈求能有这么个机会。

“看了电影就能拿冠军吗？”

“哼，看不看我都可以。”

“你可别遇到我。”

“哈哈，遇到你我也没问题。先打赢了你，再去拿冠军。”杨光毫不示弱地看着苏铁。他放低声音，“你那样对钟灵，我还没原谅你呢。”

杨光凑近苏铁，两个人直视着对方，谁也不先挪开眼睛谁都不肯先眨眼，直到有人眼睛发酸，流出了眼泪，两个人才忍不住一起哈哈笑了出来。

台风过后的天空就像被放在洗衣机里漂洗过的床单一样，凉爽透彻。地上的积水倒映着空荡荡的天空，有人不小心一脚踩下去，才发现积水很深，禁不住大骂起来却也只能自认倒霉。

苏铁从宿舍出来，换了一身干净的衣服，确认身上没有汗味，才朝训练基地的大门走去。虽然在训练基地基本上用不到什么钱，但妈妈还是会不定期地打钱过来，数量和次数都不多，但是苏铁花钱的机会也很少。他现在穿的这件藏青色的T恤衫和牛仔裤就是用妈妈给的钱买的。他自己一个人去买衣服的时候总是有点不好意思，所以这两件衣服都挑得很匆忙，尺寸也就不大合身，都有点偏大。他本能地喜欢稍大一点的衣服，他看过周杰伦的采访，周杰伦在学校的时候也是这样，喜欢穿大一号的校服，表示自己与众不同。以前妈妈总是纠正他这个错误，他知道妈妈这次也免不了唠叨，但他还是选择穿这身衣服去见她。

进城的公交车终于不那么闷热，乘客们脸上没有忍受炎热时的烦躁，个个都显得轻松。他们要去哪里呢？要见谁呢？苏铁想到自己去见妈妈，心底里却有种见陌生人的感觉，有点害怕，不知道第一句话要说什么，接下来又要说什么。三年没有见面，通电话的次数也很少，想到这，他仍旧有些负气，依旧觉得妈妈当时的举动明显是想把他扔在这里，就不需要再对他费心了。不过，他毕竟靠自己的力量在这生存了下来，那遥远的怨恨也就转瞬即逝了。刚刚祁教练单独带领训练时的种种细节，反倒突然占据了他的头脑，不知不觉，他已经将所有的问题都重演了一遍。

公交车走走停停，他睡着了，被公交车外闹市的嘈杂声吵醒时，正好到了终点站。二十分钟后，他来到旅馆。旅馆房间门打开的时候，他脸上浮现出不自然的笑。

妈妈赶紧把他让进屋子里，一个劲地寒暄，倒水。过了好久，苏铁才发现自己一直低着头，尽量避免与妈妈的视线碰触。他站在旅馆的窗前，看向外面的街道。旅馆的这一侧临着一条小路。他竟然真的饶有兴致地看起来，因为他从未有机会好好在这个城市待过。妈妈问起训练情况。

“很好。”苏铁回答得很有信心。“我最初差点被赶走，但现在进步很大。”

“嗯，那就好。”妈妈点了点头，带着一丝欣慰地说。

苏铁借机打量起妈妈，感觉她似乎有心事。

“我回去参加新秀赛，就在后天，下周一。你可以来看比赛。”苏铁说完又补充了一句，“要是你还没走的话。”

“我一定要去看。”

两个人又说了一会别的，妈妈突然告诉他，她和继父离婚了。苏铁没有说话，他想说这很好，但是他怕自己太莽撞。他对妈妈现在的情况不是很了解。

“你之前打电话怎么不告诉我？”苏铁问。

“没有合适的机会。”妈妈回答，“再说，怕耽误你训练。”

妈妈突然站起身。

“走吧，我带你去吃饭。”

“吃完饭能看电影吗？”

“当然可以。”

于是谁都不再提离婚的事。

苏铁第一次不用赶着晚上回训练基地，可以悠闲地逛街。妈妈带苏铁去买了衣服，然后打算找家饭馆吃饭，苏铁带路，他知道有一家很好的馆子，那里离电影院也近。苏铁对这里并不熟，走了两次都把路带到了死胡同。不过两个人谁都不觉得有所谓，天气很凉爽，每次走错路都禁不住笑起来。妈妈假意埋怨，“都住了这么久了。”“我们很辛苦的，根本没什么机会逛街。我才来过几次啊。”苏铁回嘴道。

两人之间的亲密感很快就找回来了。

苏铁询问了妈妈的情况，妈妈说自己现在在做服装生意，她讲了很多自己做生意的事。苏铁觉得挺有意思。

“就在前面。”苏铁指指路的尽头。“好像还有个七八百米。不过这附近没有公交车。”

“几百米，我们自己走吧。”妈妈说。

两个人肩并肩，挨得很近，沿着步行道，顺着人流向前走。苏铁不时提醒妈妈躲开那些从后面赶上来的步履匆匆的人。

“这里的人走路速度比咱们那快。”苏铁说。

“是啊。”妈妈感慨了一句，问起苏铁在训练基地的生活，还有以后的打算。

“你忘了当时刘老师说什么？他说我是冠军的料啊。”苏铁扑哧一声笑了，“开玩笑的，我想我努力一下还是能有成绩的，更好的成绩。”苏铁告诉她自己的偶像是队长。“他很有潜力，很厉害。以后肯定会拿冠军，大家都这么说，教练也这么说。”

“那么多人，也不是人人都能拿冠军。”妈妈说。

苏铁似乎没注意到妈妈的态度，继续说起队长的厉害。队长就是在类似新秀赛的比赛上打出名气的。“你知道吗？大家都说那场比赛之前谁都没注意过他，大家对他的打法不熟悉，他一出场，所有人都蒙了，不知道怎么对付他，很厉害吧。”

“厉害。”妈妈平静地回答他。

他又讲了自己看过的几场比赛，队长发挥出色。最后，他说自己一定要在新秀赛上拿到很好的成绩，最起码要打入决赛。

“别有压力。”妈妈说，“也不是练这个，以后就一定要干这个。你还年轻，未来的方向多着呢。”

苏铁耸耸肩，不说话了。为什么妈妈要这样说！他有种感觉，但又说不出哪里不对劲。“我现在就想干这个，也许以后退役了当个教练。我们那有人这么干的。”

妈妈点了点头，“也不一定当教练，你小时候不是还喜欢画画吗？或者别的什么。”

“我很久不画画了。再说，我画得不好。”

突然间，两个人没话说了。路边出现一些熟悉的店铺，本地的同学曾经炫耀过这些地方。

苏铁给妈妈简单介绍了一下，说些不痛不痒的话。渐渐地，苏铁的话没了。他很不开心：本来还算高兴的一个晚上，看来要变成一场漫长的敷衍了。她这么远过来就是为了这个吗？

“你们祁教练找我谈过话。”妈妈突然开口。

苏铁没有表现出吃惊，他静静等着妈妈往下说。他不让自己猜测教练的话，但心底暗自揣摩，也许教练说的是他的好话，也许是夸奖自己。

妈妈却不肯快速揭晓答案，她装作漫不经心地转述祁教练的话，意思大概是他很努力，很认真，很有想法，很优秀。

这些简单的近乎客套的夸奖让苏铁感到高兴了些，但也有些乏味。他对自己最近的表现还算满意，他暗中期待着教练能说出更有意思的话，比如评价一下他的进步，或者点评一下他要如何继续练习，加强哪些地方？就像他平时指导队员们上课时说的那样，结果却只有这么几句应付家长的话。不过，话说回来了，让教练去和妈妈说这些，恐怕他也没有那个耐心吧。想到这，苏铁忍不住笑了起来。

“祁教练说你很有潜力。”妈妈很艰难地说出这句话，等了半天，才继续说下去，“但是，你们同龄的人，有很多——比你更有潜力的——他担心这样发展下去，对你不利。”

苏铁一时间不知如何理解这些话。他只感到小腿传来一阵酸痛，白天练习的时候太用力，刚才又走了太多的路。他抬头看看，两个人已经差不多来到了饭店门口。

妈妈顺着他的目光看过去，“哦，就是这家店，好像很有名。走，咱们进去边吃边说。”

她走了几步，很快发现苏铁没有跟上来。

“你是什么意思？”苏铁问。

妈妈的脸上闪过一丝难过，但马上装出一副无所谓的样子。她走到苏铁身边。“妈妈现在能挣点钱了，以后会越来越好，希望能让你过好点的生活，其实你从这退役，回去上个好高中，以后考大学——”她不再说话，因为苏铁的脸涨红了，她心疼地看着苏铁。

“你和教练说要我走？”

“你们教练他——他也觉得这样做也不是不能考虑，但当然还是看你的意思。妈妈并没有强求你这样做。”

苏铁发现妈妈比自己先流了泪，她赶紧擦掉。苏铁很想转身跑开，给她一个冰冷的背影。他感觉自己心中积累的愤怒和不满必须通过大剂量的运动才能发泄出去，但这只是他的第一反应，他还没有迈开步子，就意识到了自己不能这么做。妈妈是无辜的，或者是无知的——对自己无知。如果祁教练也同意这样做，那么——他还是决定，在妈妈面前，将自己的情绪压抑下来。

“走吧。”苏铁说。

妈妈愣了一下，不知道苏铁是什么意思。她偷偷看了一眼苏铁，脸色已经恢复了正常，但是嘴唇闭得紧紧的。她不再说话，默默听从苏铁的安排。

苏铁挽住妈妈的胳膊，朝那家餐馆走去。

19

苏铁告诉妈妈教练没有给自己整晚的假，吃完饭后，立即提出要回训练基地。他回到训练基地的时候已经是夜里十点钟左右。远远看见训练基地的大门，他停下脚步。附近的路灯坏了，那扇大门立在黑黢黢的夜里。四周一点风都没有，十分安静。他站在那好像能听到自己心跳声，他感觉血液在往自己的头上涌。他漫无目的地四下看，随手摘下一片树叶，捏在手里，从薄薄的树叶中捏出了汁水才罢休。他闻到一股清香味，他把那团绿色的碎叶子扔在地上，在衣服上擦了擦手，转过身，朝反方向走去。

苏铁走过由村子通往训练基地的路上，路上只有他一个人。他狠狠地踢开一颗挡路的石子。石子飞到黑暗中，悄无声息地消失。今晚他有自由了，想到这一点，他多少有点轻松。他打算先不回去，他觉得自己会忍不住跑到教练那里，把话问个清楚，但教练这么晚不会在的。还有另一种可能，他越靠近空荡荡的训练场和黑黢黢的大楼，就会越来越不知所措，失去勇气，最后能做的只是趴回铺位睡觉。他不确定自己有勇气找教练理论清楚，那样他又会生自己的气。

城中村里的人还没有睡，街边的小吃店门口摆满了路边摊，一张张桌子旁挤满了光着膀子的男人，还有浓妆艳抹的女人。他们一边抽烟一边喝酒。苏铁不知道该去哪里，也不想去任何地方，他迈开步子，随便选条路，一直走下去。没有人注意一个半大不小的男孩，他身上又没穿训练基地的衣服，大家很难认出他的身份，更不会惊讶于为何这么晚了，还在路上晃荡。

走过那条满是饭店的短街道，周围突然安静下来，他又想起妈妈说的那些话，他猜不出教练的想法。他很想买包烟，但是四下都没有杂货铺。他不想走回头路，于是折进一条小胡同。他发现自己好像故意要拣那条黑漆漆的小路走，故意让自己走在黑暗中。他小心地试探着往前走，心里有一丝丝忐忑，好像从四周的黑暗中会突然跑出什么东西来。他很快出了小胡同，来到街上，这是条非常熟悉的街。

他盯着街上一个熟悉的卷帘门看，卷帘门紧闭。他放心了，走出黑暗，朝路对面尽头处的一抹淡淡的灯光处走去，那里是一家开到很晚的小超市。他推开店门，正在看电视的老头抬眼瞧了他一眼，那一眼里没有任何表情，好像他是一阵风一样。

“老板，拿包烟。”苏铁说着，靠近门边的玻璃柜台，上面整整齐齐地摆着五颜六色的香烟包装盒。苏铁仔细选着烟，他用手指点了点，“这个多少钱？”

“不许卖他！”

听到这个声音，苏铁吓了一跳。苏铁惊讶地抬起头，却看见旁边一个人抱着几盒方便面还有可口可乐，老板显然是在听那个人说话。摞得高高的方便面包装将那个人的脸挡住。那人将东西放在柜台上，老头动作缓慢地站起身，扯下一个塑料袋，将货物装进去。苏铁看清了这个人的脸，原来是钟灵。她走路一瘸一拐的，苏铁看向她那条受伤的腿，上面已经装上了一个支架。

“要养很久，一百天吧。”钟灵注意到苏铁的目光，主动回答了他的问题。“老板，他不能抽烟。”

老板点点头，将塑料袋递给钟灵。

“帮我拿回去。”钟灵说完，一瘸一拐地走到门口，将门帘拉开。

苏铁拿起塑料袋，走出门外。

两人一起朝小网吧走去。

“你受伤了不该出来。”

“妈妈忙不过来。我帮点忙，没关系。”钟灵说。

苏铁最怕遇见的人就是她。钟灵似乎知道苏铁担忧的是什么，并不说多余的话。

“你要比赛了，不要抽烟。心情不好就去训练。”钟灵说。“你不是要拿冠军吗。”

“我哪有说过这样的话？”

“有。”

“什么时候？”

“很久之前。”

苏铁不说话了。两个人已经到了网吧门口，钟灵从苏铁手中拿过塑料袋，敲了敲卷帘门，门慢慢地上升。

两个人都不说话。

“你快点回去休息吧，比赛前睡眠很重要的。”钟灵说。

苏铁看向钟灵的眼睛，想必杨光已经告诉她自己最近的反应了。她脸上写满了接受现实后失望的表情。她提起比赛，苏铁不知道该如何回答。

“拜拜，加油！”钟灵伸手轻轻碰了碰他的胳膊肘，算作是一种鼓励，闪身走进门去。

钟灵的妈妈在里面接过塑料袋。钟灵没有回头，有人叫网管，她应了一声，慢腾腾地挪过去。

门快关了，苏铁突然敲起门来。

几分钟后，苏铁坐在网吧的角落里，他努力地搜索着孙威的信息。钟灵的话提醒了他，他此刻并没有很强烈地想做这件事，只是也找不出别的事情好做了。这就好像在学校的时候，老师说他的学习太糟糕，他回到家，还是会从那张满是错题的卷子开始，慢慢整理自己犯下的错误。

他用了很多种方法搜索，终于找到了孙威的名字。

“那地方离这不远的。”钟灵不知何时站在了他身后，见他没反对，拽过一把椅子坐在他身旁。

他点开一段比赛视频，画面质量不高，但是他还是从模糊的画面里认出了孙威。这段某市少年杯的比赛视频里，孙威连续击败多个对手。

“他是你的比赛对手吗？”钟灵问。

苏铁没有说话，只是把进度条拉回头，重新看了一遍这段十分简短的录像。钟灵静静地在旁边，努力想从中看出什么门道。

看了四遍之后，苏铁关掉浏览器。

“你肯定打得赢他。”钟灵忍不住要鼓励他，“我会去看你比赛。”

“阿姨一个人照顾不过来吧。”

“没事，关门两天无所谓。”

苏铁沉默不语，他脑子里还想着孙威的动作，推测他现在的进步有多大。但想着想着，总会回到教练的那些话上。如此，他便又觉得徒劳，孙威这道题似乎并不能改变什么。

“你真是太倔强了。”钟灵突然说。“就算你什么事都不跟我说，我也差不多能猜到。无论别人怎么说，我是相信你一定能赢的。结果虽然重要，但最重要的是，你要相信自己，你是有机会的。我很羡慕你，你可以改变自己的命运。”

苏铁惊讶地看着钟灵。她不像平日那么活跃，安静地坐着，目光落在两只紧握在一起的手上。即便如此，苏铁能感受到她眼神中有种特别的东西。

两个人又坐了一会。苏铁又把视频看了一遍，嘴唇不停地掀动，好像在悄悄和自己说话。钟灵离开过一次，给他拿了一杯水回来。

当晚十二点左右，苏铁还是爬上了宿舍的床。他的情绪已经平静了一些，他知道自己必须珍惜睡眠。翌日，他去找了教练，他犹豫了很久，才敲响教练的房门。

听到教练的声音时，他还有个念头，现在跑开还来得及，教练也不会知道自己是谁，但是他还是走进了教练的办公室。

教练一个人待在办公室，电视机开着，他正在看录像。他看见苏铁，并没有很惊讶。

“怎么了？”教练问。

苏铁本来不知道怎么开场，却突然一下子不顾一切地把昨晚和妈妈的对话都抛了出来。一开始，他的语气还能够保持冷静，里面还有点胆怯，但是越说越气愤。

他一股脑地说完后，陷入了沉默。

教练不急着说话。

两个人之间的沉默好像被秒针费力地推着向前走，那么缓慢滞重。

教练终于还是开口了。“你用左手持剑很难再进步了。”

苏铁吃了一惊。

几分钟后，苏铁跑出了教练的办公室。

训练的时间快到了，今天下午是自由训练，准备参赛的队员要为明天做准备。各队的队员们都成群结队地涌向各自的训练场地。苏铁没有立即离开大楼，他很快地找了个没有人的角落，想等眼泪都哭尽了再回去训练。

可是眼泪却止不住地流。

他只能紧紧咬住牙，不让自己哭出声音。

苏铁本来不是左撇子，是因为入学时的误会让教练误以为他是左撇子。虽然后来纠正了过来，但是教练观察了他一段时间，还是让他去练左手持剑。苏铁还记得教练当时的说法，因为击剑运动里，左手更占优势。用右手的运动员很多，大家对右手的打法都很熟悉。但是左手持剑就不一样了，在日常练习中，大多数人并没有机会和左手持剑练习，这在比赛中会让他们很难适应左手持剑的打法。队长就是左手持剑。教练一直希望自己的队伍里能有更多的队员左手持剑。

苏铁现在还能想象自己当时兴奋的样子。自己是被教练特殊安排的人，也许自己有些什么不一样的潜力。这个念头着实激励了他很久。他怎么都没想到，现在会是这种结果。

苏铁拧住自己的大腿里侧，一阵疼痛猛然袭来。他如此反复了两三次，才终于止住了眼泪。停止哭泣的他，才慢慢冷静下来。他跌坐在地上，盯着大理石地板上的花纹发了会呆，慢慢站起身，朝门厅走去。

训练场馆里，杨光和沈子骏正在对战练习。两个人都很奇怪，苏铁怎么还不出现。现在这个点说迟到都已经算是轻的了。不过好在今天教练并没有亲自指导。要不然让他发现苏铁迟到这么久，苏铁就完蛋了。

“那天那家伙也会参加比赛吧。”杨光说。

“参加比赛的人多了，最后不都要被淘汰。”沈子骏不动声色。

“希望我能遇见那家伙，给他点颜色看看。”

“那你不是坏了苏铁的事。”

“啊？”杨光想了想，“嗯。他应该想亲自打败那家伙吧。希望比赛的时候能遇上高手啊。”

“高手就在你对面。”沈子骏话毕，一剑刺过来。

两人开始新一轮攻防练习。

训练馆的另一边，队长和蝎子的对战练习刚刚开始。

“队长，你有点心不在焉啊。”蝎子打趣道。

队长没有说话，摆了摆手。

两个人都戴着面罩，看不见彼此的表情。队长此时确实有些心不在焉。他发现苏铁还没到场训练。他已经知道教练将苏铁的事告诉给了他的妈妈，苏铁现在一定已经知道了。若论起责任来，教练自然是难逃其咎的。但若说后果，恐怕苏铁要承担全部损失。他在几次观察中，也注意到了苏铁的左手实力不稳定，有的时候可以超常发挥，有的时候则不尽如人意。但是他自己对苏铁的进步不那么悲观，他觉得总会有可能的。可是要达到这种可能性，需要一个人付出的东西实在是太多了，他必须不断突破自己的极限。这里面还有受伤的风险和失败的折磨，很可能苏铁很快就会倒下，打起退堂鼓。等到那时候，心里面的遗憾和颓废可能会更多。所以，队长虽然不完全同意教练的看法，也不会反对教练对苏铁的处理方法。毕竟，实验总会失败，只不过这次所用的材料是人，而不是小白鼠。

正在此时，苏铁走了进来。不过他没有训练，而是捡了一个靠边的位置，坐下来休息。苏铁一动不动地坐在那，安静地看着大家训练。正在训练的队员们发现身后这道冷冷的审视的目光后，都纷纷回头，看见苏铁在训练时间堂而皇之地休息，不禁觉得惊讶。不过大家议论了几句也就继续投入了自己的训练。很快，苏铁的出现就像他没出现之前一样，毫无影响了。

队长结束了几轮对练，让蝎子去休息，他自己跑到苏铁身边，想去问个究竟。

苏铁看到队长，还是主动站了起来。

“什么情况？”队长问。

苏铁张开嘴，但又不知道怎么说，一时哑住了。

队长拍了拍他的肩。

“是不是我还不够努力？”苏铁说。“我做得还不够好？”

队长看着苏铁失望的样子，忍不住安慰他。“你的路还很长呢，未来谁都说不定的。”

“即使教练也说不定吗？”

队长沉默了片刻。

“录像我找到了，待会一起去看吧。”

“我已经看过了。”

“嗯？什么时候？哪看的？”队长很惊讶。

苏铁告诉他，自己在晚上找到了对方的影像资料。队长有点不敢相信，这种队内资料一般很少传到网上。

“你就那么迫不及待吗？”队长说，“训练结束后看吧，就十几分钟。不过应该对你很有用。”队长没有给他再说话的机会，“去训练吧！不要在这坐着了，比赛前你需要好好热身的。”

苏铁朝门旁走去，拿起自己的训练服和剑，慢吞吞地走回训练赛道旁。不过他的训练对象早就找别人对练了，他一个人站在赛道旁，孤零零地，手里的剑垂在地上。苏铁向旁边挪了两步，把面罩放在椅子上，戴好手套。突然，他停下来，盯着自己的左手看起来。左手的手指因为常年拿剑，有不少变形的地方，食指上有两处伤口，中指上有两处磨出了老茧，他用大拇指摸了摸中指侧面上突起的老茧。他戴上左手的手套，却用右手拿起了剑。他感觉自己有点拿不住剑。

“嘿。”

他听见声音，抬起头来，看见杨光站在面前。

“我陪你练练。”杨光说。

苏铁把剑换回左手，戴上面罩。

两个人对练了几个回合。一开始，苏铁的进攻软弱无力，完全无心训练一样。突然间，苏铁开始发力，拼命地进攻，速度很快。

苏铁脑子里回想起教练的话。教练认为苏铁的左手已经到了极限，他在速度、力量和灵活性上都很难提高。

苏铁从杨光那里拿到五分，杨光认真起来，两个人的出剑速度都很快。杨光后退的时候步子很大，躲开苏铁好几剑。苏铁撤退时却被杨光抓住了失误。

“教练说的话对吗？”每当自己遇见这种失误，他都会问自己。“这到底是简单的失误，还是说我的极限到了呢？”

下午的练习结束后，苏铁和杨光、沈子骏一起去吃饭。苏铁的话很少，杨光知道肯定出了什么问题。沈子骏悄悄碰碰杨光的脚，暗示他不要多嘴。处理这种事，沈子骏显得很有经验，他知道这时候不要打扰苏铁。因为他自己也不喜欢被人打扰。

吃完饭，苏铁找了个借口甩开两个人，自己去找队长，两个人一起看了两遍录像。这次的录像是孙威今年早些时候的比赛视频。他参加团体赛，负责打第二剑。

“他很稳，也很狡猾，基本技术非常扎实，防守很好，但进攻的时候也有不少假动作。个人赛你们不一定会遇到，但是团体赛肯定会的，因为他们和我们队都有实力夺团体冠军。”

苏铁盯着视频里的孙威看，他现在找不到对抗孙威的动力。

“我能打赢他吗？”苏铁问。

队长关掉视频，看着苏铁。

“全力以赴！”队长说。

20

全省的新秀赛如期举行，恰好赶上了一个凉爽的好天气。前往现场观战的人也比预期要多出许多。主办方措手不及，一个个本来懒散的工作人员，都绷紧了神经，害怕弄出什么差错。负责人叮嘱各个部门，不要放松各个环节。新秀赛的举办方很高兴，看来做击剑比赛还是有利可图的。击剑这项运动虽然没有乒乓球那么知名，但是它有自己独特的名声，已经能吸引城市里逐渐富裕起来的中产阶级家庭。最近几年的推广也让省内各大中小学都对击剑有所认识，有些条件很好的学校，甚至聘请了退役的队员去学校授课。今天的观众里就有不少学校里的学生结伴而来，有的是自发而来的，有的是学校里面的击剑社团成员，对他们来说，这里的比赛已经算得上是非常专业的了，足够他们一饱眼福。在现场最热闹的人就是他们了，这些人分成若干个小团伙，挤在观众席上，吃着自己带来的零食，不时爆发出一阵笑声。在观众席外，队员们备战的赛场外，各队的成员也各自凑成一小撮，彼此开着玩笑，缓解紧张情绪。他们听到从观众席上传来的嬉闹声，不禁轻蔑地一笑。在他们眼里，那些趁着学校放假来观战的学生是根本连门都没入的外行，自己待会会给他们上一课的，让他们看看专业和业余的差距到底有多大。

沈子骏穿过各队的人群。这些新队员之间彼此并不认识，但也有几个人的脸似曾相识，其中就包括孙威。说不上是不是不小心，沈子骏轻轻撞了一下孙威。孙威回过头，两人才发现是对方。彼此对视一眼后，沈子骏继续穿过人群，朝自己的队伍走过去。苏铁和杨光正站在那里聊天，苏铁手里拿着自己的剑，在做赛前的调整。他不时掰掰剑条，杨光则在转面罩，失败了好几次，面罩不时地跌落在地。几个人的行李都放在一边，游戏机可怜兮兮地站在边上，他的职责是看着行李。按比赛的排名他是来不了的，谁能料到排名第四的候补人员严重感冒，排名第五的突然受伤，必须休息养伤，于是这个排名第六的游戏机简直是撞上了好运气，被派来当候补队员。但是大家对他的实力并没有太多指望。实际上就是让他来帮忙处理一些日常琐事之类的。

苏铁还在反复思考战术，他脑子里过了无数次的演习，他已经把孙威的战术了解得很透彻，他现在很关心比赛的安排，他不希望自己在遇到孙威之前就被淘汰，或者孙威在遇到他之前就败北离场。

沈子骏走到两人面前，举起手上的比赛对阵单，轻轻晃了晃。“这是预赛的安排。”

杨光和苏铁赶紧走上前，拿过预赛的安排看。

苏铁仔细地浏览了预选赛的名单。孙威和他不在一组。

“我们三个被分别分到三组了，不错啊。”杨光高声说道，“这样我们就不用先内耗了。咱们决赛见。”

“这里面未必没有高手。”沈子骏说。

“咱们也是高手啊。”杨光说。

“我是不会轻易输掉的，大家都加油吧。”苏铁说罢，眼睛朝人群中望去，搜索着孙威的身影。很快，他就找到了他所在的队伍。孙威正和自己同队的伙伴们开玩笑，不知道谁说了什么，大家都笑得很开心。孙威的样子信心十足，脸上带着嘲弄的神情。苏铁好像又看见了那个多年前的习惯欺负人的孙威，那个可恶的孩子王。不过他发现自己对孙威的敌意已经在渐渐消散，或者说转移，他现在更想向教练证明自己。当然，苏铁还是希望能够遇见孙威，将他彻底击败。既是报仇，也是向教练证明自己的能力。

"教练去哪了啊？"杨光看了看表，"怎么还不来？"

"当然了！各个队伍教练都在主席台那边开会。"沈子骏回答。

苏铁四下看过去，果然，现场等候的所有队伍都没有教练带领。

祁教练和众多教练走在一起，简短的会议纯粹是一场面子活动，新上任的体育局领导要求各个队伍的教练和他进行现场交流，汇报各自的情况，并帮助他一起畅想自己的未来。这位新领导看得出击剑这项运动在省内很有发展，前景肯定会不错，于是不遗余力地要用击剑这项运动来给自己的政治资源引水灌溉。今年现场这么多人的到来并非毫无外界原因。这位体育局的领导私下做了不少工作，动用了市内不少的宣传资源，从报纸到广播电台以及省内和各个市内的新闻，他动用自己的力量做了不少推广工作。这才搞得今天的活动现场人山人海。

祁教练听这种废话简直分分钟要吐在地毯上。在他看来，这无疑是浪费时间，这么多人陪着一个好大喜功的大肚子将军挨过了无生趣的分分秒秒。但是其他人肯定没有他这么敏感，其他人都是老老实实的政治小滑头，就像蛞蝓一样，浑身上下布满黏糊糊的液体，下巴贴在地上，嘴巴不停地吃泥吃土，当然，都是领导身上的甜美的分泌物。大家靠舔舐领导的大拇脚趾为生。"但不包括老子。"祁教练看了看坐在远处的师弟，一副气定神闲的样子，很享受周围飘荡的废话，看得出来，他很习惯也很舒服，这套毫无意义的长篇大论恐怕在他那谄媚的嘴里也不难炮制。

祁教练突然站起身来。

领导的讲话停了半秒，领导笑笑，用一脸询问的神情看向祁教练。"这位教练，您就是大名鼎鼎的祁教练吧。今天我可是很期待你们队的比赛啊！"

"我们队的实力还可以，不会让您失望的。不过我现在得回去指导一下他们了。赛前指导很重要。"祁教练说完话，转过身，从一群教练中走了出去。

人群立刻传来了窃窃私语声，但是谁也不敢跟他一起走。在场的只有他一个人有着胆量。

那位体育局领导尴尬地张着嘴，脸上还带着刚才那副为了装作求贤若渴才摆出来的笑容。

“哎呀，这个，祁教练说得对，我耽误大家赛前指导了。其实本来就想给大家打打气，没想到一不小心说多了，请大家多担待。散了吧，散了吧。大家赶快去指导一下各自的运动员。这此新秀赛对他们来说是第一次，很重要的，快去吧。”他赶紧打圆场，众人也赶紧接招。做主子的和做奴才的都是很默契的。

偏偏在这时，门外传来一句话。现场的人有一半的人听不懂这句话，但是另一半人可能就听得懂。也许也包括这个体育局的胖领导，也或者不包括他。那句话是用方言说的，说话人毫无疑问是祁教练，这句话的含义用普通话来说就是“干你老娘”。

气氛再度尴尬。那位领导的脸色变成酱紫色。其他人的脸上都隐藏着看热闹不怕事情大的窃喜。

祁教练很快就找到了自己的队伍。

苏铁见了祁教练，故意不与他眼神接触。

苏铁的想法，祁教练大致明白。那天晚上，苏铁没有在外面陪妈妈，而是半夜就跑回训练基地，祁教练全都知道，他一直在等着苏铁来找自己。赛前那天，祁教练在办公室里看全国青年赛的比赛资料，突然他听到门口传来脚步声。脚步声停下之后，却并未响起敲门声。他打算如果对方再这么拖拖拉拉，他就准备亲自去开门。最后，他快步走过去，准备开门。祁教练的脚步声，惊动了外面的人，只听见走廊里传来脚步声，那是一个人飞快跑开时留下的声音，那个人尽量地把声音放低，不被人发现。祁教练开门，看见了走廊尽头处楼梯口的一个背影。他一眼认出那就是苏铁，他知道苏铁想说什么。

祁教练一把拿过预选赛分组名单，拍拍苏铁的肩膀。

“你小组赛没问题，争取打到第一名，最差第二名，要不然后面你就有麻烦了。前两局你的对手不聪明，但经验稍微多一点。你用你的快攻把他们吓死，狠狠地压制他们。不要手软，不要怕。”

苏铁吃了一惊，祁教练从来没有这样对自己说过话。

“到时候我在下场，中途有问题，我会指导你。不过那时候我指导什么都没用，你会紧张得什么都听不下去，我说得再多也没用。”

指导完苏铁，祁教练又指导起杨光和沈子骏。

“杨光，你要大胆一点，但技术细节不要出太多错误。你进攻很快，但是后撤就有问题了。你要看准对手的进攻方式。我建议你不要太用力，节约体力，你弓步总是跨得太大，对膝盖和腿都是负担，你的体力消耗会加快，这样后面的比赛就很麻烦。稳步出剑就可以。”

杨光郑重地点点头。

祁教练来到沈子骏面前。“你有什么问题？”

“没有。”沈子骏说。

“你要赢，要大赢。你要小组第一出线，狠狠地压制对方，拉开比分。攻击对方自信，让他们再次遇见你时只想回家找妈妈。打狠一点，击打对方剑挑的时候要把别人的虎口震开，让他连剑都拿不稳。击剑场上不留废物，你要做做清道夫，给大家看看什么叫击剑。”

沈子骏看着教练，扬了扬眉毛。“我没有任何问题。”

此时，其他组队伍的教练也回来了。

“这帮废物。”祁教练小声地说。

但是大家都听见了，悄悄地给彼此递了个眼神。

祁教练也觉得自己今天的脾气实在是太差，完全压不住自己心中的无名火。

“赢他们！”最后，祁教练只给了三个人这句话。他拍了拍三个人的背，示意他们进场。

三个人倒是对教练的鼓励感到惊讶，这不像是他平日的作风。苏铁更是有些不解，他以为这或许是教练在赛前的鼓励吧，他对自己的结论可能并没什么变化。但若是如此，自己就更有必要打一个漂亮的翻身仗。

参赛的队伍总共有16支，分为四个小组进行预选赛。

这些新人大多数都是第一次参加比赛，彼此都并不清楚对方的套路和底细。沈子骏毫无疑问地获得了胜利，他超额完成了教练的任务，几乎是以羞辱和恐吓对手为目的打完了三场比赛。他在每次比赛之前都会迅速得分，然后防守，搞得对战的人心烦气躁，忍不住进攻。等到对方消耗了太多体力和怒气以及意志力后，他突然开始猛攻，对方完全承受不住这样的攻势，基本上都在很短的时间内垮掉。所有的裁判都对沈子骏印象深刻。当然，也包括所有在周围观战的队员。他们想到自己以后有可能会与这么个怪物进行对决，都不禁感到一阵战栗。

沈子骏比赛的时候，祁教练一改平日低调的行为方式。他就站在沈子骏比赛的赛道附近。每当沈子骏胜利，发出一声大喊——这声大喊是祁教练特意强调过的，一定要气魄十足——的时候——他也在旁边助威。他毫不吝惜自己的蔑视，既是对失败的队员，也包括对待在场外毫无对策的教练们。他的身影晃荡在赛道周围，形成一个无形的压力场。有两个对方的教练找到大会主席投诉祁教练，说他有干扰比赛的嫌疑。对方派人下来与祁教练商讨。祁教练看都没看那些人一眼，只说他们也可以像自己一样，站在这里，在这里走来走去，看看会不会干扰到剑道上的队员。因为祁教练并没有违反任何明确的规则，所以大家都拿他没办法。祁教练对着去打小报告的教练说，他们的队员基本功不行。对方教练气得满脸通红，但是一点办法都没有。实力决定一切，沈子骏碾压式的胜利，基本上让祁教练有了至高无上的话语权。

大家都以为小组赛要在这种压力巨大的氛围下进行了。结果，轮到杨光比赛的时候，祁教练却只是站在一边，并不多说话。他非常理解自己的队员，懂得怎么区别对待每一个人。对沈子骏这种实力超群的选手，他就借着沈子骏的实力随便嚣张。但是换到杨光，他很知道如何默默在一边支持选手，在关键的时候才出场指导。

杨光的比赛略有些艰难，他碰上的对手都不弱。第一次参加比赛，他又难免有些紧张。第一场的开局并不好，整个比赛下来也堪称艰难，但最后还是胜出了。祁教练跑上去告诉他不要着急。在之后的比赛里，杨光慢慢地才找到状态。最后，他和沈子骏一样，也以全胜的姿态打赢了比赛，虽然取得的优势只是一到两分之间，不像沈子骏那样有压倒性，但也算是不错的结果。

祁教练俨然成了赛场上的皇帝，气势压人，谁都不敢拦他的路。他经过师弟的队伍时，也会停下来看他们比赛，就是这样，也会让那些队员感到一丝紧张。他大概了解了一下对方的实力，毫不掩饰地留下了自己的蔑视，昂首走开。

至于对待苏铁，祁教练是毫不留情地批评和指责。苏铁按着祁教练的指示，比赛一开始就先声夺人，猛冲猛打，用尽全力。但是苏铁付出的代价就是失误，对手每次都是趁着苏铁的失误将比分逐渐追上甚至是扳平和赶超。这个时候，苏铁会叫暂停，打乱对手的节奏。他跑下来，听祁教练给他一顿狗血淋头的臭骂。这顿臭骂连坐在另一边休息的对手都能听得到，也能感受到那种恐怖的感觉。祁教练骂起人来旁若无人，整个赛场不过是大一点的私人办公室，面前这个尚未成年的少年是个能承受无限谩骂捶打的沙袋。

苏铁对这样的谩骂却感到习惯，这才是教练，这才是那个说自己不行的人。自己到底有没有前途，就要在现在证明！苏铁面对谩骂并没有任何负面情绪，他只想到要赢给面前这个瞧不起自己的人看。

“你这个废物！”祁教练说，“那一剑你都失误，你脑子有问题吗？让你来干吗？”

“我会赢的。”苏铁说。

“你说什么？”

苏铁没有理他，直接拿起剑，上场比赛。第一场比赛他赢得还不错，但第二场就输得有些难看了。对方的打法和苏铁差不多，两个人都猛攻猛打，最后苏铁输在了失误过多上。第三场比赛苏铁超常发挥，和一个实力绝对不算弱的对手拉锯到最后一分钟。因为之前已经输了一场比赛，如果这次也输了，之后的情况恐怕不妙。苏铁知道情况对自己来说有些棘手。他好像有些分心，再次开始的时候动作有些疏漏。但是祁教练并没有骂他。苏铁艰难地对抗着对手的进攻，突然，他一个假动作，骗过了对手，一举刺中对方得分。对手将这个看作是一个意外。他认定苏铁总会出现动作疏漏，但未承想，那是苏铁的计划。他利用自己之前真正的疏漏，来给这个对手一个他自己失误过多的印象，实际上他借机会使用了几个假动作，成功地骗过了对手，当比分拉开到3分的时候，对手已经有些慌张了。苏铁借用这个机会猛烈进攻，终于赢得了胜利。

这场比赛下来，祁教练什么都没说，他拿过苏铁手中的剑，拍了拍他的肩膀。两个人坐在休息用的长椅上，彼此不说一句话。

最后一场比赛上，苏铁以防守为主，稳扎稳打地赢得了比赛。最后，他输了一场，以小组第二的身份进入下一轮比赛。

队伍里的三个队员都获得了不错的成绩，祁教练脸上的表情也终于放松了一点，“现在才刚开始，你们好好休息一下，接下来比赛才正式开始。”

21

休息时间，三个人偷偷跑到体育馆外面的一小片树林的空隙中，他们把队服展开铺在地上，将买来的麦当劳放在手边，往地上一躺，边聊天，边吃东西，好像他们这次是来野餐的，只是在野餐的间歇参加一下比赛。

大家不停地讨论着自己刚刚的小组比赛。杨光抱怨自己那一组真是乏善可陈，每一个都弱得不得了。他本来以为能痛痛快快地好好打一场，结果其实没怎么用力，比赛就结束了。沈子骏取笑他明明打得很艰难，现在却跑来吹牛。说罢，沈子骏和苏铁哈哈大笑起来。杨光制止两个人，扯着嗓子制止他们。

“不对，你这样说不公平。”杨光辩解道，“我确实打得也不算太轻松，但是我的意思是说，没有那种能让我彻彻底底全力以赴去对付的人。小组赛里那些对手，我只要稍微一认真，他们就不是对手了。这和我想要的那种和高手过招的巅峰体验感，差远了。比如，要是小组赛和你沈子骏过过招，我还是会很满足的。”

“得了吧，和沈子骏过招，你就得止步小组赛了。”苏铁打趣他说。

“沈子骏，你们组怎么样？你打他们是不是也太轻松了。”杨光赶紧转移话题。

沈子骏想了想，喝了口可乐，沉吟道，“我们组的水平普遍不错，看得出来，训练都很扎实，技术要领非常到位，体能也很好。总之，各方面都不错，如果把他们分散到你们那两组，恐怕不好对付。”

“所以说，他们算是高手了？要是不遇上你，没准之后还能打进决赛呢？”杨光问。

“那可不一定。”苏铁说。

“为什么？你咋知道，你又没和他们交过手。”杨光说。

“感觉。”苏铁说，“就是感觉。”

“我也是这种感觉。”沈子骏开口，终结了两个人的辩论，“这几个人的基本功都很扎实，实力也不能算弱，但是他们的问题比他们的优点要严重得多。他们在战术意识上不够强。也就是说，他们不够灵活，没办法立即判断立即做出反应。”

“你的意思是说，他们在用自己的经验打，缺乏随时调整的能力。”苏铁说。

沈子骏点点头。“这种能力很重要，但是他们偏偏没有这种能力。他们的打法没有什么想象力。基本功再好，动作再标准，总会被出其不意的动作打败。”

杨光点点头。“那我们组的水平，也达不到这个要求啊。”

“我们组倒是有。”苏铁沉思，想起了比赛中的场景。让他印象最深的那场比赛，是自己在第二场对阵的那个人。那场比赛他因为失误过多而落败，但是不知道为什么，那个人给自己的印象最深。“那个人给我一种感觉，我也说不清，总之很难忘掉。”

“那是Z市队的家伙——”沈子骏说。

“我知道了！”不等沈子骏说完，杨光便抢下话头，“那是今年传说中的黑马，叫——叫罗鸣！对！罗鸣！听说很不错！很厉害！可是——”杨光皱着眉，“他是靠你失误赢的？”

苏铁点点头。“那一场我失误很多。”

“不应该啊。”杨光不解道。

“或许应该这样想，”沈子骏说，“为什么你会在那一场失误那么多呢？”

苏铁和杨光都陷入了沉思。

突然一阵呼噜声传来。三人一脸惊讶，寻找声音的来源——在小树林的深处。杨光大叫一声，他伸手指了指不远处的一棵树，只见树下伸出两条腿。

三个人面面相觑，他们起身，悄悄朝那棵树走过去。走到近前，却发现躺着的人也和他们一样，将队服垫在身子下，此刻正呼呼大睡。

“这不是和我比赛的那家伙吗！”苏铁立刻认出了这个人。他看到两人不解，立刻继续解释，“就是我失误最多那场。”

“他就是罗鸣！”杨光叫道。

那个叫罗鸣的，脸上的棱角非常分明，长相似乎有点凶狠。但当他被杨光的声音吵醒，第一个动作不是睁开眼睛，而是张开了嘴巴，在打了个又大又长的哈欠后才缓缓地睁开眼，

这时再看他，发现他完全没有了刚才的凶相，眼睛里倒有种天真无邪的表情。他慢吞吞地开了口。“你们谁啊？”

“你上午刚打败我，忘了吗？”苏铁问。

“我打败的人多了。”这个叫罗鸣的人站起身，从地上捡起衣服，看了苏铁一眼，“不过你还算有点实力。对不起，我上午太困了，实在是没办法完全发挥出来。有机会遇见了好好和你打一场，加油啊。”

罗鸣穿过三个人，朝体育馆走了几步，突然回过身，“等一下，祁教练是你们教练吧。”

苏铁点点头。

罗鸣大叫一声，抱住苏铁。“太棒了，我就说，怎么感觉你的打法有点熟悉。原来是这样。”

众人听闻，都非常惊讶，难道这个人认识祁教练？

“祁教练曾经在我们那里执教过，后来离开了，太可惜了。要是祁教练指导我，我肯定进步得更快。”罗鸣说，“既然这样，我们也算是半个同门了，下午的单败赛要加油了，我还想看看祁教练的高徒们水平如

何。”他捶了一下苏铁的肩膀，“下次要好好比一下，失误不要那么多，我要归队了，我可是偷偷跑出来补觉的。”说罢，罗鸣转身，一路小跑，出了树林，走出草坪，穿过人群，进了运动馆。

“我知道了。”苏铁说。“我知道自己为什么会失误那么多了。因为我想跟上他的动作。我想努力加快速度，所以才会失误那么多。”

“他那么厉害吗？”杨光说。

“嗯，我觉得他没有使出全力。”苏铁说。

“看来单败赛有意思了。”沈子骏说。

“如果你们俩相遇才有意思，看看谁能赢。”杨光说道。

“决赛见吧。”沈子骏说罢，拿起自己的队服，朝运动馆走去。

下午的比赛开始了。

小组赛后面是单败淘汰赛，失败一场就被淘汰。虽然在训练的时候有队内比赛，但是到了赛场上，面对真正的单败赛，队员们还是有些紧张。输了一场，就是输了全部。各队教练都在队员身边耳提面命，尽全力给他们各种战术上的指点。

单败淘汰赛的名单下来了。苏铁第一场对阵的人实力不强，他应该可以取胜。现在，比赛让他感到异常兴奋，最为兴奋的地方在于，他可以和罗鸣这样的高手对阵，那种全身上下的兴奋感都被调动起来的激动，是他很少有过的感觉。

下午的比赛开始前，苏铁独自一人去外面透气，他脑子里回想着今天和罗鸣比赛时的种种技术细节，想要往回走时，一转身，不小心碰到了身旁的人。他说了声对不起，对方却拽住了他。苏铁抬起头，发现竟然是孙威。

“哟，你还没被淘汰呢？”孙威盛气凌人地打趣他。

“遇见我之前，你可别输了，我要亲手送你回家。”苏铁瞪了一眼孙威，撞开他，朝馆内走去。

孙威拽住苏铁。“臭小子！你现在变得嚣张了！”

孙威身边的队友拍了拍孙威的肩，提醒他不要在这时候惹事，孙威松开了手。苏铁理了理衣服，转身离开。

“我等着你，小板凳。”孙威说完，故意怪笑了几声。

苏铁走回比赛场的时候，祁教练正端坐在休息长椅上，手里拿着一份比赛名单。上午的比赛里，祁教练的师弟带队的队伍表现虽然不是特别突出，但是三名队员也完整地进入了下一轮比赛。祁教练拿着这份名单，名单上显示，自己的队员在第一轮淘汰赛上就与师弟的队伍对抗。

“杨光。”

“到！”

杨光站起来，走到教练身旁。

祁教练看了看名单，“你的第一名对手比你有经验，实际水平可能比你高一点点，但绝对不是不可战胜的。你要迅速摸清对方，想好对策。你的优势是速度，前半段迅速拉开比分，然后看他的反应，你可以适当放慢速度。然后突然加速，打他个措手不及。”

“明白。教练，你放心吧，我一定把他打回家。”杨光笑嘻嘻地说。

“苏铁！”祁教练大声喊道。

苏铁走到祁教练面前。

“教练。”

“不要做你自己做不到的动作，勉强自己没有用，懂吗？”祁教练说。

“懂了。”

“懂了是什么意思，给我解释一下。”

“就是——不要做自己做不到的——”

“不是让你重复这句话——”

“不要逞强！”苏铁说。

祁教练摇摇头，“不要逞强是应该的，我的意思是说，不要被别人的节奏带走。你不需要自己的速度和别人一样快，你需要的是把对方带到你的节奏里来。去准备一下吧。”

苏铁看着祁教练，点点头。

苏铁待在长椅上休息，杨光坐在他身边，脚不停地抖动。

“我紧张。”杨光说。

“别紧张，你能赢的。”

“钟灵来了。”

苏铁顺着杨光的目光看过去，发现钟灵正坐在长椅上，手里还拿着拐杖。她看见两个人望向自己，也举起手来挥舞。苏铁越过钟灵，隔了四排之后的观众席上，妈妈一个人安静地坐在观众席上。苏铁吃了一惊，他记得妈妈说，回去的车票早就买好了，日期在比赛之前。他以为妈妈不想看自己的比赛。他还在生气，既然妈妈相信教练说的话，为什么还来看我呢?

看我是怎么失败的吗?

“钟灵在对我们招手。”杨光飞说着，也举起手来挥舞，回应钟灵。

苏铁出于礼貌，也举起手来挥动。

杨光碰了碰他的胳膊肘，“你知道吗，队长也来了。”

苏铁吃了一惊，“今天不训练吗？”

“当然是找了个借口出来的。别忘了，今天是周末。而且，好像还和别人一起哦。”

苏铁想了想，问杨光队长坐在哪里。

杨光给他指向另一边的看台。苏铁顺着他的手指看过去，在人群中辨认队长的身影，意外的是，他首先认出来的是邵若冰。他的心跳一下子加速了，苏铁完全没有想到，邵若冰会来观看比赛。他心里有一种不切实际的幻想，虽然知道是不切实际的，但是他还是忍不住想——邵若冰是来看自己的。但他在心里刚刚明确了这个想法，就看见队长手里拿着两个可乐瓶，穿过人群，坐在了邵若冰的身旁。

苏铁没有太多时间关注邵若冰和队长，因为比赛已经开始。杨光装备完毕，已经朝自己的剑道走去。苏铁挪到近处观战，他知道队长和邵若冰的目光此刻也锁定这里，但他们当然不会看见自己。苏铁让自己集中注意力，把头脑清空，他不想自己在比赛前有太多的心理波动。

虽然这么想，但苏铁脑子里还是有许多的杂念，让他停止这些奇怪想法的，是另一个人。就在苏铁胡思乱想的时候，一个陌生人坐在了他身旁，这个人就是罗鸣。苏铁吓了一跳，罗鸣朝他笑笑。苏铁不知道这家伙为什么要坐到这里，毕竟这场比赛里没有和他同属一个队伍的人，他何必这么关心呢。

“这里观战效果好。”罗鸣似乎看穿了苏铁的疑惑，“这家伙有一套，等着瞧吧。”罗鸣打开一罐可乐，架起二郎腿。

“杨光也很厉害。”苏铁说。

“所以才说有意思吗，这两个人是同一级别的。”

罗鸣说话的口气很大，好像他是这里最厉害的人，随随便便几句话便将别人点评清楚。

苏铁的注意力终于离开了邵若冰，回到了赛场上。

比赛开始了。两个人打得都很勇猛。其中一方连续进攻，很快就得到了 4 分。罗鸣吹了声口哨。

“别着急，杨光会追上的。”苏铁说。

“有这个可能，不过他出剑要更坚决一点，我看了他上午的比赛。他热场有点慢。”罗鸣说。

两人继续安静地看比赛。果然，接下来，两人都打了很多无效剑。看来两个人的兴奋度都很高。

苏铁意外地发现，他和身边这位罗鸣一起看比赛的时候，竟然格外专心和享受，大概是罗鸣那种专心而又轻松的态度感染了自己。他身上似乎一丝紧张感都没有。身处于这个赛场，他似乎没有分担到一点压力，还是他实在是太过自信了呢？苏铁不得而知，以至于他产生了怀疑：自己真的曾经和他打过一场比赛吗？当时在自己对面持剑的真的是这个人？

“你的朋友要反击了。”罗鸣说。

苏铁向剑道上看过去，只见杨光猛地一个弓步向前冲去，剑尖飞快地刺到了对方的身体，而且稳稳地落在有效区域内。代表杨光得分的指示灯亮了。

“他的速度很快。”苏铁说。

“是的，是的。继续看。”罗鸣似乎兴奋起来。

比赛继续。杨光连续刺出两个无效攻击，但第三次，他得了一分。接下来连续夺得三分，比分追平。之后，两个人的比分一直咬得很紧，谁都没办法甩开谁，比分已经变成了8 ：8。

“要输了。”罗鸣说。

“谁？”苏铁追问。

“和你朋友对打的人。”

苏铁倒是头一次见到有人这么口无遮拦，直言不讳地预言比赛结果。而且他不明白这家伙为什么对这场比赛这么重视。

“原来如此，是这个打法。不愧是祁教练训练出来的。要是我能碰上祁教练的队员就好了，最好能把你们三个都打一遍。”罗鸣兴奋地说。

苏铁皱皱眉，这就有点真的无法理解了。“你和祁教练有仇吗？”

“当然没有。”罗鸣说。“我很崇拜祁教练的。他离开我们队之后，我可是暗中用他的方法来训练自己的，上午和你比赛时我就很高兴了。你还有进步的空间，在祁教练手底下，你还能更强。”

苏铁没料到他会这么说，这小子完全不按常理出牌啊。他根本不知道，祁教练私下里已经让自己走人了。苏铁料定这家伙是个仗着自己实力不错，于是满嘴开飞机跑火车的角色。他说话和沈子骏不一样。沈子骏可算是惜字如金，只在关键的时刻说关键的话；这家伙完全是个话痨，有事没事也要说两句。

“——你看！我就说了吧。”罗鸣兴奋地直拍大腿。

苏铁看过去，发现杨光已经多得三分，比分变成了 11 ： 8。苏铁看过去的时候，刚好见证了杨光有一次成功的进攻。杨光趁对方防守的时候出现的一个停顿，猛地向前一刺，一个非常简单的动作，非常有效地拿到了分数。

“因为你的队友出剑更坚决，更果断。对面的家伙就有点畏缩了。结果丢分越来越多。刚刚那一剑很漂亮，简单直接，有效——”

“就像李小龙的截拳道。”苏铁忍不住插了句，毕竟话不能都让这小子说完。

“说得对！”罗鸣说罢，打了个长长的嗝，将肚子里的二氧化碳全都喷了出来。“舒服多了。”

苏铁在心里嘀咕，这家伙实力真的那么强吗，怎么看都像是个不着调的二流选手。

而台上的比赛已经胜负见分晓。杨光一路追击，而他的对手竟然再未得分。比赛竟然以 15 ： 8 这样的大比分结束。这哪里像是两个实力相当的人在对垒，简直像是大人在欺负孩子了。

“到底是祁教练带出来的队员，阵脚不乱，厉害！”罗鸣站起身，看样子准备离开了。

“我要去准备一下我的比赛了。你要加油，我们要是再见面了，好好打一场。”

说罢，罗鸣朝苏铁伸出手掌。苏铁愣了半天，才明白什么意思，他伸手和罗鸣击掌。罗鸣吹着口哨离开了。

22

杨光赢了比赛，祁教练很高兴。他注意到在赛场另一边观战的师弟脸上的表情非常难看。这个师弟得过几次省内冠军和全国冠军，回来当教练是戴着光环的，他本人很快摸透了当教练在体系里生存和当运动员在赛场上打拼有什么不同，所以和体育系统里的人关系都很好。现在，他的一名队员被自己的队员亲手解决掉，不止他一个人，和他关系好的那帮体育局的领导，恐怕也不是很高兴。祁教练暗中打听到，这个师弟正准备与上级领导达成一致，将他所在的市队建立成省内顶尖的模范训练基地，优先选拔优秀的体育人才，加大培养力度。祁教练知道这种事，上面一定会满足他的，但是需要一些表面上好看的条件，比如师弟要率领这个队伍打出一些成绩。但祁教练绝对不会允许这种事发生的。他这个意图，现在这位师弟应该也看得出来了。祁教练一早就注意到，比赛的时候，旁边有一道目光一直在盯着自己。他很享受这种目光，享受这种对方拿自己一点办法都没有的感觉。

祁教练夸奖了杨光。接着，沈子骏上场，毫无悬念。然后轮到苏铁上场。比赛的节奏比之前的那场要慢很多。苏铁打得非常平稳，两边的比分到了十分的时候还是平局。这个时候要看谁的节奏先被打乱。苏铁率先又得了一分，但是对方马上追平。苏铁加快了进攻的节奏，当进攻没有希望的时候，果断地后退，拉开距离，想找机会打防守反击。但是对方也很谨慎，虽然只剩下四分就结束比赛，却并不盲目冒进，人仍然不紧不慢地进攻，并不着急。苏铁几次积极进攻，但都刺中了无效部位，如果这样下去，他很可能会露出破绽。很快，对方抓住了苏铁一个破绽，迅速出剑。但苏铁一个侧身，刺过来的剑滑到了一边。苏铁一个弓步直刺，击中了对方。苏铁领先一分后，终于让对手有些着急。苏铁的一次进攻失败后，对方迅速反击，苏铁急速后退，但还是被对方一剑刺中，可惜这剑刺中的是无效部位，代价却是把自己的有效部位裸露在了苏铁面前。苏铁自然不会放过这样的机会，一剑刺下去，将比分差距拉到两分。苏铁开始气势汹汹地进逼，不断地展开进攻。虽然又让对手追上了一分，但最后将比分锁定在 15 ：13，将对手挡在了晋级的门槛之外。

苏铁走下场来，祁教练朝他点了点头。对苏铁来说，他内心已经松了好大一口气。“你的移动能力需要加强。”祁教练说。苏铁愣了一下，意识到教练是在夸自己。三个人接下来有了一小段空闲的时间，苏铁立即提议去看看罗鸣的比赛，于是三个人一起跑到场馆的另一边，去看罗鸣的比赛。

罗鸣所在的队伍是一支很弱的队伍，平时省内各队的教练都可以拿这个队的成绩开玩笑，但是不知道为什么，现在出了罗鸣这样一号人物。祁教练在这支队伍的执教时间还不超过半年，他离开之后，以为自己并没有留下什么影响，但却不知道还有一个人牢牢记住了他的教导。罗鸣有些天赋，但是性格非常飘忽，一时心血来潮，水平高得吓人，一时情绪低落，根本懒得举起剑来。

罗鸣对战的是省内一支强队的队员，水平可以说绝对不差。这场比赛对双方来说，都并不轻松。苏铁和杨光、沈子骏三个人找了个好位置坐下，近距离地观看这场比赛。罗鸣开场连续丢了五分，而且还在继续丢分。三个人不禁皱眉惊讶，难道这就是今年黑马的水平？不仅如此，罗鸣的打法，往好了说，叫充满想象力，往坏了说，则有些轻浮。罗鸣经常做一些可笑的假动作来干扰对方，有一次，他拿着剑朝对方冲过去，突然跳起来，把剑甩到后背去击中了对方。但代价是，他自己也被对方击中。好在最后裁判将分数判给了罗鸣。罗鸣不断地实验着各种动作。有两次，他为了躲避对方的攻击，一直后退，甚至都倒了下来，倒下之前还刺出一剑，而且还得分了。很快，罗鸣将比分追平，然后他慢慢地赶超，尤其是当他不试验那些花哨的打法的时候，他的风格就是快和稳，他的速度比对方快一或者两倍，也就是说，大家同时出剑，他就是能在对方刺中自己前，先刺到对方。在场的三个人都不禁感到惊讶，这样的速度，他们至今还没遇见过。一般选手是克制不住这样的对手的。所以这就是为什么，罗鸣敢于冒险，即使被别人甩了5分，也丝毫不着急。他断定对手肯定没办法对付自己速度如此之快的剑法。比赛的结果当然是罗鸣赢了。

看完这场比赛，大家也离开，各自准备自己的比赛。沈子骏仍旧战无不胜。杨光稳扎稳打，小比分获胜。苏铁险中求胜，最后也得以晋级。

还有一场比赛，进入前八的选手名单就要出炉了。大家终于稍稍放松一下，杨光提出去外面透透气，苏铁却说要看看最后一场16进8的比赛。赛场离他们不远，他独自一个人来到赛场边。他在比赛一方的休息区发现了一个熟悉的身影——孙威。队里的教练正在给孙威嘱咐战术，孙威一边听着，一边点头。最后，教练拍了拍孙威的肩膀，和孙威一同站起身。孙威一副信心十足的样子，戴上面罩，拿着剑上了场。

苏铁找了个不让对方看见自己的地方，安安静静地观看比赛。孙威没有他自己想的那么不堪一击。他的动作非常果断，拼杀勇猛，完全以攻代守，打法非常霸道嚣张。和他对垒的人是个技术型的选手，很多技术细节处理得非常细腻，但是力度明显不足，几个回合下来，气势完全被打没了。到了比赛的后半部分，与孙威对垒的这位选手似乎已经丧失了斗志，连出剑都变得畏缩了，防守也变得松懈，漏洞百出。孙威很凶狠，不放过对方任何的疏漏。有一次，孙威进攻时没有及时停下脚步，两个人撞在了一起。孙威将对方撞得朝后倒下去，一屁股坐在赛道上。看到这里，也就都能明白，胜负其实已经分晓。果然，没多久，孙威的比分就甩开了对手。很快，比赛在第二局中段结束。

苏铁悄悄地走开了，经过对孙威比赛录像的观摩和现场的观察，苏铁觉得自己已经差不多掌握了孙威的打法。这场比赛后是 20 分钟的休息时间，他还有时间好好思考一下自己要是遇上了孙威，该如何对付。苏铁离开比赛场地，来到外面的露台。人群从场地里涌出来，大家对刚刚结束的比赛议论纷纷。苏铁听见不少人谈论比赛中让他们印象深刻的选手。他听见了沈子骏的名字，还有罗鸣，好像有一次还听到了自己的名字。他以为自己听错了，但是那声音越来越大，越来越明显。他停下脚步，才反应过来，那不是有人在随口议论，而是有人在确确实实地叫他的名字。他回过头，看见邵若冰在不远处向自己招手。队长不在身边，只有她一个人。

苏铁犹豫了一下，邵若冰已经走到了她面前。

“打得不错。”邵若冰说，“你们队长一直在夸你。”

“还行吧，队长干吗去了？”苏铁问。

“去买喝的了。你好像不大高兴。”

“我没有。”

“你脸上的表情可不像是打赢了比赛的感觉。”邵若冰说。

苏铁没有说话，只是笑了笑，嘴使劲地咧开。

“现在呢？像不像？”

“比刚才开心多了。”邵若冰笑着说。“接下来的比赛也要好好打。你准备好拿冠军了吗？”

“别开玩笑了。”苏铁摆了摆手，“我能进前四就很不错了。”

“你不想拿冠军？”

苏铁挑起眉毛，一副认真思索的模样。他心里暗暗地说，“我更想要得到你。”他猜想，这句话说出来，估计会吓她一跳吧。不过，他倒是很想看看她被吓一跳的样子。邵若冰在他面前总是一副镇定自若，无动于衷的感觉，他想看她出点小差错的样子。他在犹豫自己要不要冒这个险，嘴上却率先做了个决定。“比起冠军，我更想要——”

“苏铁！”

人群中的一个声音打断了苏铁的话。苏铁转过头去看，发现钟灵拄着拐杖一上一下地走过来。

钟灵和邵若冰同时出现在自己的面前，苏铁竟然感到一丝紧张。

“很厉害嘛，苏同学。”钟灵空出一只手来，大大咧咧地拍在苏铁身上，“知道吗？你要感谢我！”

“我为什么要感谢你？”苏铁问。

“当然啦！我过生日的时候许愿能让你在比赛里大赢特赢，你看看，这不是如愿了嘛！你当然要感谢我了！”钟灵一把搭上苏铁的脖子，“等你赢了比赛，可要好好庆祝一下，别忘了我啊！”

苏铁努力地想把钟灵的胳膊从自己脖子上拿开。他朝邵若冰不好意思地笑笑。

“这是你朋友？”邵若冰问。

“嗯，对。”

“我是邵若冰，也是训练基地的。”邵若冰向钟灵伸出手。

钟灵这才抽回搂着苏铁脖子的手，和邵若冰握手。

“我叫钟灵，我是苏铁朋友。”

“哦，你们是怎么认识的？”

“我们啊——”

“我们很早之前就认识了，在我来训练基地之前。”苏铁不等钟灵回答完，立刻抢白道。

邵若冰点点头，又寒暄了几句，便找了个借口离开了。

她一走，钟灵立即问起苏铁干吗要撒谎。

“懒得解释那么多。”苏铁解释道。

“骗人。”钟灵瞄了一眼苏铁，“你害羞什么？”

“我没有害羞。”苏铁别过头，“我在想比赛的事情。”

钟灵扳过苏铁的脸来，盯着仔细看，脸上故意摆出一副狐疑的神情。“比赛赢了，你一点都不开心啊。”

“有那么明显吗？”苏铁吃了一惊。

钟灵点点头。

“真的不开心啊。”

“对了，我想起来了，我要去找教练。你自己能回看台吗？”

钟灵撇着嘴，眼睛转了一圈，一脸嫌弃地挥挥手，是让苏铁赶快走人的意思。

“那我就走了。你自己小心点，别被人撞到。”

“别咒我。”钟灵说完，转身离开了。

苏铁赶快走到人群里。他虽然赢了几场比赛，但是内心仍然很忐忑，祁教练对自己的判断，到底是依据什么？他现在很难猜到。他的表现到底够不够好？能不能证明教练对自己的判断是错误的？何不干脆去问问呢？苏铁摇摇头，还是算了吧。比赛期间，自己还是不要节外生枝了。

苏铁回到队伍休息的地方，祁教练并不在。杨光从人群里兴冲冲地走出来。

“咱们三个都晋级了，太棒了。教练一定很高兴。”

“教练呢？”苏铁问。

“去抽签了。”杨光坐在苏铁旁边。“那个罗鸣真是有一手，我可不想遇见他。”

“你害怕了？”

“当然不是。不过他确实很厉害，要是沈子骏遇见他会怎么样？”

“我倒是想遇见他，我很喜欢他的打法。”苏铁说。“不过我确实没什么把握打赢他。”

“那你倒是够洒脱的。我现在只希望我们自己队的人不要一开始就遇上，那就尴尬了。我们就先别自我消耗了。”

休息期间，整个会场空荡荡的，人群都跑到外面去了。直到广播提醒大家比赛即将再次开始之后，人群才从各个入口慢慢地走进会场。

杨光递给苏铁一罐功能性饮料。

“喝吧，钟灵送给你的。”杨光说。

“她刚刚怎么不给我？”

“她说看你心情不好，好像又要去见教练，就没敢烦你。让我转交了。”

“哦。”

“对了，我们什么时候说过要去见教练了？”

“没有吗？我以为休息时间应该来见教练，听他下一步有什么安排。”苏铁辩解道。

“要是让我遇见你，我肯定不会手下留情的。”杨光打开一罐饮料，扬起头喝了起来。

苏铁知道，他这是因为钟灵，又有点和自己赌气。苏铁看了看手里的饮料，干脆什么都不说，拧开瓶盖喝了起来。

“钟灵问我，”杨光说，“那个和你在一起说话的女孩是谁？喂！到底怎么回事？怎么又多出一个女孩？”

“哪有？那是我一个朋友。”

“别打岔，她说那个人也是训练基地的。喂，训练基地里还有哪个女孩是你认识我不认识的，不可能。快说。”

“你真的不认识。钟灵说什么了？”苏铁努力把谈话的焦点从邵若冰身上挪开，毕竟，他不能直接说出邵若冰的名字，因为他还要替队长打一下掩护。

“啊！果然有问题！”

“什么问题？不要乱说话。”

“不是我说的，是钟灵说的，她说你和那个女孩肯定有问题。”杨光把喝完的饮料罐子一把捏扁，扔进附近的垃圾箱里。

苏铁也把喝光的饮料瓶扔向垃圾箱，却没有扔进去，饮料瓶子砸到了垃圾箱又弹回到地上。

“心虚了。”杨光说。

苏铁站起身来。

“喂！”杨光有点不耐烦地看着苏铁，“站起来干吗，告诉我啊。”

见苏铁并不理会他，杨光顺着他的目光看去，发现祁教练正朝这边走过来，沈子骏跟在身后。

“8 进 4 的比赛安排下来了。”祁教练说着，将名单递给两人。“苏铁，你下午的第一场，和你对阵的人实力不错，名叫孙威。”

苏铁听到这名字，脸上的表情立刻严峻起来。

“怎么了？”祁教练问。

苏铁摇摇头。

“听说他们队伍好像很强。”苏铁说。

“他们队伍是我以前的一个师弟在带队。实力确实很强。但是不用怕，尽全力打就可以。比赛之外的事情不用在乎。”

“嗯。”苏铁点头。

“大家去准备一下吧。苏铁，你跟我过来一下。”祁教练说，朝旁边走了几步。

苏铁跟在他身后，他刚刚在观众席找妈妈。比赛的间歇，妈妈并没有下来找自己，他也没有去找妈妈。他们对那晚的事都有所介怀。

“你妈妈把我的话转告你了吗？”祁教练问。

“嗯。”

“你怎么想？”

“什么怎么想？”苏铁明知故问。

“你考虑考虑，现在做些别的打算还不算太晚。”

“我就那么没希望吗？”苏铁突然瞪起眼睛，目光紧紧锁住教练。

祁教练叹了一口气。

“那你当初为什么要留我下来呢？我当初的表现也不是最好的，你干吗要把我留下来，到现在才告诉我不行！”

“每个阶段都要淘汰人，这很正常！”祁教练有点失去耐心，他没料到苏铁竟然敢对自己凶起来。“任何达不到要求的人都可能会被淘汰，别人都能接受，唯独你接受不了，这算什么！”

苏铁想起妈妈那晚说的话，那么多话都只有一个单调的意思：让苏铁离开击剑队，回去念高中。

苏铁告诉妈妈，如果自己能打进前四，就让自己留下来。

妈妈同意了。

苏铁看着教练，等他渐渐冷静下来，苏铁才开口。

“我要留下来，我会证明给你看。我一定可以做到的，而且做得足够好。”

苏铁说罢，转身离开，将祁教练甩在身后。

此时，广播里已经开始播放通知，请下午参加比赛的运动员即刻就位，比赛即将开始。

23

苏铁的妈妈在比赛开始几分钟前才回到观众席。她虽然为了来观看比赛修改了行程，但还是不止一次想要离开这里，只是因为儿子的表现确实出色。她看不懂这项运动里包含的那么多技术细节，她只是觉得儿子能一直赢下去，已经很厉害。但是正因为如此，她更感到痛心。祁教练对她说的那些话，一直在她脑子里回荡。他是这项运动里的权威，他的话具有无可怀疑的说服力。他让苏铁的妈妈相信，苏铁在这项运动上的道路并不光明，他现在还在进步，但是速度缓慢，而且他未来的竞技巅峰并不会太高。刚刚听到这个消息的时候，苏铁的妈妈非常震惊，为什么这个据说很著名的教练会给自己的孩子这样一个判断。他凭什么看低孩子的未来呢？她很委婉地表达了这个意思。祁教练很快领会了，他很有礼貌，也很果断地告诉她：这是他自己的观察和判断，她可以不相信自己，他也可以不说，但是真的等到苏铁发现自己的局限那天，也许已经耽误了不少时间。

在看了儿子的比赛后，苏铁的妈妈对祁教练的论断多少有些怀疑。但是她还是有心想让苏铁回到自己身边，而不是在训练基地熬过青春期。她对早先为了顺从前夫而送苏铁去训练基地感到愧疚，尤其是当她和前夫的婚姻出现问题，两人彻底崩盘分开后，她才幡然悔悟，自己竟然为了顺从这样一个男人的心意，将自己的孩子送到那么远的地方。在那之后，她一直努力挣钱，希望能够给苏铁创造更好的条件。当祁教练的电话打过来的时候，他说要找自己商量苏铁的事，她本能地察觉到了什么。她想说服苏铁回来和她一起，她会好好照顾他。那天见面，本来应该是一次气氛融洽甚至感人的会面，结果却以母子两人的争吵和冷战告终。苏铁告诉她，他要和自己赌一把，只要进得了前四，就留在这里，她勉强同意了。现在，她内心充满矛盾，她既希望苏铁能够达成心愿，进入前四，甚至拿到更好的名次，但是另一方面，她知道苏铁还没有从更深层面看待问题的能力，目前所做的只是在赌气，她能给他更好的选择，她希望他能输掉比赛，从此对击剑这项运动死心，跟自己回家。

比赛开始了。

苏铁戴上面罩，这个世界就只剩下赛道和对手。苏铁将这场比赛当成自己冲刺的终点，准备全力以赴。

裁判指示两个人向彼此敬礼。

孙威靠近苏铁，两人隔着面罩，面容都藏在黑暗里。突然，从黑暗里传来一个声音。

“小板凳，准备好回家了吗？”

“准备好了，等打败你之后。”

行过礼后，两人分开，分立赛道两侧。

孙威比苏铁高，手臂比苏铁长，这些都是优势。孙威的力量恐怕也要比苏铁稍微高出一点。苏铁能够与孙威比拼的就是灵活性了。从目前的比赛来看，孙威在灵活性方面并没有展现出什么出人意料的优势。

杨光在场下为苏铁加油。

“苏铁打他没问题。”杨光说。

“不一定。”沈子骏摇了摇头。

比赛开始了，苏铁首先进攻，他的势头很猛烈，进攻非常果断迅速。这是苏铁在看了孙威比赛后特意调整的策略，他一定不能在气势上输给对方。

孙威抓住一个机会，准备打一个防守反击，从中路进攻苏铁，但是被苏铁准确地防卫住。苏铁找了个空隙刺中了孙威，但可惜，是无效部位。

再次开始，孙威拿到进攻权，他一个大弓步跨向前，速度飞快，直直地刺向苏铁的腹部。这一剑的风险很大，因为太过突然，对方可能会措手不及，但是也因为动作太快，若自己有失误，或者对方及时防守住，一个防守反击下来，丢分的可能就是自己。

杨光摇摇头，他并不欣赏这样的战术，太草率，缺乏战略性。

但是杨光不知道的是，孙威就是要用这样的莽撞的方式来测试苏铁。这就像多年前，刘老师将大家从各个学校选出来，孙威要在这群人里树立权威，他必须有一个方法去测试每个人恐惧的底线在哪里。

从某种意义上说，孙威的战术是成功的。苏铁确实回想起来当初自己受到孙威的排挤和欺辱的岁月，但是他当然不会有一丝一毫的怯懦和恐惧。他现在得到了一个机会，可以报仇雪恨。

苏铁一个向后的弓步，轻轻躲开了这一剑进攻，然后有一个向前的弓步，稳稳刺中了正想后撤的孙威。

苏铁率先得分。

观众席上响起了掌声。

杨光瞪大了眼睛。

“妈的，这小子学我。”杨光看向沈子骏，希望他能说些什么。

“这个时候就这样打，有点用力过度了。”沈子骏说。

杨光点点头。确实，在比赛一开始就这么用力，会影响后面的状态。苏铁这招其实是万不得已的时候才用的。

苏铁当然清楚。他这样做是在警告孙威，告诉他不要小瞧自己，他要在场上将孙威逼到绝境。

不过苏铁的兴奋并没有延续多久，孙威近乎固执地采用刚才的战术，简单直接，但非常迅速。这一次，苏铁没有躲开，比分追平。

孙威用剑指了指苏铁，然后剑尖朝下，摇了摇头。

是的，苏铁不可能每次都用同一招躲开。

苏铁再次进攻，他力图比孙威更凶狠，一直把对方逼到了底线。对方反击，苏铁防守成功，反手刺过去，再得一分。

苏铁大叫一声，掌声再次响起。苏铁确信，自己多少压制住了对方的气势。

比赛继续进行，孙威并不着急反击。虽然他还是维持了自己猛追猛打的风格，而且很快又丢了一分。

苏铁决心要把优势保持到底。

作为8进4的第一场比赛，刚刚休息过的观众们精力得到了恢复，一脸兴奋地关注着比赛的局势。苏铁这位看起来有些瘦小的选手竟然连续得了三分，观众席里有不少人就为这个看上去很励志的男孩鼓起掌来。

但是局势并不是一直这么一边倒。

孙威很快追回了两分。

苏铁拼命地想要压制住对方，仍旧毫不放松地进攻，孙威加强了防守。两个人经常在攻守中转换，但好不容易刺中对方的时候，却都没有刺到有效部位。最后，似乎是孙威的速度更快，他一路猛追，最后以8比7领先一分。这时候已经是第一局的末尾了。

观众们看到比赛开场的时候，都预测这场比赛会在第一场就结束，没想到随着比赛的进行，速度越来越慢，两个人的得分效率都不高，但是你来我往的效果却非常刺激。这种紧紧咬住比分的比赛因为具有更大的悬念，所以更能吸引观众。

距离第一局结束的时间还剩十秒。

苏铁告诉自己，一定要稳扎稳打，在第一局结束之前扳平比分。他的进攻变得更迅速了，有两次他简直是持剑朝对方跑过去，剑尖对准对方，随时准备进攻，但对方挡住了他的进攻。不得不承认，孙威的力量比苏铁强很多，有的时候在两个人的剑条碰击的情况下。苏铁的手会有些发麻，这直接影响了他接下来的发挥。苏铁可以用自己的灵活做一些假动作，好几次都骗过了孙威，但是他很难一直用这个办法。现在，苏铁进入了防守阶段，他期待能找到一个机会，等到孙威的疏漏，然后借机得分。终于，孙威似乎是过于心急，他可能想在第一局结束之前将比分差距进一步拉大，所以瞅准了机会，猛刺过去。这样，孙威暴露了自己的破绽，但是只要速度够快，就能在对方抓住破绽之前得分。

苏铁猛地向后退，同时挡开孙威的进攻。这是一个好机会，孙威的重心已经暂时丢失了，他只要在他重新找到重心之前一剑刺过去，就能把比分扳平了。

第一局结束的时间还剩下 3 秒，足够也只够他这一个动作了。

苏铁发力，一个弓步朝前蹿去，剑尖直指孙威。这本来是万无一失的策略，岂料对方竟然身子一歪，躲过了苏铁的剑尖。同时，孙威用力甩剑，剑条朝苏铁身体的一侧弯曲，剑尖完美地落到了苏铁的身上。而此时，孙威的身子正在向场外倒下。

在比赛的最后一秒，指示灯亮起，显示孙威得分。与此同时，孙威摔倒在地，并狠狠地大叫了一声。

现在，孙威领先苏铁两分。

孙威的第二剑颇有表演效果，现场的观众都嘻嘻哈哈地笑起来，夸赞这一剑非常有想象力。大家对这个大个子不灵活的假想也不攻自破。从观众的目光再回来看苏铁，就发现这个选手确实没有什么闪光之处。

苏铁下场休息，他摘下面罩，汗水从额头顺着鼻子尖留下来。

杨光和沈子骏立刻上来给他打气。

“他在技术上很全面，但实际上并没有那么厉害。他比你之前的选手高一个级别，但绝对不是不可战胜的。你要打防守反击，先防住。让他的进攻无效，这样能挫他的锐气。”沈子骏说。

“我必须进攻，我必须进攻。”苏铁说。

没有按计划将比分扳平，对苏铁来说非常懊恼，但是他尽量让自己冷静下来，不让情绪影响自己接下来的比赛。

祁教练走到苏铁的身边，赶走了另外两个人。“让他安静一下。”

沈子骏和杨光遵从教练的指示，起身坐到一边去。

祁教练朝对方阵营看了看，自己的师弟正在指导孙威，嘴巴不停地说着战术。祁教练轻蔑地挪回目光。

“你犯了个错误。”祁教练说。

苏铁抬起头，看着祁教练，以为他还在针对自己。

“你的节奏被他带走了。为什么？”祁教练问，“他进攻勇猛，你就比他还勇猛。他直接，你就比他还直接。但是你看到了吗，到了末尾，他那么灵活，在倒地前给你来一剑，恐怕他自己都没料到。但是他肯定能感觉到一点，你没有找到自己的节奏，你是在故意模仿他吗？你在和谁赌气？你要用他的方法赢了他，是吗？他意识到了这点，并且在引导你，让你用他的打法，但是他的打法有他的体能和平时的训练支持，你要用你平时最擅长的方法。你擅长找到对方的漏洞。快速进攻和防守都不是你的最强项，那只是掩护，是手段，让对方露出破绽。”

苏铁看着祁教练，这是他给自己的最为详细的一次指导。苏铁简直惊讶到不敢相信。

“我知道这场比赛对你很重要。你不用向我证明什么。我对自己的判断是有自己的根据的。你只要安心打比赛，尽自己最大的努力。其他的不是问题。”祁教练说完，起身离开了。

苏铁一个人坐在长椅上，不敢相信刚才和自己说话的就是祁教练本人。

而此刻，他没有注意到，在远处的观众席上，苏铁的妈妈也心情紧张地关注着比赛。在观众席的另一边，钟灵正注视着苏铁，她脸上写满了担心。

场上，裁判起身，宣布第二局的比赛开始。

第二局一开场，苏铁没有再次强攻，而是选择了稳健防守，他希望能用这个办法稳定一下自己的节奏。孙威横冲直撞，试图像上一场一样冲破苏铁的防守，打乱他的节奏。但是苏铁并没有接受这种刺激，他稳稳防住了对方的进攻。

也正因为如此，双方的比分变化非常缓慢，比赛的节奏被整体拖慢了下来。

观众们将这种节奏变慢的原因归咎于苏铁的胆怯。他们认为苏铁害怕了。

就在这个时候，苏铁突然发动进攻，把节奏加快。他像上半场一样进攻，试图得分，但是效果并不好。几次冲锋之后，才勉强拿下一分。孙威的防守很好，而且他很了解苏铁的战术习惯。

两个人继续对峙了二十秒。突然，孙威找到了一个突破口，一举得分。

从这次普通的得分开始，比分的差距开始逐渐拉大。

一分二十六秒，孙威得分。

一分三十一秒，孙威得分。

一分三十五秒，孙威得分。

到了一分四十秒，比分已经拉开了五分。

苏铁有些稳不住了。之前他一直要求自己，不要被对方的节奏带走，但是后果却是孙威越来越嚣张，打法十分凶狠，苏铁倒显得异常被动。

苏铁开始想挽回局面，他努力进攻，经常找一些刁钻的角度进攻。但是也许是因为实在太过心急，他的几次进攻要么是被孙威严防死守，要么是刺中了无效部分。

苏铁再次丢失一分后，他请求暂停，想借此打乱孙威的节奏，他不能让对方一直掌控着比赛的进程。

孙威来到场下，对方的教练立刻上前去，唠唠叨叨说上一大堆。

但是苏铁下来后，祁教练坐在原地动都没动。杨光想要过去和苏铁说两句话，被祁教练伸手拦住。于是，苏铁独自一人安安静静地坐在长椅上，耳边都是运动馆内回荡着的观众们七嘴八舌的声音。比赛的中途暂停对观众来说无疑是个胡乱猜测和说闲话的好机会。

苏铁突然想起来，自己喊叫暂停的理由。于是，他放下手里的剑，摘下手套，看着自己缠了绷带的手指。手指上与剑柄摩擦最厉害的地方隐隐作痛。他握了握拳头，空出来的右手按了按左手的手指，然后重新戴上手套，拿起剑。准备上场。

现在的比分是 11 比 7，时间还剩下一分十几秒，苏铁落后。

观众们已经在心里判定结果了。

比赛再次开始，苏铁一改之前的风格，大举进攻，似乎急于追回比分。观众们都摇头，觉得他开始着急了。但只有足够内行的人才能看得出来，苏铁的动作里并没有急躁，正好相反，他的动作干净利落，已经摒弃了杂念。

很快，苏铁靠孙威的一次失误得到一分。

孙威进攻，苏铁故意快速后退，试图将比赛节奏掌控在自己手里。最后，他刺中了孙威的无效部位。

比赛时间还剩下一分钟。

苏铁再次进攻，不过这次是佯攻，他实际上已经做好了防御的准备，假意露出一个破绽，等到孙威反击的时候，稳稳防守，然后反击。

局势有些微微的变化，苏铁的比分逐渐追了上来。

第二局还剩下五十秒的时候，苏铁把比分追到了 12 ： 11。

还剩下最后关键性的几剑了。

孙威再次进攻，苏铁一直后退。苏铁防住了对方的进攻后，来了一个压剑还击，眼看剑尖就要此中孙威的时候。孙威突然侧过身来，让剑尖划过身前。苏铁的进攻再一次失败。

接下来，孙威趁着苏铁些微的情绪波动，又拿下一分。

比赛的时间在减少。苏铁的压力越来越大。

苏铁快速进攻，与对方交手后，立刻拨开对方的剑尖，然后起身前跳，试图直接甩剑刺中对方的后背。

孙威防不胜防，愣在原地。只见苏铁的剑慢慢弯曲，剑尖慢慢碰到了孙威的身体。

但是，得分的指示灯并没有亮！

比赛暂时停止。

苏铁对裁判表示异议。裁判和旁边的人商量了一下，然后回看录像，做出了结论：不算得分。

是的，苏铁的甩剑力度不够，剑尖只是轻轻碰到了对方的身体，所以根本不能算是得分。

但这无疑给了苏铁不小的打击。他现在正确的策略选择，应该是稳健防守，万不得已也许还能将比赛拖到下一场，到时候还有机会。但是他再次开始急躁起来。

苏铁开始和孙威硬碰硬，他见识过杨光的速度，他不相信孙威的速度能快到自己无法招架的程度。

但事实是残酷的，孙威很快就得分了，苏铁却再也没有得分。

第二局比赛还剩下最后十秒，比分 14 ：11。苏铁落后。

24

在那场新秀赛8进4的比赛开始几局之后，体育馆的保安在体院馆东门外的小树林附近制止了一场斗殴。参与斗殴的只有两个人，一个是在8进4的比赛中被淘汰的运动员苏铁，另一个是在比赛中将苏铁淘汰掉的运动员孙威。

还好，事情闹得不算大，两个人都只是皮外伤，除了体育馆外悬挂着的摄像头，现场并没有其他目击者，也就是说，没有造成任何不好的影响。

抓到他们的保安试图从两个人口中问出点什么。苏铁一句话不说。孙威倒是没少开口，主要的意思是请求这些保安高抬贵手。孙威的嘴很甜，不一会就差不多要称兄道弟了。但是抓到他们的保安决定向上面邀上一功，于是找来了保安队长，孙威故伎重施，但保安队长也认为把事情上报对自己有好处。于是他带头去找了大赛的组委会，但可惜的是，他在去寻找组委会的路上遇见了一个人，这个人就是苏铁所在的训练基地的领队。

当时，领队看了一下午比赛，准备走出场馆歇歇。下午的比赛开始之前，他跑到体育局的领导那里套近乎，却挨了一顿狠狠的批评。原因很简单，祁教练的态度实在是太嚣张，惹人不满。领队替祁教练背了锅，一肚子不痛快，但是毫无办法，只能唯唯诺诺地点头，然后站在领导的角度批评一下祁教练。虽然得到了一个向上级领导说祁教练坏话的机会，但是无缘无故地被骂，领队心里还是不好受。下午的比赛，他几乎是心不在焉地在看，满脑子都在想要如何给祁教练点颜色看看。他心里早就对祁教练有许多的不满意，今天发生的这件事只是个小小的导火索，他下定决心，绝对不能轻易放过祁教练。

所以，当他面带怒色地走出体育馆时，撞上了想要找大赛主办方的保安队长。大概是他确实像个领导的样子，保安队长道过歉后竟然开口将所有的事情和盘托出。这事简直正中领队的下怀，他立刻答应和保安队长一起前往保卫处。

当他到达保卫处的时候，苏铁和孙威正准备趁看守的保安不注意，强行离开。不想两个人一开门，发现领队站在门口。领队请求保安队长和下属离开片刻，他单独和两个人谈谈。

很快，屋子里就只剩下三个人。领队用了十分钟，把事情的来龙去脉搞清楚了。

苏铁在比赛被淘汰之后，心情极差，跑到空地上去，想一个人安静一会。孙威赢了第一场比赛，但是后面的一场比赛也被淘汰了。击败他的不是别人，正是与苏铁同一个队伍的沈子骏。孙威的心情到没有很差，他只是想出来走走，结果也走到了这附近。两个人就这样偶然相遇了，而且两个人心情都不好。孙威先开了口，讽刺了苏铁两句，苏铁还嘴。很快，两个人扭打在一起。然后保安就出现了，将他们两人分开。

领队让两个人将经过写下来，签上名字，然后带着他们去大赛组委会的相关部门。对他来说，抓到两个打架的运动员根本不算什么，只是这可得到一个很好的攻击祁教练的机会，他需要好好盘算一下。

苏铁再次回到体育馆内的时候，场上正在进行冠军争夺赛。领队把他和孙威带到靠近组委会办事处的地方，让他们在这等着，自己到里面和组委会的负责人谈话。两个人谁都不说话，专心地看着场上的比赛。

争夺新秀赛冠军头衔的两个人，一个是沈子骏，另一个是罗鸣。

苏铁的注意力很快被吸引住了。他从来没有看见沈子骏这么认真地比赛。大概是因为他很少能遇到实力可以与他匹敌的运动员。但这个看上去松散奇怪的罗鸣却可以。

沈子骏的打法就像一座山顶上严防死守的堡垒，一般人别说攻进去，有这个想法都需要勇气。

但是遇到了罗鸣后的沈子骏会给人这样一种印象。这当然是一座固若金汤的城池，但恐怕年代有些久远，这可能是一座中世纪的城池。但罗鸣可不是中世纪的步兵和骑士，他的打法没有那么传统和古老，相反，充满了想象力。观战的人会感觉到一种扑面而来的热情和想象力。罗鸣好像是属于二十世纪的现代武器，他可以是坦克，或者是飞艇，或者是直升机。这是一个想象力充沛的人对战一个严谨自律的人，可以说是感性对抗理性。

在场的观众都被这场比赛深深地吸引了。

苏铁也正全神贯注地关注着比赛。突然，领队的身躯挡住了他的视线。苏铁有些生气地看了一眼领队，把头挪开，越过领队的身子继续看比赛。领队向旁边动了动，再次挡住他的视线。

“跟我走。”领队说这话的时候，有一种守株待兔竟然成功了的感觉。

苏铁很惊讶，他竟然对精彩的比赛毫无感觉，对输赢胜负丝毫不在乎，对运动员的高超技艺也不懂得欣赏。苏铁不敢妄称自己的论断有多么正确，但是他觉得在新秀赛上能看见这等水平的比赛，绝对是难得的。

无奈，领队对这一切毫不在乎。苏铁和孙威跟着领队来到组委会办事处的办公室，两个人当着几个人的面，把事实又说了一遍。那几个人听了一半就觉得无聊了，有人打哈欠，有人转身去做别的。苏铁觉得领队很傻，既然大家根本懒得处理这件事，干吗还要带自己来呢。

他当然想不到领队另有所图。苏铁讲完之后，领队没有让孙威再讲，估计他自己也听烦了。于是他命令两个人在这里站好，等候处理。

很快，孙威的教练来了。领队见了这位前冠军级运动员，立刻笑逐颜开，走上前去，和风细雨地把孙威批评了一通。

孙威的教练长长叹了一口气，严厉斥责了孙威，同时用安抚地目光看着苏铁，询问他身上的伤势是否重要。但是听说苏铁是祁教练带的队伍里的人后，这位教练的眼神立刻起了变化，从刚才的关切变成挑剔，他上下打量了一下苏铁，脸上露出不屑的表情。

“我这个师哥一向都说自己纪律严明，我看也不怎么样嘛。”

领队立即搭腔，控诉祁教练的带队方式有很大问题，他早就有意见了。

两个人又交换了不少关于祁教练的坏话。苏铁感觉领队似乎和这个教练很熟络，若是两个人在私下里说话，恐怕会把话说得更过分。

不一会，敲门声响起来，两个人才住嘴。

领队不客气地喊了一声“请进！”

祁教练推门而入。他一脸严肃，不动声色地打量着屋子里的人。目光没有在任何人身上多停留一秒，最后落到了组委会办公室的某个人身上。

“有人叫我过来，出了什么事？”祁教练的语气可不友好，毕竟是有人将他从决赛的现场叫过来，而自己的队员还在赛场上拼杀呢。

气氛变得非常微妙。

组委会的人张了张嘴，还没想出怎么解释，领队便把话头抢过来，交代了一遍事情原委。

祁教练听完之后，孙威的教练立刻与他寒暄，然后开始替孙威诉苦，最后用词微妙地指责了苏铁，以及作为苏铁教练的他的师哥。

领队更是一副语重心长的样子，痛心疾首地说，训练基地“丢人丢到了全省队伍面前”。

祁教练向苏铁询问了事情的经过后，命令苏铁向孙威道歉。

苏铁没有办法，只能照做。他心里一千个不服，但是这件事是他不对，是他先动的手。苏铁担心待会会不会通报批评，宣布取消既有名次之类的惩罚。名次什么的倒无所谓了，只是这样实在是太丢脸了。他不想让妈妈看到这种结果，更不想让邵若冰和队长看见他自己落到如此境地。

孙威倒是一副有恃无恐的样子，大方地接受了道歉，并大度地原谅了苏铁。

这时，组委会的人开口了，想要讨论一下如何处理这件事。以往出这种事，无论当事人是否受伤严重，都是要很严肃处理的，因为毕竟是在比赛期间，要维护比赛的秩序——

"我觉得这件事并没有那么严重，"祁教练很不客气地打断了这位办事员的话，"为了运动员的前途着想，我想就息事宁人吧。如果要取消运动员的名字，那么大家这种事，一个巴掌拍不响，对方这位运动员肯定不是无辜的。虽然是我的人先动手，但我师弟手下这位运动员很明显有一张很会挑起事端的嘴。这件事要是深究起来，对谁都不好。到此为止，我没意见；深究到底，我也奉陪。你们选吧！领队，你说呢？出了这种事，你也不是完全没有责任吧？"祁教练说完这番话，静静等着在场人员的回应。

领队率先开口，强调现在的矛盾既然已经解决，就不要扩大。他力图将这次的事件保持在自己的能力范围内，不会失控。所以他并不着急造成影响。

组委会的人也是多一事不如少一事，谁都不得罪是最好的结果。

最后，祁教练带着苏铁走出了大赛组委会的办公室，狠狠地关上了门，如果再狠一点，玻璃就要碎掉了。

比赛已经结束了，人群骚动了起来。

苏铁想从观众的只言片语中得知是谁赢了。祁教练干脆叫过一个观众，询问结果。沈子骏赢了，不过罗鸣只有一分之差。

苏铁感到高兴，但也很遗憾，他真想看看这场比赛。

“快走！废物！”祁教练催促道。

苏铁知道祁教练现在一定是怒不可遏，于是乖乖跟在后面。他很后悔自己刚才竟然那么冲动，让孙威随便几句话就挑起了火气。

“教练，对不起——”苏铁犹豫了一会，还是决定要向教练道歉。

“对不起？”祁教练重复了一遍他的话，没有说再说什么。

赛场上，已经有人在准备颁奖台，有一部分懒得看颁奖礼的观众已经离场。

祁教练一言不发，加快了脚步。苏铁也只好加快步伐，紧紧跟着祁教练。

散场的观众堵住了各个通道，祁教练和苏铁要绕一个大圈，绕道体育馆的另一边，从一个运动员专用的通道下到场内。绕过一半的时候，周围空荡荡的，只有几个小超市开着门，里面站着几个买水的顾客。路上偶尔遇见几个中学生，或者嬉笑打闹的情侣。

祁教练突然停住脚步。

“苏铁。”祁教练转过身，面对着苏铁。“我之前和你说的事，你最好认真考虑一下。你妈妈她也希望你能跟她一起回去。她对你的未来有一些打算，你可以和她商量一下。”

祁教练说完，转身便走。

苏铁愣了两秒，飞快地跑过去，拦住祁教练。

祁教练根本不停下脚步。苏铁只能一边走一边和祁教练说话。

“教练，是我错了，对不起，我不该那么冲动。但是是他先找的碴儿——”

“你还有借口！”祁教练瞪了苏铁一眼。

“不是借口！对不起！没有借口，是我错了！我不该打架，尤其在这种比赛的时候，无论什么原因，我都不该先动手。但是我想说，教练，这和我是否离队是两码事。我觉得我的实力没那么糟糕，我虽然没有进入前四，但是我好歹也打进了前八名，我还是有实力的。那个孙威他身体条件比我好，但是我还会继续成长的，我的技术也没有比他差很多。我觉得我是有希望的，为什么您就是不看好我呢？”

祁教练停下脚步，看着情绪激动的苏铁。他张了张嘴，想说些什么，想了想，还是作罢。

“您到底是为什么？为什么这么不看好我？我妈妈说你预言我今后很快就会遇到瓶颈。您凭什么说我就能达到这种水平，我觉得自己还有很大的进步空间。”

“那是你觉得。”祁教练开口了。

苏铁不说话了，他想听祁教练的解释。他安静地期待着，要从祁教练嘴里掏出话来可不是一件容易的事。

“你注意到你和那个笨蛋比赛的时候，自己的表现什么样吗？”祁教练问。

“我知道自己在技术上有缺陷，比赛经验不够，心理状态也不够稳定——”苏铁慌不择路，把能想到的都一股脑地说出来。

祁教练不耐烦地摆摆手。

“不是这些。这些都是可以改变的——”

“是啊！您都说是可以改变的了！我可以改变的！我可以进步！”

“你要是想听我说话，就要听我说完。”

苏铁闭上了嘴。

“我对你的判断，依据的是不能改变，或者非常难以改变的那部分。你所说的都不是问题，他的水平没有比你高多少，但是你再去和他打，胜算仍然和今天差不多，甚至更小。因为他会进步，而你的进步只是技术上或者意识上的，另一部分最为重要的地方，你进步不了。”

苏铁不明白祁教练在说什么。

“左手。”祁教练轻轻吐出两个字。

“我不明白。”苏铁看了看自己的左手，又抬起头来看祁教练。

“你左手的极限到了。”祁教练说，“你本来不是左撇子——”

“但我一直都用左手练习——”苏铁争辩道。

“没错，你一直用左手练习，但是你练了这么久，就没有发现，你的身体协调和速度已经到极限了吗？这是很难突破的。”

“我可以——”

“不用和我争辩，我见过很多运动员，了解很多情况，我脑子里有你想象不到的数据库，我的判断并没有错。你如果用你的左手打下去，你大概就会一直维持这个水平，你的瓶颈就在这里。以后你会长高，会变得强壮，你的实力会增长但是别人也会。相同的优势抵消后，你的劣势却远远大于别人，这很致命！你的运动生涯，”教练犹豫了一下，还是把这句话说完了，“已经能看到底了。”

苏铁看着祁教练，陷入沉默，他眼睛很红，很快，流下了两滴泪水。

“所以，你要站在这样的立场上想问题。”祁教练说完，拍了拍苏铁的肩膀，迈着缓慢的步子离开了。

“当初是你让我用左手练剑的！”苏铁在祁教练身后喊道。

祁教练停下来。他知道这句质问早晚会来到耳边的，但是他能说什么呢？——对不起？简直是开玩笑。自己犯下了一个致命的错误，让另一个人为自己埋单，最仁慈的做法肯定是让埋单的人把损失降到最低。但是如果埋单的人向自己要赔偿，自己又能给什么。或者说这问题不是自己有什么可以给，而是给什么才能让对方满意。

另一个原则性问题是——我不会当面给他认错，不会说出类似我错了这样的话。不可能。

祁教练没有理会苏铁，继续朝运动员专用通道走去。很快，他的身影消失在了椭圆形长廊的曲线拐角处。

一对情侣从看台上出来，讨论着决赛有多精彩，参赛的两个人实力都很强，虽然看不懂，但还是觉得非常刺激。两个人看见眼里还在流泪的苏铁，小声议论了几句，便离开了。主席台上，有人在宣读冠军的名字。苏铁听到了沈子骏的名字，他想起自己嫉妒过沈子骏，还想过有一天要向沈子骏挑战，真是妄想！第二名是罗鸣。这就更可笑了，罗鸣竟然说自己有潜力，难道不是在拿自己开玩笑？苏铁在脑里面把祁教练的话过了两遍，把意思确认了一下，仍旧不敢相信。但是，他无疑也注意到了祁教练说的事，那恐怕并非是错误的臆断。哪怕苏铁再不愿意承认，他也没办法对自己隐瞒，他实际上也注意到了自己的问题。

苏铁不知道该何去何从。他擦干眼泪，准备离开，却发现不远处有一个目光注视着自己。他转过头，看见一个人正站在超市门口，手里拿着刚买的东西。那个人是钟灵。

钟灵对着苏铁笑笑。

“你一直在这？”苏铁问。

“嗯？”钟灵又笑了出来，这一笑好像很抱歉似的。

苏铁明白了，那个笑容意味着她刚才听到了全部的对话。

25

最近下了不少雨，但是雨后没多久温度又很快地升上来，天气的变幻莫测到了任性的程度。下雨的时候出不去，温度一高又懒得动。苏铁几乎整日待在妈妈的旅馆房间里。妈妈出去办事，早上离开，到了晚上回来，苏铁还在屋子里待着。不过桌子上多了两个外卖盒子，还有几本杂志。看杂志是苏铁在普通学校上学时的习惯，自从来到了训练基地，他就再也没翻过杂志。没有那个时间，也没有那个心思了。

妈妈看到他重新看起杂志了，不知道是好是坏，这算是重新找回以前的习惯了吧，意思是说他在考虑和自己回去？不一定。妈妈到现在也不知道，为什么苏铁突然决定多和她相处几天。

那天，比赛结束，她在体育场门口见到了苏铁，苏铁在等她。苏铁说，想让她和祁教练请个假，他想多陪她两天，她答应了。她给祁教练打电话，为苏铁请了三天假，可以不用回训练基地，留在外面陪她。但其实她当天晚上的火车票已经拿到手里，她没有提这件事，也没有再订票，她仍然希望苏铁能和自己一起回去。

她走进房间，和苏铁打了声招呼，但是并没有得到回应。很久后，苏铁才从嗓子眼里“嗯”了一声，算是一种回答。她把桌子上的外卖盒子收好，放进垃圾箱，然后把桌子整理好。她随后翻看了一下桌上的杂志，都是一些军事题材，或者文摘类的刊物，她翻到最下边，看到一本体育杂志。

“你没有出去逛逛吗？一直待在这？”妈妈问。

“去哪啊？”苏铁懒洋洋地回答，但还是从沙发上坐了起来，伸了个懒腰。

“我们一起去看电影？”妈妈问。

“嗯。”苏铁的回答非常敷衍。

“或者我们一起去公园吧？游乐园？这里有游乐园吧？”

“有。”

苏铁的回答不像是一种回答，倒像是一种拒绝：不要再和我说话。

“我们一起去吧，我还没去过呢，你也没去过。”

“我多大了。”

“成年人都可以去的，你当然也可以去看看嘛，散散心。”妈妈努力鼓励苏铁。

“改天吧。”苏铁说。他不想拂了妈妈的好意，但是他也实在提不起兴致。他伸直了腰，让自己看上去不那么颓废，他不想让妈妈这样小心翼翼地安慰自己，搞得两个人都很累。他不能说自己没事，妈妈也不会相信的，他只能装作他还能处理。另一方面，他也猜测过，也许妈妈已经知道了祁教练向他摊牌的事。她只是不好直接告诉自己，所以才这样小心翼翼地对待自己。

为了不让妈妈担心，苏铁坐到电视机前，假装看起了电视。他不停地换台，还问妈妈平时喜欢看什么节目。

“我平时都看些相亲的节目，你不爱看。”妈妈说。

苏铁换到体育频道，里面正好在放击剑比赛，他赶紧按动按钮，飞快地换了台。

妈妈想借此机会和他聊聊这个话题，但是她刚刚起了个头，就被苏铁掐断了。苏铁是这样说的，“我累了。”但是他却站起来，伸了个懒腰，探头朝窗外看了看，然后打了个哈欠，跟妈妈说自己要出去走走。

妈妈没办法拦他。苏铁打开门，准备离开的最后一刻，她还是忍不住开口问了他："你和祁教练谈过了吗？"

苏铁停住了，站在门口不动，但是妈妈观察到他的手紧紧抓住门把手，胳膊上的一道肌肉隆起。

苏铁轻轻地非常不易察觉地叹了口气，然后装作打哈欠一样，以一副随意的无所谓的口吻回答说："谈什么？没什么好谈的。我过两天再找他。"说完，他轻轻关上了门。

苏铁的妈妈有些后悔，责怪自己的问话实在是太鲁莽了。她不知道，门关上后，苏铁在门口停留了几秒，才迈开脚步，轻轻地离开。

苏铁来到街上，虽然天气闷热难忍，简直让人无法呼吸。但苏铁还是很高兴，自己可以来到一个比较宽阔的空间，而不用待在旅馆的小房间里。虽然妈妈订的房间已经不小，但是一看见屋内都是色调呆板的墙壁和天花板，没有一点汗水味道，也没有广阔空间打来的回声感击打耳朵，他觉得自己像是被发配到这里的人一样。

街上的人很多，大家的衣服都被汗水浸湿了，大家步伐匆匆，谁也不想在热浪中久留。苏铁顺着人流漫无目的地走，一开始，他是完全没有意识的，等到他意识到自己在随着人流的方向行走，他倒是很想知道，这些人会把自己带到哪里去。在人群中他会有些安全感，这里的人流不会拒绝自己，他们连问都没问就让他加入其中。

这时，有两个女人拦住他。这两个人大概是外地人，但是说着这个地区的方言，他作为一个北方人，完全听不懂她们在说什么。比画了半天，他才明白两个人可能是要问路。这突如其来的求助打乱了他的思绪，他立刻把所有的注意力都调动起来，专注在如何听懂两个人的方言上面，还有他要想起她们问的那条路到底在哪里。他半听半猜才弄明白到底她们说的是哪里。他一边比画一边和她们说。正在这时，两个女人中的一个，是年纪较小的那个，可能是有些不耐烦，抓住了另一个过路人，用方言叽里呱啦地问了一通；那个人一开口也是方言，几句话说下来，年纪轻的女人不住地点头。那个年纪大的女人也走过去。三个人在苏铁听不懂的语言中交流了片刻，苏铁觉得他们应该是不需要自己了，没有打招呼，悄悄地离开了。

他加快步伐，很快又来到了陌生的人群中。

不过刚刚的一幕，让他明白，他也并未被任何陌生人接纳。周围的人群刚刚还能带给他一些安慰，现在也变得冷漠与隔阂了。他举目四望，发现自己和周围的人竟然真有些格格不入。他冷静下来才发现，训练基地外面的世界和里面实在是差别太大了，完全是两个世界。他想着妈妈跟自己说的那些话，试着想象自己离开训练基地回到普通世界会怎么样？

他没有找到答案，也不知道去哪里，漫无目的地走，脚很快就酸了。他在附近找了一辆出租车，上了车坐到他常去的电影院。他打算整个下午都去看电影，这样总算有点事情做。

今天并不是周末，电影院的人很少，候场的算上他才三个人。他犹豫要不要买一部体育片的票，结果一开口，向售票员要了一张爱情片的票。排在他身后的那对情侣也是来看爱情片的。两个人眼神有些异样地打量了一下他。苏铁不以为然，检票后走进电影放映厅，捡了最靠近银幕的第一排坐下，等待电影开始。那对情侣在他身后不远处落座。整个大厅就只有他们三个人。苏铁仰头靠在椅背上，还没等电影开始，他已经睡着了。

恋人之间的甜言蜜语将他唤醒。他睁开眼睛，发现银幕上的男女主人公竟然在练习击剑。这简直是赤裸裸的嘲讽，他最想逃开的东西却扑到了眼前。为什么看一部爱情片会有这样的情节？他没有回答自己的疑问，便条件反射一般起身离开。

走廊里空荡荡的，检票人员正在远处的入口聊天。苏铁快速走到对面的放映厅，轻轻打开门，钻到黑暗中。为了方便，他仍旧选择了第一排。

等到他坐定，开始观察银幕上的影像，他惊讶地发现，这是自己不愿意看的那部体育片。算了算了，他在心里对自己说，就这样吧，看看这片子里有些什么。故事好像发生一个体育训练基地里，男主人公是一个篮球运动员，而且是专门坐冷板凳的那种，球队的成绩一直上不去，主力都被别的队伍挖走了，但是一场重要的比赛临近，现在教练只能靠他们这些候补和板凳队员来打比赛了，于是开始了对劣等队员的魔鬼训练。

苏铁简直哭笑不得，于是决定就留在这里把这部片子看完。

苏铁终于安下心来看电影，但是五分钟不到，入口处的影厅门便被打开了。走廊里的光照到银幕的左侧，接着，一个拄着拐杖的人影映到银幕上，那个人影一步一步地变大。后面的观众席传来不满的嘘声。苏铁一脸烦躁，他刚刚有点入戏，便被这样打扰。等到那个人影变得最大，然后突然消失时，一个拄着拐杖的人已经站在了观众席入口的旁边。苏铁惊呆了，他看见钟灵孤零零地站在那里，眯着眼睛向黑暗中望去。

苏铁皱皱眉，心想她总不会是来找自己的吧。于是，他缩到了椅子里，把脸朝另一边别过去。钟灵的目光早晚会扫到第一排，苏铁希望自己不要被认出来。

突然，有人拍了拍他的肩膀，接着，他听到两根拐杖相碰撞的声音。最后，一双柔软的手从他胳膊缝下面伸进来，然后一条柔弱的胳膊挽住了他的胳膊。

苏铁惊讶万分。他回过头来，正好看见钟灵的头一点一点落在自己的肩膀上。苏铁顿时感觉自己心跳加速，口干舌燥。他清了清喉咙，想说什么，但是没说出来。钟灵也一句话不说，只是安静地靠在他身上。

苏铁试图挪动自己的胳膊，发现钟灵紧紧地把住不放。无奈，苏铁只能维持一个姿势不动，一直到电影结束。

电影并不好看，钟灵却偷偷流泪。苏铁觉得女孩还真是够细腻的，现在要流泪难过，难道不应该是自己的戏份吗？

两个人不等字幕播放完，便走出放映厅。周围的人多了起来，大家肆无忌惮地评论着电影。

两个人没有说话，走出了电影院。他们在百货商店里漫无目的地走，最后，还是苏铁选了一家奶茶店，两个人进去坐坐。服务员拿过饮品单，苏铁让她等会再来，他们想好了再叫她。

“我钱不够。”苏铁悄悄对钟灵说。

钟灵叫过服务员，点了两杯橙汁，然后付了钱。

苏铁有点不好意思。

“大家都很担心你，所以让我来找找你。”钟灵说。

“大家？”苏铁问。

“杨光和沈子骏。笨蛋，还有谁？”钟灵责怪地看着苏铁。

苏铁点点头。

“喂，你没事吧？”钟灵关切地看着苏铁。

“我没事，你让大家放心吧。我在这陪妈妈两天，等她走了，我就回去了。”

“真没事？”

“嗯！”

“骗人！”钟灵翻了个白眼，“你要是没事都怪了，心情肯定很差吧。我听他们说了，打败你的那个人以前和你一个地方来的。他特别坏，是不是？以前他是不是欺负你了？”

“没有。”

“你告诉我嘛！”钟灵起身，跳了两步，坐到他身边，“他怎么你了，你说吧，我找人去收拾他，这点能耐我还是有的。他叫孙什么——威？孙威，对吧？”

“真的没关系，我打输了就打输了，跟我们之前的事都没关系。”

“不行！那也要收拾他——”

“你有完没完，我说不用！”苏铁没注意自己提高了嗓门，说完便有些后悔。

钟灵的脸色有点红。虽然有点窘态，但是她马上换上了一副笑脸。

“没问题，听你的。比赛嘛，就是这样，赛场上能解决的，就不用再到场下解决。”钟灵说完这话也后悔了，她忘了杨光告诉自己，苏铁在赛后与对手在场外斗殴。“对不起，我又说错话了。”

“没有。你不用道歉，是我自己的问题。你回去转告大家，我很好，其他的事，你就不用管了。”苏铁站起身来，“我送你上车，你早点回去吧。”

服务员把饮料端来，苏铁吩咐她打包带走。

五分钟后，苏铁已经陪着钟灵来到了一楼。为了照顾钟灵的速度，苏铁走得很慢。

两个人刚要走出百货大楼的入口，发现涌进来两三个人，原来是外面下雨了。两个人都没有伞，只好在这里等雨。

同在门厅里避雨的人，脸上都带着不耐烦的神情，站了几分钟后，都认定这场雨肯定在半小时以上，众人都退回百货商店，随性地逛了起来。

很快，门厅里只剩下苏铁和钟灵两个人。钟灵看着苏铁，发现他正盯着被雨水淋湿的街道发呆。

“问你一件事。”钟灵说。

“说吧。”苏铁挪回目光，看着钟灵。

“那天的那个女孩——”

“你说邵若冰？”

苏铁主动提起这个名字，让钟灵有点小小的不开心。他是在装糊涂，不知道我的心思吗？可是他马上就知道我说的是谁，他完全知道我在想什么啊，可是他脸上的表情却是一副完全不在乎的样子。钟灵回忆了两秒他刚才说邵若冰名字的样子，心里有了答案，原来他一直都有喜欢的人。

“你喜欢她？”钟灵问。

这回倒轮到苏铁吓一跳了。他是真的没料到钟灵会这么直接地向他发问。他现在并不想说这些，所以才那样不假思索回答钟灵，只是单纯地告诉她答案。现在他后悔了，他知道钟灵肯定会对这个问题纠缠不休。

“说什么呢？”苏铁说。

“别模棱两可。”钟灵继续追问。“给我明确答案。”

“你要什么答案？”苏铁的语气里有点不耐烦，他不明白钟灵为什么要在此刻提这些。

“你已经给我答案了。”钟灵说完，别过脸去。

苏铁盯着钟灵的后脑勺看了一会，又回过头去看窗外的雨。

“对不起！我不该和你说这些。”钟灵回过头，小声和苏铁说话。

苏铁摇摇头。

“她是学体操的吧？”

“艺术体操。”苏铁纠正道。

“嗯，好厉害。我真羡慕她。要是我也能去你们那里，你也会喜欢我的。”

苏铁皱了皱眉毛。“钟灵，谢谢你来看我——”

“那是哦，我很辛苦的，我找了好几个影厅才找到你，要是再找不到，恐怕我要被赶出去的。”钟灵突然哈哈哈地大笑起来。“好了，话也说开了，无所谓了。我喜欢你，也是我自做多情。唉！没这个命啊！你们是训练基地的未来，我只是网吧老板娘的女儿。”钟灵朝苏铁做了个鬼脸，“送我回去吧，我妈妈一个人太累了。”

苏铁盯着钟灵看，他发现，认真看起来，钟灵很有一番魅力。她脸上有一种倔强的神情，这是苏铁以前没有注意到的。他不知道为什么，自己觉得愧疚起来。

“走啦，走啦。”钟灵哇啦哇啦地叫起来，“搞辆出租车啦。”

雨变小了。苏铁冲进雨里，拦到一辆出租车，他和钟灵一起坐上车。出租车绕道把苏铁送回宾馆，两个人在车里道别。

“都怪我！”钟灵说。

“嗯？”苏铁一脸不明白。

“生日的时候我许了两个愿望。一个是希望你拿冠军，还有一个是希望能靠在你肩上看场电影。过生日只能许一个愿望，可能因为我犯规了，才让你比赛不顺利——”

“胡说，别乱想，是我自己的事情，后一个愿望不是实现了吗？”

苏铁与她告别，钟灵轻轻握了握他的手，说了声再见。

苏铁下了车，目送出租车离开后，才上了楼。苏铁敲开妈妈的房门，妈妈正靠在窗前，看见苏铁后，她立刻走上前。

“苏铁，你去哪了？我到处找你，刚刚你不在的时候，有人来电话，说是你们训练基地的人，说想见你，他就在这附近，让你回来后我通知你。”

苏铁不禁诧异，训练基地来的人，会是谁呢？

26

领队带苏铁来到旅馆附近的一家咖啡店里，这里沿着窗户有一排类似包厢的座位，其实只是用带着流苏的仿古布帘遮住，布帘遮住了一部分阳光，造成了一种晦暗不明的效果。领队拣了一个角落里的位置，带苏铁走过去。两个人落座，领队故意让苏铁坐在更明亮的一侧，他自己则躲在光线幽暗的一边，从苏铁那边要努力睁着眼睛才能看清领队的脸。领队就这样躲在黑暗里，观察着苏铁。他选择这里，因为离旅馆很近，苏铁还没有从与妈妈相处的感觉中走出来，在咖啡厅里也不会让他太紧张，也就不会有太多警惕。领队很了解苏铁，如果让他事先放松警惕，就可以趁机影响他。但同时，这里的布置和光线又会有些无形的压力，不过苏铁只能感受到，却没办法从意识上察觉。领队坐在暗处，苏铁坐在明处，这实际上很像是一种审问了。

在此之前，他已经和苏铁的妈妈简短地谈过话。领队自己有多年和家长打交道的经验，他完全知道该怎么用各种虚与委蛇的言语包装无中生有的编排，以达到预期的效果，也就是激起家长头脑里的想象，控制他们的情绪，让他们的情绪随着自己的言语走入一条丛中复杂的小径。走入这条小径的家长普遍会因为对训练基地的不了解和对自己孩子的担忧而将自己的信任完全给予领队本人。领队则是一副为了一心孩子着想的模样，口气语重心长，分析利弊条分缕析，出谋划策不遗余力，最后自然得到了他想要的结果——所有的家长到最后都会同意领队的话，基本上无论他说什么。这点在苏铁妈妈身上也毫不例外，所以当领队提出要和苏铁单独聊一聊的时候，苏铁的妈妈毫不犹豫地答应了。

“苏铁，我是你的领队，我们之间有话直说，我希望你能信任我。你信任我吗？”领队说。

“信任！”苏铁说这话的时候完全不在乎自己是在说谎，作为生活在这片土地上的人，心口不一简直是一种基本技能。说这话的时候，苏铁还装出一副完全相信领队的样子。其实他此刻很想骂他一句，因为在苏铁心里，他觉得此刻发生什么，都和自己没关系了。

“我们怀疑在8进4比赛里，祁教练授意你故意输掉。”领队说，“我这次来就是为了这件事，所以我想问问你——”

“我不知道。”苏铁说。他懒得对领队客气了。

“你打算和妈妈回家吗？”领队突然改变话题。

苏铁动了动手里的咖啡勺，碰到了杯口，发出了轻轻的声音。

“你不知道？我可知道你的事？你还能在这待多久？”领队说。“祁教练没赶走你，但是他也不看好你。谁让你用左手练剑的？他应该负责任。”

苏铁低下眼睛，他知道领队在看着自己。

“难道就没有人负责了？你如果用右手练习，像杨光那样，那到今天，你还有很大的潜力，你右手的能力还没有开发尽，但是你用左手，到此为止很难再进步了。”

“谁告诉你的？”苏铁问。

“这世界上没有不透风的墙。”领队说着，慢慢喝了一口咖啡。“我能让你留下，让你接受更好的训练，即使你成绩不好，也没必要离开，等你到了年纪，给你找一个学校，你可以去上大学，毕业了你就可以当体育老师。这是你应该得到的，你是牺牲品，是他祁教练一个人的牺牲品。他都没有对你的负责，你为什么要为他隐瞒什么呢？”

“我没有替他隐瞒。”

“是的，你没有。那告诉我，到底他怎么和你说的，为什么你要输掉。”

“我实力不够。”

“我看了比赛，很多裁判都看了，那比赛你不是非输不可。”

“我真的打不过对方。”

领队点了点头，“那你是准备好离开了？接受这个结果？为别人的错误埋单？那也可以。”

领队站起身，叫服务员结账，准备离开。

“看来你都想好了，你们都被祁教练给训成乖孩子了，无论别人怎么踩你，都不会有反应。”

“我需要做什么？”苏铁突然开口。

领队挥手赶走了服务员，坐下来细细跟苏铁解释。

半个小时后，苏铁走出咖啡厅，但是没有回去见妈妈，他知道妈妈一定有很多问题要问他。他在旅馆楼下徘徊了很久，仔细思索着领队的话。

领队的意思很简单，他怀疑祁教练和孙威队里的教练有私下交易，故意指挥苏铁输掉比赛，这当然是无稽之谈。苏铁知道怎么回事，他也猜到领队要对祁教练下手。让他感兴趣的是，他可以继续留在队里，还有，他可以报复祁教练。如果靠自己，他完全是无可奈何的，纵使祁教练犯了错误，他也只能忍气吞声，要么留在队里，做完全没有价值的挣扎，要么离开这里，可是苏铁不甘心。领队说，事情很简单，只要他和训练基地里的领导聊聊就可以，还有体育局里派来的人也会找他聊聊，就这么简单。苏铁也没有想明白到底该怎么做，他徘徊了很久，突然想到一个最佳标准：只要能改变自己的命运，让事情按自己的想法发展，就是合适的选择。他不知道祁教练会怎么样，但是他知道自己离开这里会怎么样。他不能任人宰割！

晚上，妈妈一直想从苏铁的口中套话出来。苏铁安慰妈妈不要为自己担心，自己会把一切都安排好。妈妈再问，苏铁就一句话不说。妈妈没有办法，只能沉默。

两天后，苏铁的妈妈乘飞机离开。苏铁从机场直接赶回了训练基地。他刚回到宿舍，五分钟不到，队长就来找苏铁，苏铁很惊讶。

队长带他来到天台，今天的太阳很好，雨后的天空非常安静。

“没什么事，就是找你聊聊。第一次参加比赛感觉怎么样？”队长问。

苏铁耸耸肩。

“我看了你的比赛，你可以赢他的，但不是现在，你现在的实力还不够——”

“队长，这样可能已经是我左手的极限了。”苏铁说这话的时候，透露着失望和艰难，看得出来，他现在准备把全部责任都扔在教练头上。

队长沉吟了片刻，开始给他讲解这其中的不同。他认为苏铁并非像他自己以为的那样毫无希望。

“但这不是我自己以为的，是祁教练告诉我的。”

纵使队长又解释了很多，苏铁仍旧不为所动。他们的矛盾是：苏铁到底能不能突破左手的局限。苏铁摇头。

谈话很不愉快地结束了，但苏铁还是很感谢队长的关心。

接着，苏铁过了两天安生日子，他照常训练，没有任何特别的事情发生。杨光还在开玩笑，沈子骏说话还是一针见血。三个人在一起吃饭，然后一起玩游戏，但是苏铁却总有点心不在焉的样子。杨光取笑他躲在失败的阴影里不愿意出来，他就说自己是因为送走了妈妈，心情不大好。

这期间，苏铁悄悄地去花样艺术体操队训练的地方看邵若冰的训练。邵若冰在地板上跃身而起的姿势非常漂亮，动作非常矫健有力，但是又非常柔美。苏铁躲在两个人后面，确保对方不会看见自己。昨晚，领队已经找他谈过了，虽然说一切都会在保密状态下进行，但是绝对不可能一点风声不泄露。苏铁一脸冷淡平静，这一刻，他才意识到，自己大概是没有意识到自己的决定会带来怎样的影响。

他突然想到，自己如果留下来，恐怕也会得罪不少人，首先，会得罪队长吧，他和祁教练的关系那么好，得罪了队长肯定就会得罪——邵若冰。他想到这里，不禁觉得悲哀又可笑。在某种程度上说，邵若冰就是自己留下来的动力之一。而现在，自己为了留下来，却要做伤害邵若冰感情的事情。这也是说，注定两个人不会有什么希望。苏铁好像看见自己做了好多年的梦，正在慢慢地被蚕食，终于完全破碎，而且是被自己亲手碾碎。他沉浸在伤感之中邵若冰又做了个动作，她在一连串翻滚后，突然跃出到空中，双手上扬，打开，纤细的手指甩出手中的绸带，脸上带着能融化苏铁心灵的笑容，但这笑容距离自己实在太远了，苏铁也只能摇摇头。一念之间，他在考虑放弃自己的决定——也许是为了邵若冰。但思想却滑向相反的方向——如果这个梦不能实现，与其一直默默地幻想和渴望，何不干脆毁掉呢？这样也算有魄力了。难道我要永远这样，躲在别人的背后偷看邵若冰吗？等到她晋级之后，拿到更高一等级的饭卡，到更高一层就餐，自己还停留在训练基地食堂的最底层，自己还好意思去见她吗？邵若冰又带着笑容落地，转过身开始了新一轮动作，那动作如此顺滑，如此优美，也如此遥远。等到邵若冰再次转过身来面对苏铁刚才所在的位置的时候，苏铁已经不见了。

下定决心仍旧不是最难的。很快，苏铁接受了训练基地组成的调查小组的询问。站在门外等候的时候，他才突然想起，最近几天没有见到祁教练。调查小组问了他一些问题，都是领队事先告诉过他的。他也按着领队给的答案一一作答。看上去，调查小组的人很满意。两天后，又来了一批人，又把苏铁找到办公室，谈话进行了一个半小时，这批人让他在门外等候，自己在屋子里讨论了半个多小时。

苏铁在外面等候的时候，百无聊赖。他感觉事情已经上了一个轨道，自己已经无法控制。他已经判断不清楚事情到底会如何发展。只是在密集的谈话中间，能有片刻休息，给他一种舒适的感觉。他也就沉浸在这种舒适的感觉中，不管那么多了。

就是在这时候，他却瞥见了一个熟悉的身影，他转过身来，惊讶地瞪大了眼睛，嗓子里紧了一下，这个人正是邵若冰，她正在朝自己走来。苏铁紧张得不知如何是好。若是此刻身后的门开了，自己走进去，那么不需要提心吊胆，这件事现在就会被曝露了。

邵若冰走到他面前，和他打了声招呼。苏铁非常紧张，一时竟然找不到回话。邵若冰问他在这里干什么？

“办手续，”说完，苏铁觉得不保险，又加了一句，“请假。”

“你不是刚回来吗？”

苏铁吃了一惊，他以为邵若冰完全不会注意到自己。

“嗯，对。所以这个假就更难请了。”说罢，苏铁生硬地笑了笑。

能和邵若冰说话对苏铁来说是很高兴的。他一方面想和她多说些什么，另一方面，却不得不赶快结束对话。他得知邵若冰是要去走廊另一边找艺术体操队的教练的。苏铁以上厕所为借口，很快地结束了对话。他躲到了走廊另一头，看着邵若冰的背影逐渐消失。直到邵若冰消失之前，他的心都在怦怦跳。等到他确认安全了，便立刻走回到了办公室门口。他刚刚站定，门开了，领队一脸严肃地看着他，示意他进来。

办公室里的人神情严肃，他们把之前的很多问题又重复了一遍，只不过这一遍问得更精细，涉及了更多的细节。

谈话涉及祁教练的动机的时候，领队直接开口作答。他的猜测是祁教练为了卖师弟一个人情，毕竟师弟刚回来任教，需要手下一些队员有好的成绩，这样面子上好看。再说，祁教练的师弟也不是没有这个实力，只是时间上来不及训练新队员了，所以采用了这种办法。这种事情当然也不是祁教练一个人做，但既然我们现在知道了，就不能完全不管，放任自流。起码领队所在的训练基地对这种事情是绝对不包容零容忍的。谈话末尾，领队还搬出了体育局的领导来说事，弄得在场的人都纷纷点头赞同领队的观点。

又过了一个小时左右，苏铁被放出来了。他终于能够松一口气，他赶快离开办公大楼，一路上都确保没有人看见自己。他悄悄回到宿舍洗了个澡，紧张的情绪终于得到了疏解。

水牛和游戏机都在寝室。两个人正在讨论祁教练最近消失的事。

“好像在接受调查。”水牛说。“不知道训练基地在搞什么事情。”

对水牛的话，游戏机自然都是一味奉承的。

苏铁没有参与对话，他跑到阳台上去，把阳台门关紧，这样身后两个人的对话就不会进到自己的耳朵里。

自从苏铁的成绩提高之后，水牛就已经不会再招惹自己了。苏铁看着水牛，突然想到，自己可能连他的高度都达不到，如果自己的左手真的像教练所说的那样，无法和身体的动作达成最好的协调效果。

宿舍的门响了。

水牛命令游戏机去开门。门一开，杨光闯进来。

“你们听说了吗？出事了！大事！”杨光说。

所有人的耳朵都竖起来了，大家都望着杨光。但是他却不说了，而是走到阳台，把门打开，一把拍住苏铁的肩膀。

苏铁愣了一下——难道这么快就事发了吗？自己这就要被人识破了？

“大事不好了，苏铁！祁教练被停职了！”杨光夸张的表情和声音让苏铁也吃了一惊。

所有人都震惊了。

水牛一下子从床上跳下来，一步走到杨光面前。“怎么回事？”

“不知道！反正就是听到了这个消息！”

小小的宿舍似乎被点燃了。很快，附近几个宿舍的人都聚集到这里。大家一遍一遍地向杨光询问事情的经过，事实每被重复一次，大家的情绪就被多点燃一点。愤怒的情绪在升温，没有人确认消息，没有人能找到渠道得到答案。大家七嘴八舌了一个晚上，苏铁尽量躲在角落里不说话。他不想众人的注意力放到自己身上，但偏偏杨光却总是找自己说话，和自己说一大堆他的猜测。苏铁只能希望别人也听到杨光的话，并主动参与到对话中来，否则他怀疑自己一定会露馅。

苏铁面色沉重，并没有很主动地附和杨光。他觉得自己已经被某些人怀疑，但是他也没料到结果会这么严重。

这种持续的谈论进行到了晚上一点，宿舍响起了敲门声。大家吓了一跳，以为是宿管要来多管闲事。一群人不约而同地准备把怨气撒在宿管身上，所有人都大声叫骂。水牛去开门，却是队长站在门外。

“这么多人聚在着干什么？怎么还不睡觉，明天不用训练吗？”队长的语气非常冷静，好像他一无所知，但这当然是不可能的。

马上有人给队长科普大家情绪如此高亢的原因。

“事情我已经知道了，这件事大家不要乱猜，训练基地自然有处理的方法。训练还是要照旧，都赶紧睡吧。”队长说罢，打开门，想让大家离开。

但是显然，大家并不满意队长的处理方法，大家需要一个解释，这个解释能够释放大家的情绪。

队长好不容易才制止了大家的吵闹。“好了，大家不要吵了，这件事我也不知道怎么回事。现在怎么猜测都可以，但是怎么猜测都是没有用的。我们等结果吧，事情没有调查清楚之前，你们什么都不许做。照常训练就是你们对祁教练最大的支持了。他那么严格的人，如果看到你们没有照常训练，一定会很生气，会觉得自己没有尽到教练的责任。别人看了也会觉得我们很没有用。无论发生什么，我们的气势不能丢。明白吗？”

队长的一番话总算是让大家悬在半空的心和情绪有了个降落的地方，众人纷纷点头称是。队长目送着大家一个个回到自己的宿舍，然后关上了门。关门前，队长看了一眼苏铁。苏铁本能地露出了一个笑容。队长也笑了笑，但是笑得非常勉强。

27

日常训练是不能被打断的，这不仅是训练基地的规定，自然也是运动员们的共识。无论发生什么事情，训练的强度必须要保证。祁教练连续三天没有出现，即使队里的运动员都在私下议论，猜测越来越多，编出来的故事越来越离奇。但当时间又过了四五天之后，大家从各处都得不到解释，加上其他杂事，虽然大家对祁教练的事情仍然关心，但公开的议论声渐渐少了，只是私下的时候还是有人会提起这个话题。但提起也只能是提起，谈话中的其他人只会说继续等消息，否则还能做什么呢？这个话题就这样溜掉了。

这种情况让苏铁感到稍微轻松了一些，起码他不用每时每刻都装模作样。讨论最热烈的那几天，他既要保证一定的热情投入讨论和猜测，不露出心虚的样子；但同时他又不想装得太像，以便减轻一些内心的负疚和不安。祁教练到底去哪里了？领队带来的那些人到底会怎么处理祁教练？这些问题没有人回答苏铁。苏铁曾经试着去祁教练的办公室，他跳起来从门玻璃上朝里看，里面的一切都没有变化，但是没有人影。

苏铁也想过要不要去找领队问问看。有那么两次，他找了个大家不会注意的时间，悄悄一个人出了宿舍，沿着墙边来到办公楼，找到领队的那间办公室。有一次没人，他敲门后摒息等了半天。另一次，里面有人在说话，领队谈笑风生，妙语连珠。苏铁在门口，想等着领队和里面的人谈完话后再进去。但是这次谈话用时竟然超过了半个小时，苏铁觉得谈话好像不会结束一样，他自己在这里等下去恐怕不是好办法，于是只好悄悄离开。

苏铁决定暂时不要去找领队了，但凑巧的是，某天，就在苏铁训练完毕后，他穿过操场的时候就和领队撞见。苏铁快步上前，想要和领队说话，但是领队像不认识他一样，飞快地走过去。两个人错身而过时，领队连看都没看苏铁一眼。苏铁感到吃惊，但是他马上感到一种不祥的预感。这不详的预感倒不是关于自己的，而是关于教练的。也许自己被卷入了什么阴谋，但不知情。苏铁这样想着，想起领队之前曾说过的话，他把这些话过了一遍又一遍，从中得出的结论是，看来领队确实要把祁教练赶走。

说起伤心，苏铁说有的，毕竟祁教练曾经教导过自己。但是除此之外，更多的是觉得公平。如果说他自己毫无疑问是祁教练的试验品，而且还是个失败的试验品的话，那么祁教练现在的处境就算是一种代价，算是为了要做实验要付出的代价吧。

时间渐渐过去，祁教练仍旧没有出现。大家的议论变得越来越没有价值，所有的猜测都已经被猜测过了，但一个结论都没有。苏铁终于放下心来，再也不用强颜欢笑参加大家的讨论了。尤其是杨光煞有介事地谈论，终于随着祁教练的杳无音讯而终止了。

训练基地的生活又一切照旧。

苏铁开始暗中猜测，也许会来一位新教练，也许自己的水平并不像教练说的那样会止步于此。苏铁甚至产生了这样一种想法，也许教练的判断是错的，他的左手没问题，他想起罗鸣说过的话，连这样厉害的对手都认为自己是有潜力的，凭什么祁教练一句话就要否定自己。苏铁每想到这里，就觉得自己的决定是对的，那不是出卖教练，而是职责所在，让一个人为他的错误付出代价，这太正常不过了。他每天都努力练习，仔细感受自己的左手与身体和意识的协调，苏铁明显地感觉到自己在进步。事情也许会像自己想象的那样发展下去，而不是像祁教练判断的那样，苏铁这样想。

但是有一件事打破了苏铁的幻想。有一天，训练基地来了两个人。一个是大家不认识的人，另一个是大家熟悉的人。当然，他们不是一起来的。第一个人是领队介绍给大家的，是训练基地聘用的新教练，姓陈，大家以后可以叫他陈教练。陈教练看起来就不像祁教练那么严肃，那么锋芒毕露，而是一副和气沉稳的样子。队员们的议论声乍起，但是被领队两三句话就弹压了下去。

而第二个来的就是祁教练本人。

他没有来到训练场地见大家，而是去了训练基地的领导办公室。不过有队员碰巧路过看见了他。这个消息迅速扩散开来，就像星火燎原一样，很快，全队的人都知道了这件事。大家甚至停止了训练，把刚刚执教的陈教练晾在一边，集体讨论起来。七嘴八舌一番后，杨光终止了这种没有意义的讨论。

“还说个屁！祁教练人都来了，我们还在这瞎猜什么，我们直接去问，直接去要说法，这不就得了。”杨光说。

杨光的话得到了众人响应。大家纷纷向新来的陈教练请假，要结伴去找祁教练。陈教练面不改色，并不觉得受到了多大的侮辱，而是点头放行。

苏铁很为难，他想借口离开，可是又没有想到借口。这时，杨光一把拽过他，两个人一起朝训练基地的领导办公室走过去。

训练基地的大领导办公室在办公楼的最高层。领队发现祁教练回到训练基地后，立刻就跑来这里。祁教练闯进门的时候，领队正在和领导商量对策。祁教练突然进门，把两个人都吓了一跳。

祁教练看了看领队，走进门来，一把攥住领队的衣领，挥手就是一拳。

前一秒还安坐在椅子上的领导吓得面色发白，赶紧站起身来，生怕下一拳轮到自己。

“你疯了！你自己干的什么事情，你还有理由打人！”领队站起来，一把推开祁教练。

“你们给我解释清楚。你们的证据在哪？”祁教练的语气不急不缓，充满了威严。

领队此时已经站起身，他整理了一下衣服，喘着粗气，瞪着祁教练，突然，他嘴角向下一斜。“我告诉你，你不要以为自己做的事没人知道，你不要以为你自己有点成绩就能在训练基地横行霸道。你的事情我们都已经调查清楚了。一点也不冤枉你，你不要来这里无理取闹。”

“蠢货，你告诉我证据在哪儿？”

“你的队员和对方的队员都是证人，还有对方的教练。”

听到“对方的教练”这个词的时候，祁教练愣了一下，他想到了师弟。“他这么做对他有什么好处？”

“这是你们自己的事情，我不管。他举报你当然是对你的行为不满意。你作为一个教练，竟然做出这种事，还好意思过来质问我们？我不知道堂堂祁教练什么时候这么厚脸皮了，还是你实在是太霸道了，你是不是觉得自己做出这样的事情也完全无所谓。我告诉你，你错了。不管你是谁，你犯了错误，我就要把你揪出来。”

“把人给我叫来，我要当面对质！”

“苏铁举报你。你去和他对质吧。”领队大喊了一声。

祁教练愣了片刻。

“苏铁？”他不敢相信。

“对！”领队一脸得意，接着换上了一副凶狠的表情，“怎么？觉得吃惊？你为什么吃惊？还是觉得愧疚？你知道自己做了什么？你毁灭了一个运动员的前程，只是为了满足你一时兴起的一个想法，你就拿运动员的前程做实验，这件事你怎么解释！”

“我没有。”

“你没有！”领队放慢了语速，歪着头看祁教练，“很好！你没有！那是我让苏铁用左手练习的了？我让他用左手拿剑？他明明不是左撇子！你为什么要让他用左手拿剑？你能讲清楚你的理由吗？”

“我今天来这里不是和你讨论这个的。我有我的理由，我的失误我承认，责任我会负的。但是我说的是谁在指责我，谁在指责我并没有做过事！”

“你没做过的事！你还有什么不敢做！我是不是坏了你的好事！你以为我们不知道！你私下联系外省的队伍，想去执教，不仅如此，你还要把训练基地的优秀运动员带走。我请问！这种事情你都做得出来，还有什么事情是你做不出来的！请你告诉我！我真的很想知道，你这位知名教练到底把底线摆得多低！”领队在谈话的末尾一巴掌狠狠地拍在桌子上。

祁教练没有说话，他目光严肃地和领队对视，嘴角颤动，看得出他在极力压抑自己的怒气。他突然转向躲在桌子后面的训练基地领导。

“你相信他说的话？”祁教练质问道。

“调查组已经来过人了。他们已经——”

“在我不在的时候？你们让我去出差，就是要趁我不在的时候搞政变？你们这帮蠢货，和蛀虫有什么区别。你们根本不配待在这，你们不配跟运动员待在一起。他们每天在这里努力，他们想要改变命运。你们呢？你们对运动一点热情没有，只会玩弄手里那一点权力，真让人恶心，你们比厕所里的大便还要臭！”

“嘿！”领队厚颜无耻地抗议道，“跟着你这样的教练训练才是拿前途做赌注，还谈得上什么改变命运。唱高调谁不会，先把你的问题解释清楚吧。”

“我没有问题！你们这是污蔑！”

“证据？”领队得意扬扬地看着祁教练。“比赛前，你给你师弟打电话，希望能和他做个交易，你很想让你的队员进入前四，作为交换，你可以牺牲一个队员，来换取另外两个更优秀的队员不会有闪失。那个被牺牲的队员就是苏铁。当然，你师弟作为一个前全国冠军，自然会拒绝你的请求。可是你直接去找了他们队里的一个小队员，就是和苏铁对阵的孙威。你答应给孙威一些好处，也许是到你这里来受教。孙威说多年前他也曾经来这里参加选拔，但是你没有选择他。现在，他很希望能有个机会回到你手下接受指导。你利用了这个年轻人对你的崇拜和热情。果然，他和苏铁合作演了一场精彩的比赛，这场比赛完全没有任何设计好的感觉，输赢都非常自然，两个人都非常努力。但实际上却是你事先安排好的。然后进入前四后，你师弟的队员都自动输掉，换取了你手下队员的好成绩。你师弟的责任是管理不严，让你有机会收买了他队伍里的运动员。而且，他也没有完全拒绝你，只是表达了为难，这也是不对的。但是作为一个经验丰富的教练，你用这种办法赢得新秀赛，取得好成绩，这是不可原谅的。而且，我知道你为什么这么做。”

祁教练一言不发，看着领队。

“因为你想给自己提高身价。你准备到别的队伍去执教，到那里之前你想给自己一个优势，如果你手下的队员能赢得一场比赛的冠军，你的执教能力就更能受到重视。到了那，你就会有威信，有威严，也就是说，你能像现在这样，充分享有无尽的权利，你想让谁闭嘴谁就得闭嘴，没人能跟你讨价还价。然后，你就可以一意孤行，任意妄为，你可以继续用运动员的前途做实验。我说的对不对，祁教练？”

祁教练一句话没说。他知道自己是被精心策划的阴谋拉下水了。要反抗这个阴谋实在是太难了，一切都安排好了，所有人都反对他。从领队和面前这位领导开始，再到师弟，还有他那些自己连名字都叫不出来的小队员，没准还有那些体育局的领导，他们急不可待地派来了调查组。还有苏铁，苏铁。祁教练知道这种事一出，无论真假，对自己都只有伤害。他要去的那支队伍已经暂停了引进他的计划。无论他是否清白，这件事都已经完蛋了，祁教练发现自己毫无办法。

“我会离开这里的，因为这里让我恶心。但是我不会放弃的，我要把你们的谎言戳穿！”祁教练说完，转过身，打开门。

他吓了一跳，一群运动员站在门口，他们看着他，不说话。但祁教练能感觉到，他们在用眼神支持自己。

领队快步走到门口，恶声恶气地驱赶大家，但是没有人理会他。

祁教练点点头，朝门外走去。围在办公室门口的队员们迅速给祁教练分开一条路，祁教练尽量和每个人对视。他和苏铁对视的时候，点了点头。很快，他就走出了人群。

“都回去训练，谁让你们来这里的？回去！”领队大喊。

但是没有人听从他的，相反，所有人都跟着祁教练离开了。他们紧紧地跟在祁教练身后。一开始，大家谁都不说话，所有人都十分安静。大家跟着祁教练下楼梯。下了两层之后，水牛突然大声地问教练到底是什么回事，杨光也问了起来，接着所有人都问了起来。祁教练没有回答，他停下脚步，回身面对人群，他的目光扫过在场的每一个人，在每一张脸孔上都停留了几秒。

没有人说话。

祁教练表情严肃，突然开口。

“回去训练！你们都拿到世界冠军了吗？你们在浪费时间！去训练！我是怎么教你们的！每一天都要当成最后一天！但每一刻都想得足够长远！”

没有人动，也没有人说话。

“全体都有！跑步，回训练场地！”祁教练的声音稍微有些颤抖，但仍不失威严。

这一次，所有的队员都照办了。大家对教练恋恋不舍，但是仍然坚定不移地执行了他的命令，运动员们列队离开。但走之前，不知道谁开了个头，每个人都和教练说了一声，“谢谢。”苏铁走到教练身边的时候，也说了一声“谢谢！”

祁教练目送大家离开。刚才还吵闹不堪的楼道突然安静下来。祁教练看着空空的楼道，慢慢地走下了楼梯。

从那天之后，祁教练再也没有出现在训练基地。有人说他找到了市里的体育局领导，甚至去了省里的体育局上诉。但是结果不详。

有一天，队长突然来找到苏铁，他很严肃地请苏铁为祁教练做证。苏铁已经知道了事情的原委。但是他拒绝了为祁教练做证的请求。队长恳求苏铁答应。

“我不能。”苏铁告诉队长。

“为什么？明明不是这样，你为什么要帮助领队撒谎。”队长第一次诘问苏铁，他是如此气愤。

“我没有撒谎。”苏铁对自己说，自己是不会妥协的，这是他倔强的地方。他明明知道，如果队长将事情传出去，自己在这里恐怕也不好过，但是他仍然无法原谅祁教练。或许，他已经原谅了，但是他不能原谅自己软弱。他做出了自己认为正确的惩罚，他不能再回过头来否定自己，就像他要继续用自己的左手练剑，继续冲破困难，努力前进一样。

28

人们怎么对待叛徒？关于叛徒的故事说也说不完。但是人们如何定义叛徒？用什么标准？用什么来判定？谁有这个权利？耶稣不是对想举起石头扔妓女的人们说：在场的人谁是无罪的，谁就可以拿石头扔她。于是人们纷纷放下了手里的石头，渐渐散去。好故事，但又怎样？这可真是个无意义的事件。苏铁现在时常会这样想。他还记得祁教练走的时候，两个人对视了一番。没有任何谈话，但是眼神交流还是蛮管用的，能说的和不能说的都在眼神中了。

苏铁记得祁教练的眼神。那双眼神，那是一双想在任何地方发现不对劲的眼神，他有一种你不可能在击剑界内碰见第二双的挑剔的眼神，那也是一种苏铁并不想看到的眼神。对于眼神，还有一层解读。苏铁倒是很想知道，祁教练那时候是如何看自己的。苏铁后来想到，也许自己可以在祁教练的眼神里看到自己也说不定的。因为苏铁是看不见那时自己的眼神的，他很好奇自己那时候是什么样子，自己到底会变成什么样子。

苏铁有这些想法，是在祁教练彻底离开训练基地后的第四个月里。在楼梯告别之后，祁教练并没有立即在训练基地里消失。在两周左右的时间里，他每天都来到训练基地找各级领导理论。一开始，祁教练的声望让各位领导不敢堂而皇之地将其拒之门外，人人都一副“我很理解你”的表情，把祁教练礼让进办公室，泡上一杯茶，躲在自己的办公桌后面，两手撑住肥肥的下巴，眼神严肃，不时点头回应。按着这套标准，前前后后有七八个人接待了祁教练。祁教练把同样的事情讲了七八遍，不，远远不止。

队员们走在训练基地里，常常能见到气愤不已地来到训练基地的祁教练和疲惫不堪地离开训练基地的祁教练。这两个人都是大家从来没见过的祁教练。

队员们私下议论猜测，到底是怎么回事。各种版本的故事在四处流传。学校的领导特意莅临击剑队的训练场地，就祁教练离职一事为大家做了一场简短的演讲，本意当然是安抚。但是实际上的效果却非常糟糕。领导告诉大家，两耳不要闻不该闻的事，一心用在训练上，这样才能出成绩。

杨光站起来问："请问祁教练的事就和我们完全无关吗？这几年，一直是他在训练我们，现在说走就走了，学校什么说法都没有，还不让我们管。这算什么？"

领导严厉批评了出头的杨光，他以为这样就可以将一切都压下去。未曾想，其他人不依不饶。领导吓了一跳。最后，他基本上是在大家的嘘声中逃离了训练场地。所有的领导们都非常无奈，谁都不想去碰这个烫手山芋。

很快，事情清楚了。

原来有人举报祁教练在赛前曾经和某队队员和教练有交易。祁教练答应让对方的队员进入四强，来换取祁教练自己的队伍的人拿冠军。因为祁教练很想拿下新秀赛的冠军。但是对自己手下新训练出来的人感到信心不足，所以才出此下策。

队员们听到真相的时候都感觉不可思议，新秀赛的冠军是沈子骏，那可是名副其实的冠军，不需要任何人谦让。祁教练怎么可能没有这种基本的眼光和判断，他怎么可能是那么不自信的人呢？绝对不可能！有人陷害！

但是空口无凭据，人人无奈！

后来，大家再看到祁教练，发现他逐渐落魄下去，衣服不那么整齐，气色不那么好，眼睛不那么有神。他还是经常来到训练基地，但是领导们早就已经被他找过两三轮不止，现在都纷纷改变了策略——能躲就躲，能不见就不见。祁教练发现，所有的办公室大门都对他关闭了。他常常在走廊里等候许久，后来，有人听见走廊里总是传来巨响。有知情的人告诉大家，那是祁教练在用拳头击打大门，用脚踢大门。有一次，他还用肩膀撞，但是，有一天，这样的行动终于也停了。训练基地的领导们还是很聪明的。他们知道如何做到息事宁人，他们早就估计到了，总有一天，祁教练的精神会被拖垮，那个时候也就没有这些麻烦了。至于那些心怀不满的队员，根本就不足为惧。

如他们所料，祁教练很快就失去了最初的锐气，但是他仍旧十分强硬，不时地出现在训练基地。他要进大门的时候，任谁都不敢拦他。有一次，一个新来的保安不让他进，他找了地方，翻墙进来，然后走到新保安的门前，将新保安绑在了椅子上，把大门打开，当着新保安的面，从外面大摇大摆地走了进来。

事情就这样毫无结果地继续。

对现在的结果，领队是最为得意的人。他脸上总是挂着一副痛心疾首的表情，逢人就说自己多么惋惜祁教练这样的人才，但是一失足成千古恨，他自己也无能为力，实际上他非常清楚自己做了什么。他早就知道祁教练想离开训练基地，而且不仅自己走，还要带走队长，可能还有其他一些实力比较好的老队员。领队知道，如果自己不阻拦，这种事一定会发生的。靠祁教练的声望，队员们当然要跟着他。自己也可以捅到上面去，但是事情没有发生，他这样说空口无凭。可是事情要是发生了，他就是暴跳如雷也没用。难道就没有办法治一下这个狂傲的家伙吗？

当然有。

心怀嫉妒和不满的小人永远不会缺少坏点子。新秀赛之前，领队找祁教练商讨，要不要送个人情给他师弟的队伍，让苏铁输掉比赛。祁教练高傲地拒绝了。领队横下心一想，何不就让他栽在苏铁和他师弟那里？随着时间推移，做成这件事的条件越来越成熟。领队得知了祁教练和师弟之间非常糟糕的关系。而这位师弟不仅运动员做得好，混起官场来丝毫不差，领队当时就明白了该如何布局整整祁教练。他和祁教练的师弟一起合计了一下，取得了对方的默许。于是一个构陷祁教练的计划就此诞生了。

苏铁是最为关键的一环，但是领队早就知道一个大秘密，祁教练对苏铁进行了错误的指导，并且心怀愧疚。而苏铁，领队早已将他的性格了解得一清二楚，他知道用什么办法能让苏铁助他一臂之力。事实证明，他的计算是正确的。

苏铁常常问自己是否后悔对祁教练做出这种事，他不是个没有判断力的人。他当然知道他出面做证指证祁教练到底意味着什么。他知道领队绝对不会对祁教练手下留情。但是他还是没有料到会有这种结果——训练基地会把祁教练赶走。

当然，还有另外一部分后果是苏铁永远无法知道的。因为这次的事件，祁教练没办法去之前谈妥的队伍执教，也很难再去任何一家隶属于省和市的队伍执教。不过他还是可以去一些私人训练馆去执教，祁教练在那些地方会非常受欢迎，但是他自己当然并不想去。而这些，这些是苏铁不会知道的。

苏铁只是惊讶于训练基地竟然真的让祁教练离开了，他隐藏了这种惊讶。为了不让自己不安，他一直暗示自己，这一切都是应该的。祁教练犯了错误，他应该承受相应的代价，自己在这里面并没有扮演什么十恶不赦的角色，他只是一个小小的证人。就算是比较关键的证人，但是他也只是为自己报仇。作为一个如此弱势的人，他还有任何别的机会可以为自己鸣不平吗？几乎是没有的。所以他对自己说，不应该觉得自己有任何问题。

在祁教练的处分决定刚刚发布的时候，队长来找苏铁谈话。那天是一个炎热的晴天，两个人来到天台，谈话的过程中苏铁几乎忘记了温度，他唯一不想做的事就是面对队长的质问，他不想让这个一直帮助自己的人觉得自己是个坏人，但苏铁没有办法选择。

队长开诚布公，直截了当地问苏铁能不能收回自己的证词。“因为我们都知道这是假的，我也大概能猜到你为什么要这么做？我可以理解你的想法，但是你这么做并不公平！”

苏铁没有让队长说下去，他没有为自己辩护，但是队长没有让他离开。队长长篇大论地说了一大通，想说服苏铁去出面做证，证明领队是联合别人一起陷害祁教练。

队长前前后后说了半个小时，苏铁面无表情。两个人都很惊讶，队长发现自己好像不大认识这个名叫苏铁的人；苏铁惊讶自己也有些不认识自己，从前他可不敢想象自己有一天在面对队长的时候会如此冷漠，如此的不以为然。他的眼睛里没有之前的那种崇拜。当队长滔滔不绝地讲话的时候，他突然想到，邵若冰是不是也已经知道了这些事？她是不是在某处等待着，等队长回去报告劝服苏铁的好消息？想到这里，苏铁坚定地摇了摇头。

“你还是不肯吗？”队长问。

“我说的话都是真的。”苏铁只丢下这么一句话，便一走了之。

苏铁狂奔下楼，走出大楼的时候，他还特意四处留意，看看是不是邵若冰就在附近处等待着，好在并没有——苏铁觉得自己当时的样子一定很难看，鬼鬼祟祟，胆战心惊。

从那之后，大概过了一两周，几乎所有的人都知道苏铁做了什么。虽然没有任何人能够证实，但是这种事情从来也不需要证实。敌意很快就在苏铁周围发酵。敌意的表现方式有很多，花样翻新简直难以计数，苏铁几乎被所有人孤立。

某天晚上，训练结束后，杨光和沈子骏跑来找苏铁。他们三个人已经很久没有聚在一起，或者说，很久以来，苏铁连一句话都没有和他们说过。苏铁已经做好了孤身一人的准备，没想到他们两个会突然找上门来。

“苏铁，你告诉我。你说的是真的吗？”杨光的语气里充满了焦急。

“什么意思？”苏铁问。

“你是受到祁教练的指使去比赛的吗？你是吗？”杨光逼问道。

苏铁看了看沈子骏，他想知道沈子骏是什么态度。

但是沈子骏面无表情，好像对这件事很不在乎一样。

“我只是说了我知道的，该说的我都说完了。”苏铁说。

“我只是很好奇你到底为什么这么做？”沈子骏开口了。

苏铁没有猜错，沈子骏异常冷酷，似乎他只对事情的原因感兴趣，却不掺杂任何个人感情。

苏铁耸耸肩。“我不知道自己为什么要这么做？大概是因为我不想受人摆布吧。”

“你胡说！”杨光忍不住喊起来，“你胡说！祁教练根本不会下那种命令，根本就没有那个必要！你到底为什么一定要这么干！”

“我要做我认为正确的事，至于后果，就是现在这样子，我早就想过了，我也完全可以接受，无所谓。”苏铁说罢，推开了杨光，走出了训练馆。

自从大家开始孤立他之后，苏铁一直在等着杨光和沈子骏来找自己，他很奇怪他们一直没有来。他不敢承认，自己心底还残存着一点点希望，也许还能继续做朋友。这种希望一直不肯完全破灭，但是这一次谈话让他彻底放心，自己从此以后不需要再抱这种希望——他已经彻彻底底地失去了这两个朋友。这种后果当然也是他预料到的，可是真的发生了，他还是有些难过。

“苏铁！”

苏铁听见身后传来杨光的声音，他停住脚步。有一只手搭在他的肩膀上，用力将他的身子扳过来。苏铁任自己随着那股力量转身，他看见杨光的拳头一下子飞过来，狠狠地砸在他的脸颊上。苏铁失去了平衡，狠狠地摔倒在地上。

杨光站在苏铁面前，与苏铁对视着。苏铁慢慢爬起来，打扫干净身上的尘土，默默地离开了。

从那天之后，在训练基地，苏铁被彻底地孤立了。在宿舍里，他和水牛发生过两次冲突，两人最后没有大打出手，完全是因为宿舍管理员恰巧经过宿舍。两个管理员在几个队员的帮助下，才把两个人分开。

从此之后，苏铁的境遇更糟糕了，不过他也变得更加极端。他在心里认定自己的行为绝对没有什么不妥之处，宁愿与所有人为敌，也不肯承认自己的错误。很快，他就习惯了这种独自一人的生活。他觉得自己好像回到了几年前，那时候自己和现在一样，也是孤身一人。

完全没有朋友。现在要比那时好很多了，现在的自己有很多敌人。领队再也没有找过苏铁，不过确实兑现了自己的诺言，仍然让苏铁留在这里训练。新教练对苏铁并没有特别的关照。看得出来，他在尽量和苏铁保持距离。苏铁从这位教练处并不能得到什么有效的指导，但是他并不觉得这算什么了不起的事。经过祁教练的事情后，他自己对教练也深感不放心，谁知道他们会不会因为自己的原因，给出对队员不负责任的意见。这种阴影在苏铁的心里久久不能散去。

在苏铁以为事情差不多过去的时候，他听说祁教练的上诉还在继续，但是缺乏证人。消息是邵若冰带来的。那天下午，苏铁训练结束后，最后一个走出训练馆，他看见邵若冰站在门口。苏铁很惊讶，但一下就看出，她是来找自己的。

邵若冰对他笑笑，苏铁感觉自己的嘴角也不自觉地上扬起来。

“队长让我来的。”邵若冰毫不避讳，开诚布公。

苏铁料到她是队长派来的说客。

两个人沿着训练基地一条僻静的小路散步，彼此话并不多。

“他还是希望你能重新考虑。但我并不想来劝你，因为我觉得并没有什么作用。”邵若冰说。

“为什么？”苏铁问道。

“因为你就是这样的人，你会坚持做自己认为正确的事，哪怕它并不正确。也许等到有一天你明白了这其中的道理，你就会知道该怎么做了。”邵若冰说，“有时候，人的成长是不能强求的，只有迈过了某一个门槛，才能继续向前，否则，只会原地打转。”

“在你眼里，我在原地打转吗？”苏铁问。

“我来说这些话其实并不合适，我对祁教练没什么感情，也许我显得太冷静了。不过，我是从你的角度来考虑这个问题的。我觉得你应该正确对待这件事，对你会有好处。当然，你也可以认为我说的话纯属多余。”

苏铁在仔细衡量自己对邵若冰的感觉，没想到再次见到她，是这样一种情境之下。

“你知道我现在在想什么吗？”苏铁问道。他的声音里有些紧张，他尽量将它们掩盖住。

邵若冰看了看苏铁，没有说话，点了点头。

苏铁看了一眼邵若冰的脸，他辨认出一种东西，那就是邵若冰完全了解自己此刻的心思。她完全明白自己来这里劝自己会无功而返，她也知道自己喜欢她。不过，这种喜欢已经完全不可能了。苏铁现在比当时得知队长和邵若冰的恋情时还要绝望和平静。他告诉自己，不需要有任何幻想了。

29

每个早上跑步，每个上午训练，每个中午吃饭，每个下午训练，每个晚上吃饭，每个晚上的晚饭后继续训练。但训练之后到睡觉之前这段时间是自由的。其他的时间里，训练基地里的运动员们都在安排好的体育天堂里拼尽全力，而这段时间是地狱时间，意思就是说，并不是没人管你，而是根本没人管得了你。

现在，苏铁是这样理解训练基地的生活的，也是这样理解这段时间的。他总是趁这段时间跑到训练基地外面去。他走的还是轻车熟路的那条路线，途中经过黑黢黢的体操馆。不过他从来不会停下脚步，那里面也一个人都没有。苏铁很轻松地翻过围墙，一落地已经是另外一个世界。

落地的时刻是属于他的。围墙内的世界已经被他抛弃了，或者说已经抛弃他了。围墙外的世界，有一地方还有人在等他。

苏铁到达网吧的时间通常是晚上 9 点左右。钟灵早就站在门口准备着，即使隔着卷帘门，她也能听到苏铁的脚步声，立刻打开卷帘门。看到卷帘门下那双沾满尘土的鞋子，钟灵的脸上总会露出微笑。

卷帘门慢慢向上移动，好像一个扫描仪，一点一点把一个完整的苏铁从另一个世界传送到钟灵面前。等到可以看到苏铁的下巴和嘴唇的时候，钟灵已经忍不住笑了。看到苏铁的眼睛的时候，钟灵会毫不犹豫地一下扑过去，冲到苏铁的怀里，扬起脸来吻他。

“我身上一股臭汗味。”苏铁说。

“你训练完干吗不洗澡？”

苏铁拍拍钟灵的后背，走进网吧，自己按下按钮，卷帘门慢慢放下。

“走过来不用出汗嘛！这大热天的！”苏铁径直朝自己常用的那台机器走过去。他一下子坐在椅子上，开机。

钟灵端着咖啡和零食走过来，坐在他身旁。

“这么晚喝咖啡不好，我把浓度降低了。”钟灵说。

“怎么做到的？”苏铁好奇的拿过咖啡喝了一口，皱起眉毛来。“难喝！”

“为了让你少喝点啊。”钟灵伸手擦去苏铁嘴上的咖啡沫。“这样你晚上早点困，早点回去，第二天早点起，好好训练。”

苏铁点点头。

钟灵夺下苏铁的咖啡杯，上前搂住苏铁的脖子，两个人接吻。

苏铁却悄悄睁开眼睛，打开了电脑。电脑启动时发出了声音。钟灵皱了皱眉毛，但是仍然没有睁开眼睛，她用手狠狠打了苏铁的后背，算作是嗔怒和惩罚。苏铁从嗓子眼里哈哈哈地笑出来，钟灵终于抽回身，努着嘴，气恼地看着苏铁。

“接吻都不认真！”钟灵说罢，两个嘴角向下撇。

“认真得很。”苏铁狡辩道，“只是不想浪费时间。”

“和我接吻是浪费时间吗？”钟灵质问道。

苏铁意识到自己说错了话，摆出一副我错了的表情。

两个人这个玩笑开了十分钟，苏铁才开始上网。他没有打游戏，而是从网上找各种比赛视频来看。

卷帘门响了，钟灵起身去开门。

苏铁一个人在电脑前观看比赛视频。自从祁教练走了之后，新来的教练并不能满足苏铁的需要。苏铁知道自己没有朋友，也并不强求，他开始学会上网专门找比赛的视频来看，尤其是一些国际比赛。后来，他在无形中发现，自己是在模仿祁教练。他去祁教练的办公室的时候，发现祁教练那里堆积了无数的比赛资料，各种比赛录像带。据说祁教练没完没了地看这些东西，毫不停歇。苏铁决定自己也要像祁教练一样选择这个方法。

苏铁从那天开始，定期来网吧，但是他有一个问题——没有足够的钱付上网的费用。也许一次两次还可以，但是经常过来他就吃不消了。最开始他一周来两次，后来越来越少。

钟灵没有放过这机会。只要是苏铁过来，她就待在苏铁身边，很快，她就发现苏铁没有钱。于是她答应苏铁可以随便来。就是那天，两个人第一次接吻——是认真的、热烈的接吻。苏铁告诉钟灵自己现在的处境——他现在真正称得上是一切都要靠自己。

钟灵心里涌出来一个想法——那个什么叫邵若冰的，对苏铁来说已经完全没有希望了。但是她马上让自己打消了这个想法，她觉得自己能这样得到苏铁的喜欢已经非常幸运。

因为免费上网，苏铁发展到几乎每个晚上都要来网吧。一开始，他偶尔放松的时候还会玩游戏，现在则完全戒掉了所有的娱乐项目。他每天都要看一个新的比赛视频加上一个旧的比赛视频。在这些比赛视频里他不断地分析运动员的每个动作，以及他们所用的每个策略。在这个过程中，苏铁的眼光和意识都在不断地提高。他对视频的点评经常让对击剑一窍不通的钟灵感到惊讶。

“你能把这东西说的这么有意思！真厉害！”钟灵兴奋地说。

“当然！”苏铁说。

当然。因为他将全部的心力都用在了这个地方。每一次观看视频，他几乎是心无旁骛，全情投入。

钟灵很高兴。她早就从杨光那里逼问出了苏铁现在的境况，她甚至逼着杨光与苏铁和好。但是这一次，杨光并没有接受钟灵的命令，从那以后，杨光没有再在这里出现过。钟灵失落过一段时间，她失落既是因为不想失去杨光这个朋友，但更是因为没有了杨光，她就失去了在训练基地的眼线，也就不能了解到苏铁在训练基地的境遇如何。于是，每次苏铁来到这里上网的时候，钟灵都非常用心地观察他的表情，留心他的一举一动，生怕错过任何一个细节。现在她只能从对苏铁的观察上看出他的遭遇和心理。钟灵知道，如果她去向苏铁询问什么，苏铁是不会告诉她的。

最近这段时间，钟灵发现苏铁的状态还不错，每次看视频都非常兴奋，讲起话来滔滔不绝。她觉得苏铁一定会走出低谷的，她一定要帮他尽快脱离目前的状态。

苏铁很乐意享受钟灵的爱慕的目光和照顾，他非常感激钟灵。但是有很多情况他并没有向钟灵如实交代。每当钟灵问起他在训练基地的情况，苏铁总是说自己一切顺利，新教练对自己的训练很到位，自己的实力在短时间内得到了很大的提升。

但实际上，事情根本不是这样。不仅不是这样，甚至情况远比这个要糟糕。在祁教练走后，苏铁面临一个艰难的抉择。很快，苏铁就发现自己的左手持剑到了极限。他的出剑速度很难再提高，整体的动作协调水平也没有什么提高。而同期的队员们，水平都在不断提高。在后来的队内练习赛里，他再也没有打赢过杨光，而且他能明确地感觉到，自己和别人的差距变得越来越大。即使现在他通过视频得到了许多技术和战术经验，但是他却没有办法将这些经验应用在自己的身上。正如当初祁教练所说，左手的问题已经阻挡了他的进步。苏铁被牢牢地困在一个技术瓶颈上无法自拔。

这些事情，他从来没有和钟灵说过。他并不知道该如何是好，说出来也只能让钟灵担心，钟灵就会不停地就这件事为自己想办法——那都是些徒劳而善良的办法。

有那么两次，苏铁很想找队长谈一谈自己的问题，但是队长显然没有兴趣和苏铁说话。苏铁后来通过别的队里的人得知，祁教练去了本市一家民营击剑俱乐部，声望很高。

苏铁没有告诉任何人。有一次，他特意偷偷从训练基地跑出去，穿过半个城市，来到祁教练任教的私人击剑俱乐部。苏铁在门口徘徊了很久，他希望能找一扇窗子，可以偷偷看见祁教练，这样就不用走进去，还要冒着被发现的风险。如果真的被发现了，他真的不知道该和祁教练说什么。

不过，苏铁的心里还是有一个疑问的。他很想问问祁教练，到底有什么办法可以解决自己的问题。但祁教练可能不会告诉自己吧——是的，应该不会告诉自己。祁教练应该很高兴看到自己处在瓶颈期，毫无办法，只能眼睁睁看着曾经和自己水平相当的同伴们飞速进步。自己在这个环节上落伍，很快就会面临全面的崩盘。不能和与自己水平相当甚至水平高于自己的人一起对练，运动员的水平会下降得非常快。苏铁担心自己现在的水平恐怕还不如之前参加新秀赛时候的自己。

最终，苏铁没有走进击剑俱乐部去找祁教练。他在那里待了大概半个小时，便启程回训练基地了。

在训练基地的击剑队员眼中，苏铁毫无疑问是个骗子、混蛋、叛徒。从祁教练事件后，大家都拿他当成一块石头，所有人都绕着走。没人想要和他产生任何接触。苏铁表现得也像一个混不吝的角色，和之前的样子完全相反。所以，几乎所有人都大声惊呼：我们之前是被这小子骗了。

苏铁用这种对所有人都没心没肺的样子伪装自己，避免受到过多的攻击，也避免自己的内心受到过多的烦扰。但最困扰他的问题是，他现在的水平连后辈们都有些难以应付。他知道每当这时，队里的其他人都在嘲笑他，并且暗中得意，将这一切看成是对他的报复。

在几次失败之后，苏铁想到一个好办法。这是他每晚在钟灵那里上网查资料找到的一种训练方法，他打算用这个方法来训练自己的右手。在学了这么多年击剑后，重新开始用右手练习，这个挑战是非常大的，时间成本也非常之高。但是苏铁没有任何办法，他只能这么做，只有这种选择。

有那么几周的晚上，他没有去钟灵的网吧，而是留在了训练基地，他趁夜晚没有人的时候，偷偷进入了训练馆。每个晚上，他要从晚上九点练习到晚上十二点。他重新开始一点一点地练习用右手持剑。苏铁将左手做过的每一个动作都用右手重新演练一遍。他发现要做到和左手一样，非常的困难。除了技术上的问题，他右手的肌肉不够强壮，也没有对动作形成一定的肌肉记忆。他知道自己的每个动作都非常不标准，全身上下漏洞百出。

练习了两周后，他在一次练习上，和一个比自己年龄小的队员比试，苏铁第一次用了右手，结果一败涂地。要不是他中途改回了左手，恐怕在新来的人那里，他会成为一个彻头彻尾的笑柄。

苏铁非常失望，连续几个晚上都没有去训练馆。他跑到钟灵那里寻求安慰。被小队员步步紧逼的画面浮现在他脑海里，让他只想赶快把这一切忘掉。他心里累积了许多绝望，是不是自己这样努力也只是徒劳？自己根本就没有办法解决任何问题。他并不后悔那天没有去见祁教练，因为根本就没有必要，他已经有答案了——自己没有任何希望了。

当苏铁陷入绝望的时候，钟灵会很敏锐地发现，她不知道自己要如何才能帮得了他，自己能做的也只是提供这样一个地方，让他得到信息。除此之外，就是尽量鼓励他。

有一天晚上，苏铁在间断了很久之后突然来到网吧。他打开电脑，却不在看信息，而是玩起了游戏。钟灵问他训练的事情，苏铁懒得回答。他只是向钟灵要一罐啤酒，钟灵撒娇嗔怒劝了苏铁半天，没有任何用处。最后，钟灵只好走开，去给苏铁拿啤酒。等过了五分钟左右，钟灵回来的时候，她发现苏铁被一帮人围在中间，钟灵赶紧跑过去。

原来在苏铁不在的这段时间里，这个位子一直由当地的一个小混混坐。这个小混混今天带着小弟们出来玩，却发现苏铁坐在这里，就叫他起来，但是苏铁没有任何反应，完全不拿这个小头目当回事。对这种人来说，这样的侮辱是不能忍受的，他在小弟面前没了面子，怎么可能饶得了苏铁。

这小子想仗着人多欺负苏铁，却发现苏铁根本不在乎，苏铁连看都没有看他一眼。小头目问他混哪里的，苏铁轻蔑地说一句："你没有资格知道！"

话音一落，这群人顿时炸了锅了。在这一片从来没有人敢这样和他们说话，这臭小子又算是哪根葱！

几个人想要动手，他们想把苏铁从座位上拽起来。正是在这时，钟灵赶到了。

钟灵赶快居中调停，她认识这几个小混混，就是街面上不入流的家伙而已，所以心中也不那么担心，她觉得凭自己的能力，打发这么几个人还是绰绰有余的。

"你们几个闹够了没有，别在我这撒泼斗狠。你们要是打架趁早出去。"钟灵凶巴巴地说。

钟灵的态度吓住了几个小弟，但是那个小头目还是不肯罢休，坚决让苏铁赔礼道歉。

钟灵推了那个小混混一把。

"赔礼道歉！你要不要这么夸张！你演电影啊！他连碰都没碰过你一下！赔什么礼，道什么歉！"

这时候，苏铁却开口了。他毫不在乎地说，他可以道歉，但是前提是，这些人要陪他打一场。就在外面的街道上打，打输了打赢了，他都道歉！

一群人被这阵势搞蒙了。这小子到底是要干什么！

钟灵想拦着，但是为首的那个小混混一口答应了。苏铁起身便朝门外走，钟灵紧紧跟上去，劝苏铁不要这么做，但是苏铁完全听不进任何劝说，他按下按钮。卷帘门开了，苏铁走了出去。接着，几个小混混也跟了出去。

街上的人很少，灯光昏暗，夏天的晚上，燥热难忍。人们刚一接触室外的高温，都没了精神，刚才的火气好像已经变得多余。那几个小混混都是一副无精打采的样子，根本就不像是大敌当前的模样。为首的人厌倦地看了看苏铁，扬着下巴问了一句，混哪的？

苏铁小声说了句什么。

但是声音太小，导致在场的人都没有听清。那个小混混以为苏铁是被吓破了胆，说话声音都变小了，于是自鸣得意起来。他笑嘻嘻走到苏铁面前，“你刚才说什么？我没听清！你再给爷说一遍！”

苏铁一个拳头打出去，用的是左手！

所有人都愣住了！

那个混子向后趔趄了两步。

苏铁快步上前，又一拳出去了，这回是右手！

小混混被打倒在地。其他人见状，一拥而上。很快，局面变成了苏铁对打七八个人。钟灵在一旁焦急万分，但是苏铁却并不肯跑。他反倒很乐于与这群人交手。苏铁一边打一边大喊，“是左手疼还是右手疼”。

苏铁即使挨了拳头，也没有任何反应。这群人很快被苏铁的气势吓坏了，没有一个敢轻易上前。苏铁拽起倒地的小混混，一个耳光把他弄醒，苏铁擦了擦自己脸上的血，问那个刚刚睁开眼睛的小混混：“刚刚那两拳，是左手打的疼一点，还是右手打的疼一点？”

30

十月，在训练基地内，日常平静的生活被一件突发事件打断。学校准备给予苏铁行政处分，记大过一次。

这自然是因为苏铁在校外打架的事件影响很坏，他将滋事的小混混的两颗门牙打掉。这个小混混是附近城郊村里的人，这些人干起寻衅滋事的勾当那真是轻车熟路，绝对是穷山恶水出刁民。他们看到小混混的门牙被打掉了两颗，气得当时就要来干掉苏铁。但是当得知苏铁是训练基地的人时，这些人顿时改变了主意，可不是每天都有机会能敲训练基地一笔。

就在苏铁打人的第二天，训练基地的门外突然聚集了一帮当地的居民。他们围住训练基地的大门，把被打的小混混推到门前。那个小混混躺在一张简易床上，满脸青肿，嘴里不停地哼哼唧唧。旁边还坐着两个长吁短叹的女人，不停地抹眼泪。

训练基地的保安见了这幅场景，知道一定是出事了，不敢多说，赶快打电话通知上级。很快，学校里负责行政的领导出来了，他和这些人询问了一下情况，得知是他们要找的是一个训练基地的运动员，但是他们并不知道这个人是谁。领导看见情况实在难以处理，只好先答应他们，一定会找到那个打人的运动员，给他们一个交代。

这些人的描述非常模糊，总不能把所有的运动员都叫过来让他们挨个对证吧！但这些人死守在门口不肯走，这又是大白天，实在是不好看。训练基地的领导们马上集合，开了个紧急会议，最后决定，让这些人里的一个进来，让他们在第二天早上跑步的时候来查看训练基地的运动员，如果能查到，自然严肃处理，如果查不到，那就对不起了，这个人也很可能不是训练基地的人，或者只是声称是训练基地的人。

小混混的家里人商量了一下，同意了这个方案。他们派当天和小混混一起在场的两个人，在第三天早上来到训练基地的操场。很快，跑步的人都下来了。这么多人在跑步，没有谁会在乎到多出了这么两个人，但是两个人一直看到所有队伍都收操，也没有看到任何可疑的人。两个人非常气馁，想要进宿舍楼去查，但是被训练基地的人拦住了。

其实，苏铁早就知道了他们要来，所以一早就躲起来了。苏铁之所以早知道消息，是因为领队早就注意到事情有些不对劲。自从成功赶走祁教练以后，领队就没有放松过对苏铁的监视，他当然害怕苏铁哪天会承受不住周围同伴的压力，一下子改回口供，将他们俩之间的事情抖搂出去。他倒是盘算过，要是真出了这样的事情，他可以把责任全都推到苏铁身上。但是最好的情况是不出这样的事，再等两年，等到苏铁自己都觉得自己在这里混下去实在是没意思的时候，就可以由他出面给苏铁介绍一所体育学校，随便上个学，然后出来找个地方教书，这个事情就算彻底结束了。领队不想给自己找麻烦，倘若苏铁翻供，祁教练凭着这么多年积攒的威望和人脉，这事肯定不会仅仅止于苏铁走人，后面的一些麻烦真是让领队想都不想敢想，所以领队干脆时刻注意着苏铁的动向。就是这样，他知道苏铁每天晚上要么出去，要么去训练馆自己练习。当他早上得知有人堵在门口后，第一个反应就是——没准这就是苏铁干的。于是他立即跑到苏铁的宿舍，找了个借口把他扣留下来，告诉他这几天早上都不要出去跑步了。

本来事情可以就此结束的，但纰漏出在苏铁自己。苏铁现在完全用一种满不在乎的态度对待一切，他在大家早操跑步结束后，竟然自己自顾自地跑下楼来。他慢腾腾地穿过操场，朝食堂走去，就是在这个时候，他被那两个人认了出来。领队也在场，他的心提到了嗓子眼。

一抓到元凶，那两个人高兴地跳了起来，认为这回可以狠狠地敲训练中心一笔。但是没有想到，领队极力维护苏铁，加上苏铁本人也受了不轻的伤，这件事的处理结果并没有让当地的那些居民得到很大好处。

在训练基地的领导面前，苏铁一副满不在乎的样子，将对方如何挑衅自己的事情轻描淡写地讲了出来。说到底，训练基地还是要保护自己的运动员的，于是由领队带头和对方沟通。领队伶牙俐齿，几句话就把利害关系说清楚，彻底将局势翻转。如果对方还要执意闹事，那么训练基地会主动报警，毕竟这些事情交由警察处理更为恰当。当然，警察也是政府部门，训练基地也是政府部门。对方还是可以想清楚这个道理的。他们闹了半天，发现得不到什么好处，也就没有什么动力了，有人激动地骂了几句，但是最后也只能草草收场。

但是训练基地回过头来却有时间好好调查苏铁。他竟然趁夜违规外出，而且还打架滋事。这种处分一般并不排除开除运动员的可能，但是好在领队积极维护苏铁，总算让苏铁留下。苏铁并没有任何感恩或者感谢的意思，他对待领队的态度就和他多年前第一次在办公室见到领队的时候一样。

领队这才彻底发现，苏铁真的是个不小的麻烦，对自己来说就是一个定时炸弹。自己必须想办法保证他不出问题，或者将他送走。虽然会冒险，但是即使苏铁不满意，出来指证自己，他也一定要想办法让苏铁说的话不可信。这个念头一经出现，便深深地扎下了根。领队决定等到苏铁下一次出错误的时候，他绝对不会手软。

苏铁得到了处分，却发现自己没有任何感觉。几天后，妈妈打电话过来，说训练基地给她电话，通知苏铁受到处分的事情。苏铁在电话里的回答显得没心没肺。他没有和妈妈说多久，便挂断了电话。

训练基地里的人已经渐渐习惯了将苏铁视为一种不祥的存在。人们对他的反感和厌恶渐渐变得普通和淡漠。当然有不少人主动找他麻烦，但是当苏铁表现出远超出旁人想象的不在乎和鱼死网破的气魄之后，没有人再敢惹他。大家仍旧冷落他，但是他已经毫不在乎。在这件事之后，他仍然没完没了地出去，大摇大摆地去见钟灵。有两次，他还在街上遇见了被打的小混混，他竟然走上前去询问对方伤口，让对方张开嘴，自己想看看他的门牙怎么样了。苏铁的奇怪举动将这些人搞得不知所措，他们也自然不再敢惹他。不知为什么，很快，苏铁在这街面上竟然拥有了一些知名度，很多在钟灵网吧出没的人都认识了他。有一次，这条街上的人要和另外一个小镇子的人打架，大家人手不够，一开始为了凑人手，竟然把苏铁带上了。本来也只是想叫个凑数的，没想到苏铁一战成名，彻底打响了名号。从此以后，在这条街上，提苏铁的名字比什么都好用。

苏铁每天都呼朋引类，白天的训练则三心二意。

钟灵虽然经常能见到苏铁的笑脸了，但是却开始担心了起来。她知道苏铁最应该干的事情不是成为这里的小混混的头目，而是应该努力练习，改变命运。改变命运，这正是钟灵想要做的事。钟灵劝过苏铁，但是苏铁完全不在乎。他知道自己已经没有希望了，而过不了几年，领队一定会给自己找到合适的学校去接收他。这两年，苏铁就打算恣肆地混过去算了。苏铁也知道钟灵是为自己好，但是他实在没有办法接受任何激励，重新回到原来的路上。

苏铁的这种状态持续了半年之久，直到他再次见到罗鸣，事情终于发生了一些改变。

训练基地组织了一场友谊赛，来访的队伍里竟然有罗鸣。当双方在训练馆见面的时候，苏铁好像一下子回到了新秀赛的时候，他重新找回了那时候的感觉。这当然不是因为他自己，而是因为罗鸣。苏铁被罗鸣的样子震惊了，罗鸣一副精神抖擞的样子，精力充沛，全神贯注。

罗鸣见到苏铁后，哈哈大笑着上前打招呼，连寒暄都没有，直言要和苏铁对决一场，看看他有没有进步。苏铁感到一种前所未有的悲哀，他知道自己现在远远不是对手了。这一刻他心里的刺痛是如此深刻而疼痛。

苏铁没有答复罗鸣，只是寒暄一番，掉头离开。

友谊赛很快开始了，罗鸣惊讶的是，苏铁根本不在出战名单里。这真是让罗鸣大吃一惊，但是他一直没有机会找苏铁问清楚。团体比赛结束后，个人赛开始。

现在，当年的新秀们都已经长大，年龄足够与队里的年长对手们一起比赛。虽然罗鸣很期待能和沈子骏对战，但是这一次，他却幸运地和队长被安排在一场比赛里。

众人都期待着这场比赛，队长毫无疑问就是训练基地的最高水平代表，而罗鸣乃是以刺破天际的惊雷狂闪之势头出现的头号种子。他们两个人的对决，当然值得所有人期待。

苏铁也非常关心，他找了个好位置，准备好好看看这场比赛。毕竟，罗鸣再次的到来，竟然点燃了他心中的斗志。

比赛非常精彩。罗鸣以不可捉摸著称，动作充满想象力，行事风格云谲波诡，不可预测；但是队长的应变非常迅速，无论什么样的招数，都可以一一化解。在座的人恐怕有生之年都没有看过这么精彩的比赛。

两人的比分一直紧紧咬住彼此，到了中局的时候，两个人的比分是8：8。

第九剑的时候，队长突然发力，刺破了罗鸣的防守，利用空隙猛地刺中罗鸣得分。大家一阵欢呼鼓掌。罗鸣摊摊手，表示对方虽然很厉害，但是自己并不在乎。

比赛正准备再次开始，队长却突然倒下。他坐在地上，捂着自己的大腿，很可能是刚刚那一下用力过猛，导致他大腿抽筋。

在场的队员们一下子都冲了过去。苏铁冲在最前面，这完全是他本能的反应，在他心底里，他仍旧会为队长担心。

苏铁和杨光一起按着队长的腿。他们必须帮队长把抽筋的大腿绷直。队长看着苏铁和杨光，点了点头，意思是让他们赶快动手。苏铁和杨光对视一下，杨光数了一二三，

两个人同时用力，将队长的大腿向下按下去。

本来只是一个很简单的动作，却不知为什么，不知是哪里出了错。两个人刚刚把队长的大腿按下去。队长突然大喊了一声，然后痛苦地捂住大腿。苏铁和杨光都惊呆了。邵若冰从人群后冲出来，坐在队长面前。队长的脸上冒出豆大的汗珠，闭着眼睛大喊。

教练赶快指挥在场的人将队长送到医务室。

人群匆匆忙忙，慌乱不堪。苏铁坐在原地，不知道该怎么办才好。他有不好的预感，难道是自己的动作出了问题？队长到底出了什么问题？

这时，有人将手轻轻放在了他的肩膀上，打断了苏铁的思绪。

苏铁回头，发现是罗鸣。

“两年不见，你变了好多。”罗鸣说。

此刻两个人站在空荡荡的训练馆观众席上。

苏铁不知道怎么回答罗鸣的问题。

“我知道发生了什么。沈子骏跟我说了。”

苏铁皱了皱眉，站起身来。

“你要干什么去？”罗鸣问。

“我早就习惯了，人人都会来质问我，我不想再回答任何相关的问题，所以我就先走了。”

“谁说我要纠缠那些问题了。”罗鸣站起来，“虽然我知道对祁教练的指控一定是假的，因为根本就没可能作弊，你那时完全赢不了孙威。

我也很好奇你到底出于什么样的原因才做证，我想你一定有你的理由，祁教练也许做了什么事情。我本来只是好奇，想知道这个。但是见到了你之后，我很难过，你不是没有潜力。所以我想知道，你到底出了什么问题，也许我可以帮助你。”

两个人之间出现了半分钟的沉默。

苏铁伸出了自己的左手。

“极限到了，这你也能帮忙吗？”

罗鸣困惑地看着苏铁的手，但是很快明白了他的意思。

“谢谢你！谢谢你对我的评价。我现在要去看队长了。”苏铁说完，转身离开了。

罗鸣看着苏铁的背影，陷入沉思。

苏铁没能见到队长。邵若冰在病房门口，禁止除教练和医生之外的任何人来见队长。

苏铁不敢看邵若冰的眼睛，只能悄悄离开。他听到周围的护士说，队长的大腿肌肉撕裂了。苏铁反复思考，却怎么都不明白，到底是为什么？难道是自己的动作不对？还是说这仅仅是一次意外？

实在是太意外了。

苏铁感到不安。各种感受都聚集在他的心头，他没有办法忘记队长的那张痛苦的脸。他不断反思自己当时的动作，他不得不承认，他当时有一些心不在焉，或者说并没有集中全部的注意力。他的动作肯定是不标准的，否则不会出现这种事。可是不论他怎么反复回放当时的情景，却没有办法挽回这一切。

另一方面，事情发生没多久，领队就得知了这一事件，他认为这绝对是一个千载难逢的好机会。他绝对不能错过这个机会，一定要趁此解决掉苏铁这个碍眼的家伙。

领队立即找在场的当事人调查事发经过，他知道这些人虽然讨厌自己，但更讨厌苏铁，他只要稍加引导，将这次事件渲染成一次恶意事故，他们一定会忍不住给出他想要的答案。这些对苏铁的负面评价，绝对可以把队长的受伤归咎于苏铁，这样一来，提前赶走苏铁的计划就可以顺利进行。

果不其然，领队询问的所有人都对苏铁颇有微词，大家完全忽略了当时杨光也在现场，把矛头都指向了苏铁。

领队向学校的领导报告此事，将事情渲染得极其恶劣严重，他甚至怀疑苏铁是恶意如此。队长肯定因为祁教练的事情对苏铁说过些什么，很可能惹了苏铁不满。

31

领队还是打错了如意算算盘。训练基地被他煽动，差一点就要开除苏铁。但是关键时候，队长站了出来。这个“站”不是比喻，而是结结实实地动作。队长在邵若冰的陪伴下，拄着拐杖来见训练基地的领导们。他将自己的理由陈述了一遍，他认为在祁教练离开之后，大家的士气已经备受打击，现在，如果因为一起意外，在缺乏调查的情况下，随意开除运动员，只会增加大家的不安定情绪。队长的态度非同小可，训练基地损失了祁教练，又损失了队长，不再敢随便做决策。经过两周的拉锯后，领队赶走苏铁的计划泡汤了。

但是苏铁却并未感到庆幸，他无法原谅自己。比起祁教练被赶走的那次，这次他莫名地感到耻辱和羞愧。他很想躲起来，不想见任何人。连续三个晚上，他都跑到钟灵那里，他一晚上消耗掉一半啤酒，第二天带着黑眼圈和晕晕的脑袋去跑步，然后尽量打起精神来训练。可是他仍旧没有办法面对这一切。有一次训练结束，杨光来找他，两个人想聊聊这件事。但是最后谁都没有开口，两个人都心有愧疚，谁都不愿意碰这件事。现在，苏铁是双重的罪人，他不仅害了祁教练，也害了队长。

等到队长的伤势基本稳定了之后，苏铁鼓起勇气去见队长。他演练了好多遍如何与队长开口说话，如何道歉——虽然道歉没有用。他要说什么呢？自己也不知道，自己也不是来求得原谅的。那么，他的到来能让队长心里更舒服吗？也不确定，所以他也许不该出现。带着这样矛盾的心情，他已经来到了队长病房的门口。苏铁鼓足勇气，准备走上前去敲门。突然，有人叫住了他。

苏铁回过头，发现是邵若冰。苏铁顿时不知如何开口，言语无措。

邵若冰慢慢地走到苏铁面前，两人面对面。

邵若冰扬起手，给了苏铁一个耳光。

两个人谁都没有说话。

邵若冰给了苏铁第二个耳光。

“对不起。”苏铁说。

邵若冰的眼里流出眼泪。

“你知道自己做了什么吗？他本来要参加选拔赛，进入省队，去打全国比赛的。”邵若冰抹掉了眼泪，似乎她感觉不屑于在苏铁面前表露情感。“可是因为你！我不想再见到你！”

说罢，邵若冰撞开苏铁，头也不回地走进病房。只留下苏铁一个人呆立在走廊里。

当晚，苏铁在钟灵那里喝了个烂醉，钟灵费了好大的力气才把他扛到二楼自己的床上。苏铁忘不了邵若冰的话。

“你知道我错在哪里吗？”苏铁问钟灵。

“你没有错，这是意外，杨光也在场啊！”钟灵安慰他。

“不一样。”苏铁坚持道。

但这句话后，他陷入了沉默。钟灵知道自己等不到下半句，猜测他把很多想法藏在了心里。

苏铁念念不忘邵若冰说的话，队长的道路已经铺就好了，是苏铁打断了它。苏铁终于明白自己的罪责在哪里了。毁掉队长的是他的心不在焉，是他的自以为是的绝望。如果他能更认真一点，更负责任一点，也许结果会完全不同。当他明白这点之后，就觉得自己已经无可逃脱地承担了责任。他想起队长的话，在新秀赛前的队内选拔赛上，队长告诉自己的那些话。那些话里有一种意思，一个人要为自己的最大价值而努力。因为苏铁没有抱着这样的理念，而是相反，破罐子破摔，他没有对自己的负责，也没有为队长负责，所以——

他猛然起身，似乎一下子酒醒了。他看了看表，现在是凌晨三点，钟灵趴在床头睡着了。苏铁默默地看了看钟灵，他突然感觉到了钟灵对自己的感情，这是他第一次如此真实地触摸到这种感情。这个人在为自己付出，但是自己真的值得她这样做吗？

苏铁悄悄起身，慢慢地下了楼梯，网吧里还有些包夜的人在大吵大嚷，但这声音就像夜晚街头的酒鬼，显得寂寥凄冷。苏铁打开卷帘门，走出网吧，在夜色里回到了训练基地。

翌日，苏铁开始重新投入训练。他用一种与以往完全不同的态度投入其中。让他和周围的人奇怪的是，他没有被愧疚打倒，没有陷入到为了对抗愧疚而拼命努力或者装出一副满不在乎的样子的陷阱里。他的确身怀愧疚，但是他的愧疚不仅停留在对队长受伤和前途阻断的愧疚上，更是觉得队长没有将自己的价值发挥到最大值，而他苏铁要替他完成这个过程。旁人听见，恐怕都会觉得这是全无愧疚感的想法，会毫不犹豫地指责苏铁忘恩负义、冷酷无情。苏铁无法辩驳，他只是单纯又想起了队长曾经对自己的鼓励，而现在他总不能自断双腿以谢罪，他知道那并不是队长想要的。

但是训练并不顺利。苏铁在从观看比赛视频和沉思中得到的意识，却没有办法在训练的过程中被他的身体运用出来。简单地说，他的行动跟不上自己的意识，他的右手处在很低的水平上。

只是这一次，苏铁没有陷入自怨自艾，他想到了一个方法。他照着祁教练当年训练他的办法，专门和队里新来的小队员们练习。这些人和他一样，技术没有成形，他可以和他们一起从头训练，只要他放弃那些所谓的尊严和面子，重新开始。但仅仅这样还不够，他重新恢复了晚上的自我训练。有一天晚上，杨光出现在训练馆，两个人没有说话，杨光拿起剑，与苏铁对练。从头到尾两个人什么话都没有说，他们通过彼此的剑相互理解。

几个月过去了。队长早已经归队，但是他要养伤，只能做一些恢复性训练。其实大家都知道，他的修养期可能要半年之久，对这样一个运动员来说，这段时期造成的空洞几乎是无法弥补的。与他同龄的人的进步会将他曾经的优势完全碾压。而即使伤病痊愈，造成的生理后遗症和心理阴影仍旧有很深的影响。队长本有可能成为一流的队员，但是这条路现在断然无望了。

队长决定退役的消息保密得很好，苏铁是第一个知道的。有一天晚上，队长突然来到了训练馆。

队长没有和苏铁说话，默默地拿剑，站到了苏铁对面。队长戴上了面罩。苏铁明白了他的意思，也装备齐全，两个人来到赛道上，互相致敬，然后打了一个多小时。这一个小时之后，又练习了很久。最后，两个人都累地筋疲力尽，才终于停下。

“我要退役了。”队长告诉苏铁。

苏铁惊讶得不知说什么好。

“你知道我为什么来找你吗？”

“不知道。”

“邵若冰不想让我来。我也不是一点记恨都没有，但是我还是要来。因为我觉得有些东西要交给你。你做过错的选择，但是你还有机会修正。我不想让任何有机会修正自己的人错过机会。”

“你指的是什么？”

“看到你这几个月的举动，我想你应该明白我指的是什么。我已经没希望了，但这只是做运动员，做教练我还是没问题的。命运给了我这样一条路，我不能无谓的反抗，我要有策略才行，否则只剩螳臂当车的悲哀了。你能替我实现梦想吗？我这可是在托付我的敌人啊。”

“你指的是——进入省队，去打全国联赛？”

“你有这个希望。你的路很坎坷，你不是最棒的，但是你可以是最努力的。记住我的话，努力可以帮你补足一些东西，起码可以使你发现一些东西。你要找到自己的特点，才能继续前进。无论你用哪只手拿剑。”

那夜的谈话之后，队长不辞而别。

苏铁这才明白，队长为何和自己打了一晚上，他是想把自己的能力全都传授给自己。他才明白，为何传闻中，祁教练要离开这里，一定要带走队长，因为队长是唯一和祁教练一样对击剑怀有崇高和单纯的热情的人，只有这样的人才能超越单纯的利害关系和输赢，去专注将击剑这项运动的技艺推到一个高峰。

要想参加省内的选拔，一定要参加几个月后的全省比赛，只有在全省比赛上表现突出才能进入省队的选拔名单上。但是在全省比赛之前，必须要在队内的积分比赛上取得足够好的成绩。这便是苏铁接下来的努力目标。

队内的积分赛很早就已经开始了，苏铁因为左手的问题成绩已经比从前差了很多，在积分榜上排名很落后，大概在中间偏下的位置。如果他要重新赢回去，需要在接下来的十场队内比赛里全部获胜。

这几乎是不可能完成的任务！

但苏铁有自己的计划，他孤注一掷，用尽所有的精力准备这十场比赛。

他最大的优势是现在领先于他身体的意识，他对这些队友的打法和思维非常熟悉。问题在于，他如何在动作上也能拦截他们，而不只是在脑子里假想。

苏铁的办法就是模拟对战，陪他对战的是杨光。苏铁向杨光说明了所有的事，包括祁教练的事和队长的嘱托。如果杨光不答应，那么苏铁就只能甘愿认输，但是如果他答应了，自己就还有一线希望。

杨光答应了。

两人开始了无休止的对练，只要有时间，就开始练习。

这一回，苏铁采用的方法不是让杨光模仿对方，而是自己模仿不同的人，分别对战杨光。如此一来，苏铁便可以知道一直使用右手剑的杨光如何对付这些人，这些都可以作为自己的参考。

杨光虽然答应了苏铁这个要求，但是他仍然不认为这个办法会奏效。苏铁的动作并不娴熟，模仿很拙劣，很多动作不到位。

一直到第一次队内积分赛，两人仍旧在模拟练习。苏铁赢杨光的次数很少。

“你真的觉得这样会奏效吗？”杨光问。

苏铁看了看自己手里的剑。

“试试吧。我在赌博，赌博就有风险！”苏铁说。

等到第一场队内赛开始的时候，杨光为苏铁捏了把汗。队内所有人都没把这场比赛当回事，因为苏铁的水平早就降到水平线之下了，虽然有人知道他一直在暗中练习，但是大家都知道，这种突然换进攻手造成的影响，根本就不是仅仅凭借练习就可以弥补的。

比赛开始的时候，所有人都心不在焉。但是很快，苏铁便让大家惊呆了。一开始的比分是平局，但是过了五分之后，苏铁的比分始终领先。苏铁的动作很难看，但是对方就是没办法从他这里得分。所有人的注意力都集中在苏铁身上，他们都想知道，苏铁到底是怎么做到的。苏铁的每个动作他们都看得很清楚，但是仍旧不清楚苏铁招式中的奥妙！

就这样，苏铁拿下了第一场比赛。

之后的 8 场比赛也用同样的情况取胜。所有人都惊讶万分。苏铁的积分一下子飞跃到排行榜的前五名。这简直是前所未有的奇迹！

第十场比赛对阵杨光，苏铁以三分的优势获胜！

人们的惊讶达到了顶点！这几乎是不可能的，苏铁刚刚改回用右手持剑进攻，动作是那么糟糕，怎么可能赢得了一直都用右手拿剑的杨光！

不过这次苏铁还没有对阵沈子骏，所以大家还能自我安慰，苏铁一定是打不过沈子骏的。

可是已经没有机会验证事实了，因为苏铁的积分已经足够参加省内比赛的选拔了，他不再需要对阵沈子骏。

对苏铁的神奇进步，所有人都在研究，他们都想找到不二法门，参透这其中的奥秘。只有苏铁知道，这并不是什么神奇的事，但也确实堪称神奇。

这么多人里，只有沈子骏看透了原因。

沈子骏在苏铁夜晚训练的时间找来，要求比试一场。这是两人这么多年来打得最为激烈的一场比赛。

最后的结果是：苏铁获胜！！！！

沈子骏默默收好剑。

“我知道你赢的原因。”沈子骏说。

“我知道你知道。”苏铁说。

沈子骏在和苏铁交手的时候察觉到了苏铁的秘密。苏铁利用了自己的缺陷，把它变成了自己的优势。苏铁知道自己的出手速度不够迅速，动作不够标准有效，于是干脆以退为进，利用自己的这些缺陷，改变自己的节奏，主导比赛。因为所有队员都习惯了在一定速度基准的情况下比赛，如果苏铁突然改变比赛的速度，比如在进攻的时候慢一拍，而对手对他的动作预估比苏铁的实际速度快，对手的防御动作已经到位，但却并没有任何效果，因为在他的防御动作之后才是苏铁的真正的进攻！苏铁就靠着这种错开节奏的方法，一一打败了所有的人。这种办法即使知道了，也很难采用，因为每个人都有自己的进攻速度，很难真的完全控制，那样会导致比赛分心。而苏铁却正好用自己的缺陷，顺理成章地将比赛的节奏牢牢把控住。这——就是他取胜的秘诀！

32

苏铁打赢了十场比赛之后，凭借飞速上涨的积分，他已经有资格被选拔进入比赛队伍，参加两个月后的比赛。苏铁为自己创造的奇迹高兴还没有多久，却得知一个不幸的消息，虽然他取得了合理的积分，但是他却不能被选拔参加比赛。

“为什么？”苏铁问教练。

教练摇摇头，让他去问领队，这是上面的通知，他自己只是负责传达。

苏铁想了想，气冲冲地离开训练馆，去找领队。

领队正在办公室开会，苏铁只好在门口等候。他听见会上讨论的正是选拔队员参加比赛的事。几个领导正在听取各项目负责人的报告。田径队的负责人发言完毕后，领队正好站了起来。领队夸夸其谈地渲染了一番击剑队目前的实力，换了新教练之后，也用了新的训练方法，大家的水平有了很大的提高，之后的比赛肯定没问题，成绩绝对不会比之前差。

有人说到听说击剑队有个人成绩提高的非常之快，最近连续赢了十场比赛，他会不会是接下来比赛的主力。领队摇摇头，态度坚决地告诉对方，这是绝对不可能的。接着，领队告诉与会人员，这个成绩提升很快的队员是个品质很有问题的家伙，他对这种人一向不放心，他的成绩怎么来的，自己还要去调查，也许是与队内队员们串通也说不定。因为这个人平时的水平根本就没有这么厉害。现在这样绝对是有问题。

苏铁在门口听完了领队的全部发言，他真想冲进去当面和领队对质，但还是忍住了冲动，悄悄地离开。

一个小时后，领队回到办公室的时候，发现苏铁在门口等待自己。苏铁质问领队为何不让自己参加选拔，自己是靠成绩打上来的。领队一脸不屑，两人就在门口吵了起来，但是苏铁仍旧没办法说服领队。苏铁明白，自己是不能拿作伪证的事威胁对方的，自己的话未必有人信，反倒可能被他反咬一口，直接开除。

但不管怎么说，苏铁没有任何办法，他没想到自己的努力竟然被这种事情阻拦。

当夜，苏铁悄悄跑出训练中心，来到了钟灵的网吧。因为心情不好，他在路上已经喝下一罐啤酒，敲开钟灵网吧大门的时候，他已经满嘴酒气。

卷帘门后面的景象让苏铁吃了一惊。

几个染着头发的小混混没有去上网，反倒围着钟灵嘻嘻哈哈地打闹。钟灵想要走开，却被他们拦住。苏铁揉了揉眼睛，认出了他们——这是几个月前曾经和自己打过架的几个人，苏铁万万没想到，他们会找到这里。他们现在围着钟灵，正在询问之前在这里聚集的那些人的去向。钟灵只说不知道，自己和他们不熟，但是这些人并没有轻易放过她。

苏铁向前走去，却看见钟灵给他使眼色，让他赶快离开。幸运的是，这些人并没有认出苏铁。有两个人看见他在门口朝这边看，不满意地叫骂起来。此时，苏铁确实可以全身而退。他只要服软，走出卷帘门，便相安无事。他可以去找人来帮忙。但这是，偏偏一个家伙猛地将钟灵拽到了怀里，钟灵努力想要挣脱开，但是臂膀却被紧紧钳制住。苏铁没有动，他把自己手里的啤酒朝对方扔过去。所有人都看着苏铁，渐渐朝他围拢过来。

“快跑！”钟灵突然大喊，“你要是再打架，之前的努力不就白费了吗？”

正准备出手的苏铁听见这句话，突然呆住了。而这时，已经有一个拳头狠狠地落在了他脸上，苏铁结结实实地挨了一拳。这还不算完，紧接着，他肚子上也挨了一拳。苏铁弯下身，接着有人踢中了他的肩膀。苏铁彻底跌倒在地，完全没有任何还手的力气。现在还手已经来不及了，他蜷缩成一团，抵御众人的拳打脚踢。这些人打了好一会，终于停了下来。为首的看见大家累了，眼睛一转，想到了一个新主意。他让人把苏铁的两只手拿出来，自己拿了一个啤酒瓶，用瓶底对准苏铁的手。

“不要！”钟灵在一旁大喊。

“闭嘴！”为首的大喝一声，“你是击剑队的吧。你说我是先砸你哪只手呢？左手？”

“不要！他是左撇子！”钟灵突然大喊。

苏铁皱了皱眉，钟灵这丫头到底是干吗啊，难道是为了不让对方砸自己的右手，特意说了这么一句吗。他看向钟灵的眼神，钟灵的眼睛泪汪汪的，定睛望着苏铁，还真说不准里面有这番心思。

为首的得到这消息，也没过脑子，就得意起来。他举起酒瓶，举起高高的，就像是在举起朗努基斯之枪一样。

就在啤酒瓶的瓶底要砸中苏铁的左手之时，突然，有人飞起一脚，将酒瓶狠狠地踢开。

众人惊讶。

这人没有停下动作，又一脚踢中了为首那人的下巴。这一踢，非同一般，为首的直接向后飞起，摔落在地。小弟们见状，纷纷朝那人冲去。这时，又窜出一个人，两人一起，三下五除二，将这几个人干掉。

苏铁定睛一看，原来是杨光和沈子骏二人，不禁惊讶万分，但心里总算松了一口气。

眼见两人摆平了一众小喽啰，却忽略了钟灵。原来有人举起啤酒瓶，要偷袭杨光，却让钟灵从背后阻止。这人气急败坏，反倒把啤酒瓶砸在了钟灵的头上，钟灵应声倒地。

杨光看见，大呼一声，赶快扑到钟灵身边。

苏铁也迅速起身，朝钟灵跑去。只见钟灵躺在杨光身上，满脸的鲜血，双眼紧闭。

“快送医院！快！”苏铁大喊。

沈子骏立即起身去外面拦车。苏铁和杨光赶快把钟灵抬出网吧。

几个小时后，社区的一家小医院里，钟灵包扎完毕，终于睁开了眼睛。杨光见状，立即扑上前去，紧紧抱住钟灵，但是钟灵的眼睛却正看着苏铁。钟灵的伤并无大碍，她轻轻拍打杨光的后背，安慰他不用为自己担心。

社区医院要关门了，大家只好送钟灵回家。

回家的路上，钟灵一直让杨光讲笑话。杨光搜肠刮肚，讲出了一堆谁都笑不出来的冷笑话。大家一起装作好笑，捧着肚子哈哈大笑。黑黢黢的街道上，反倒被几人的笑声点亮。

钟灵到了家，杨光讲完最后一个笑话，便跑到门外去了，他说屋子里太憋闷，其实他知道，钟灵大概有话要对苏铁说。

钟灵坐在苏铁常坐的那个位置上，拿出一个硬盘，插在电脑上。

“苏铁，这是你浏览过的所有的视频，我这里有你的浏览记录，我想办法将这些视频整理下来了，都放在这些硬盘里。我都对过每场比赛的名称了，绝对不会出错。还有些是我自己找的，我觉得可能会对你有用，也都放在里面了。希望能真的对你有用，给。”钟灵将硬盘递给苏铁。

苏铁拿过硬盘。“对不起。”

“对不起什么？”钟灵问。

“我刚才犹豫了，我在想自己是不是要去找人帮忙。我应该直接去把他们打倒，你就不会受伤了。”

钟灵笑了笑，擦了擦眼里的泪水，摇了摇头。

“不是的。你不用道歉，如果你那样做了，我会生你的气的，我不值得你那样做。我也很自私，我也很想，也许你可以留在我身边，但是我知道生活是怎么回事。生活很难，如果能得到机会，绝对不要放弃。这也是我最初喜欢你的原因，我喜欢你那种不放弃的感觉。现在你有机会了，不要放弃，我不想因为我影响你。我知道你喜欢邵若冰。她很好，我没有嫉妒，心服口服。我能和你一起有一段时光，已经感觉很开心了。”

“你在说什么？”苏铁的声音有些颤抖。

“以后不要来了。”钟灵别过脸去，“我这里不欢迎你这样的人。”

“什么叫不欢迎我这样的人？钟灵，你怎么了？”

“我这里不欢迎要为了梦想去奋斗的人！他们的战场不应该在这里！苏铁，你应该去做自己最应该做的事，你应该把我的那份努力也加上，拼命地努力！答应我！”

钟灵与苏铁对视片刻，两人都没再说什么。

但一直到很久之后，苏铁都忘记不了那晚上，苏铁第一次用尽了所有的热情，亲吻了钟灵。这一吻，是再也不见的意思。许多年后，苏铁向别人提起这件事，很遗憾地说，等到比赛结束后，他再去看钟灵的时候，发现对方已经搬走了，此后，他竟然再也没见到过钟灵。也许这是钟灵想要的结果，也许她不想等到亲眼见到两个人无法在一起的那一刻，只剩下尴尬。一个前途无量的运动员和一个黑网吧老板娘的女儿恐怕是注定无法在一起的。一切就当是年少时的热血激情吧，最后还是要面对现实。

不管怎么说，这次危机就此安然度过。苏铁虽然没有找到对付领队的方法，但是也没有放松训练。沈子骏和苏铁比试过之后，综合衡量了苏铁的技术。虽然目前他的方法非常巧妙，但连胜十次也是有些运气成分的。因为他这个招数刚刚出场，并没有人有任何经验知道如何对付他，所以他的取胜并不是完全靠实力。如果是在之后的比赛里，他现在所具有的某些优势可能就不会那么明显。沈子骏告诉苏铁，他现在的技术缺陷在于，他右手的基础动作还是不够标准，右手的进攻也不够有效，那么结果会导致苏铁在比赛过程中有许多失误，所以苏铁在基础技术方面的练习是不能停止的。另一方面，而作为技术狂人的沈子骏，也很愿意帮助苏铁训练，进一步寻找完善他目前战术的机会，也增加自己对苏铁的适应度，即使比赛的时候遇上了，不会完全不能招架。

苏铁、沈子骏和杨光，三个人前嫌尽释，开始了自发的超级特训。

他们常常练习到深夜一点左右，然后一起走回宿舍。从训练馆到宿舍的路上一个人都没有，这个时间点，在训练基地巡逻的保安正在另一侧巡逻。

杨光突然站住，回头朝身后看去。

另外两个人不知他怎么回事，也停下脚步。

“怎么了，想讲笑话？”苏铁问。

杨光摇摇头，举起手指着远处。大家顺着他的手指越过训练基地的楼房和围墙，望向远处闪烁着灯火的城市。

“我刚来的时候，有时候睡不着，跑出宿舍，到阳台上，就看着这个方向发呆。那时候我以为我家在那个方向，后来发现，弄错了。哈哈哈！”杨光爆出一串笑声。

另外两个人却没有笑。

沈子骏轻轻拍了拍杨光的肩膀。

苏铁看向杨光，脑海里回想起自己当时站在阳台上看向远方的样子。原来在不知不觉间，大家都有过相似的心情和经历。

“今晚怎么了？这么多愁善感！我们可是要拿到冠军的人。”沈子骏说。

“只有一个冠军啊！”杨光贫嘴道。

“所以说更残忍了。我们还是敌人！你死我活啊！更没有时间这样伤感了！到了比赛的时候，我可不会手下留情！”沈子骏说罢，迈开步子走开了。

苏铁和杨光对视一笑，纷纷追上前去。

“我也不会手下留情，我要好好练习，用我的右手打败你们！”苏铁说。

“我也很厉害的，我会打败你们两个，夺得冠军！”杨光说。

苏铁走在两个朋友身边，感觉这是一个非常奇妙的晚上。他觉得自己充满了力量。他暗暗对自己发誓，无论发生什么，无论付出什么代价，他都一定要参加比赛。苏铁对自己说，我要把自己曾经的遗憾、曾经失去的东西，都一一补偿回来！我要让时间倒转！我要重新赢得属于我的一片天空！

翌日，苏铁来找教练。这是教练到任后，苏铁第一次来找他。两人的第一次对话，苏铁开门见山，他想让教练帮忙，让自己参加比赛。

“你为什么找我帮忙？”教练问。

“因为你有权决定谁能参加比赛。”

“那为什么要选你呢？”

“因为我能赢。”

“那是你的看法。”

“我一定可以，我连续赢了十场比赛——”

“不是因为这个。”教练说，“我帮你也不会是因为这个。”

“您能帮我？”

“有代价。”

“什么代价都可以，我无所谓的，只要能参加比赛。”苏铁急切地说。

“那你听好了。代价是你去找领导承认，你做伪证。”

苏铁愣住了，不知所措地看着教练。

“你去告诉大家，你做假证陷害了祁教练，我就帮你。很简单吧。”教练说罢，笑着看着苏铁。

苏铁久久沉默，不知如何作答。

33

离开教练的办公室后，苏铁的心始终不能平静。他没有料到教练会提出这种要求。很久以来，所有人都认为教练对训练基地的往事都是以旁观者的态度对待，他在平时的训练中也是这样表现的。大家谁都看不出教练对训练基地的风波持有任何意见。直到刚才为止，苏铁才知道事情远非如此。

教练很早就听闻过祁教练的名号，也知道祁教练为人桀骜不驯，很难与人相处，这就像是伟大的艺术家不会是一个脾气温和驯良的小市民一样。教练曾有几次机会得以亲自面对祁教练，那是在赛场上，但是自己的队伍被祁教练带的队伍打得一败涂地。教练认识到这种差距的可怕。

当有人请教练来训练基地任教的时候，教练简直不敢相信，那里是祁教练任教的地方，怎么会轮到自己。当他来到这里时，第一次见到了祁教练的窘境。对他来说，这好像是看到了自己的崇敬的人被人打败，不得不灰头土脸地离开。教练始终不敢相信也不愿相信训练基地的人对教练的指控，他辗转多次才打听到事情的真相，知道了背后是领队在刻意安排，当然还有一票帮凶，比如教练的师弟还有在新秀赛上对祁教练极为不满的体育局新上任的领导。

教练虽然义愤填膺，但是他自己却无能为力。苏铁来找他也完全是意料之外的，苏铁近来的表现也让他出乎意料。他完全没有料到，这个看起来已经被打垮和完全放松的人竟然迸发出这么大的能量。教练不仅对他感到敬佩但是他还是没办法从心底里支持他，这次提出的让苏铁道出真相的要求也仅仅是一个提议，他只是告诉苏铁，这一切他都知道。

苏铁不知道该如何是好，他不能拿着这个问题去到处问别人。此刻，他能想到的唯一的可以求助的人，就是队长。可是这时候，队长早就已经不知去向了。队长走的时候没有留下任何联系方式。一开始，苏铁很想去问蝎子或者其他老队员，但是最后还是放弃了这个打算。他也想过，也许可以去问——邵若冰？他真的被这个想法吸引住了，可是紧接着他脑海里突然冒出了钟灵的面孔。苏铁摇了摇头，放弃了这个打算。不过他还是很想知道队长现在的状态，于是他独自来到训练基地的档案科，随便找了个理由，向管理档案的老师索要队长的档案。

“有教练的签名吗？”

“没有。”苏铁恳求道。“要不您打电话给我们教练问问，我再回去找他开条，那实在是太不好意思了。”

一开始，对方懒得打电话，只是让苏铁回去拿教练的索要字条。但是苏铁软磨硬泡，他终于松了口，替苏铁查找了队长的档案。

“哎？这个人啊，真巧，刚刚还有人查看了他的档案，是艺术体操队的。哎，他到底是哪个队的？”

苏铁一下子被问得哑口无言。

“艺术体操队的？难道是——请问，那个人多久之前来的？”

“刚走，五分钟。拿去复印了，马上就回来”

话音刚落，档案室的门开了，邵若冰手里抱着队长的档案，站在门口。

天台上，邵若冰和苏铁并排而立。邵若冰看着远方，面无表情，闭口不言。

"队长还好吗？"苏铁问。

邵若冰摇摇头。

"他怎么了？"苏铁问。

"他切断了和所有人的联系，我也是因为找不到他，所以才来看档案，也许会有他家里的地址，但是——"邵若冰摇了摇头。

苏铁失落地低下了头。邵若冰问他为什么要找队长，苏铁犹豫了片刻，将情况和盘托出。邵若冰听后，面露激动，两行泪水流了下来。

"如果你说出这些，恐怕也不能顺利参赛吧。"

"总要赌一把，只是我不知道该怎么做了。"

"队长知道你这时候能想起他，一定很高兴。"邵若冰说，"你自己做决定吧。问问你自己。"

说罢邵若冰安静地离开了，只剩下苏铁一个人待在黑暗中。

苏铁攥紧了拳头，他已经做好了决定。

几天后，训练基地又起风波。苏铁和教练一起向训练基地的领导们将事实讲述清楚，事情一发不可收拾。连续一周，训练基地的会议室里不断地传来争吵声，领队被叫来接受质询。虽然领队巧舌如簧，拼命地为自己洗白，污蔑苏铁，但是铁证如山，他自己的行迹是彻底的败露了。领队内心仇恨万分，他为什么没有早点赶走苏铁，把这个祸害一直留在训练基地，没想到最后还是坏了自己的事情。

这件事情发生之后，训练基地处在很不利的位置，这件事要是传出去，对训练基地来说是个毁灭性的打击。他们因为内部的人员的恶意诽谤而开除了最有责任心最有实力的教练，领导层竟然做了这么错误的决定，传出去简直是笑话。还不仅仅是笑话，恐怕还会引起别人的进一步调查，是不是训练基地里的矛盾已经严重激化，到处都充满党同伐异的举动。如果让外界产生这样的联想和猜测，那么训练基地的颜面将荡然无存。

又经过一周左右的调查，领导们不停不歇地开了很久的会，终于决定，一定要低调处理这个问题。处理的结果是，领队暂时停职，其实是打算将他变相送到别的地方去，这样也算在惩罚的同时，堵住了他的嘴，不会把他逼得狗急跳墙。至于祁教练，当然邀请回来重新任教。但是不好明目张胆地请回来，毕竟外面很多眼睛在看，所以先聘请他回来当客座教练，等到时机成熟，再请他回来重新执教。

这个消息一经决定就传给祁教练了，但是祁教练的回复却很久没有得到。训练基地决定派人和祁教练当面谈谈，这个任务自然就落在了新教练身上。苏铁得知后，坚决要求一同前往。

两人来到祁教练任教的私人俱乐部外，隔着玻璃就看见了祁教练的身影。祁教练变得比以前平和了许多他很有礼貌很客气地接待了两个人。苏铁向祁教练道了歉，两人将来意向祁教练传达后，祁教练沉默了一会，突然开口。

“我不会回去的。”祁教练说，“首先，这不是邀请我回去，这是在侮辱我。我因为没有犯下的错误被赶了出来，那时候大张旗鼓，弄得天下皆知，我的名誉受到了多大的损害，多少人以为我是骗子。我现在确实不在乎这些了，但是我也不会助纣为虐。他们邀请我回去，就公开发表声明，承认自己犯了错误，现在要弥补错误，请我回去。我要回去，就要公开地回去，不能偷偷摸摸地，好像是我自己被人原谅了一样，那样的话，我不过是回去接受再一次的侮辱而已。我还不如留在这里，看着这些人训练，这里比训练基地那边要单纯得多。我很多理念也可以尽情地实践。”说到这里，祁教练看了看苏铁，犹豫了一下，还是继续说了下去，“如果在训练基地，这样做就不妥当了，不过我听说，你最近已经解决了这个问题。”

苏铁猛然意识到，祁教练这是在对自己说话，于是迅速地点点头，将自己的情况汇报给祁教练。

祁教练听到苏铁根据自身条件找到的特殊方法后，眼睛突然亮了起来，但是他很快就将这种兴趣掩藏了起来。

不过很快，祁教练仍然按捺不住好奇，提议让苏铁和他现在教授的学员来一场练习赛。

苏铁很惊讶，但还是同意了祁教练的要求。

祁教练叫出了自己在这里最为得意的学员，让他和苏铁两个人一起对战，比赛引起了许多人的围观。这个对手的年纪比苏铁要年轻，但是速度非常快。苏铁一开始还有些难以招架，但是很快，他就打出了自己的节奏感，用自己的方法将对方的进攻化解，然后带乱对方的节奏。这之后很快，苏铁就赢了。

祁教练带头鼓起了掌。苏铁脱下比赛服，坐回到祁教练对面。

“你还记得我在体育场和你说的话吗？”祁教练问。

苏铁愣住了，脑子里面的回忆突然出现祁教练的声音。苏铁领会似的点点头。

“你已经突破瓶颈了，继续吧！加油。”祁教练站起身，“我要去忙了，不送。”

祁教练说完，拍了拍手，将队员召集在一起，开始训话。

两个人只好就此返回。

祁教练没有请回来，训练基地的领导感觉脸面上有些过不去，据说有很多记者在盯这个新闻，所以训练基地最近的保安都变严格了，严禁运动员外出，就怕被哪个记者逮住，问东问西问出一大堆话。也就是因为这个，训练基地并不敢开除苏铁。但是让苏铁出战这件事，却也是断不可行的。即使教练去找领导据理力争，仍旧无法达成目的。教练将击剑队运动员们的联名信扔在训练基地会议室的桌子上。这是他请求全队人一起签署的，因为他需要大家的帮助，一起支持苏铁出战。但是即使面对这些，领导们还是没有松口，他们对苏铁采取了不理不睬的政策。

时间一点点过去，苏铁代表训练基地出战的事情仍旧没有一丝一毫的进展。教练没有办法，只好调整了出赛队伍的名单。

但苏铁仍旧专注练习，不能出赛对他来说是很糟糕的事情，但是更糟糕的事情是他自己没有进步。他要求自己每一天都要进步一点，每一天都要比昨天厉害一点。在他没有办法的事情上他无能为力，但是在他可以做的事情上，他绝对不要输给任何人。每天训练结束后，晚间的三人训练依旧存在，苏铁和杨光、沈子骏仍旧孜孜不倦地研究各种技巧和战术。

苏铁突然发现，原来这才是自己在这里最开心的日子。每天和自己最好的朋友一起挥洒汗水，努力打败对方，努力让自己变强。而曾经，他脑子里只想着如何取胜，如何让别人承认自己，现在他不再需要那些外界的肯定，他深刻地知道自己问题在哪里，他知道自己是谁，知道自己要做什么，不会再那么容易愤怒和激动，不会那么容易做出错误的举动。

他睡觉的时候常常做梦，不是梦见自己赢了冠军，而是梦见自己和罗鸣对战。他在梦里一下子就明白了罗鸣的快乐从哪里来，他不是不在乎输赢，那不是这个年纪的人可以做到的。比起输赢，他只是更在乎乐趣，与不同的选手对战都会有不同的打法，对同一个选手也有不同的打法，罗鸣内心对这种千变万化的东西感兴趣，所以才会那么开心。他不会觉得对手是个无名小卒就放松警惕或者敷衍了事，相反，他对任何对手都非常认真。他尊重的是这项运动本身。

苏铁从梦里醒来，也仍然记得这种感觉。他在一天的训练里都带着对击剑这项运动本身的热爱。

比赛报名已经开始了。苏铁知道自己大概没有希望了，也就不再抱任何奢望了。却在这时，他接到一个电话。

苏铁赶到传达室的时候以为是妈妈来电话，可是电话那边的人是他万万没有想到的人——祁教练！

苏铁立刻紧张起来。

“你取得参赛资格了吗？”祁教练的声音还是那么严肃。

“没有。”

“他们不让你比赛？”

“是的。”

接下来的一句话让苏铁大吃一惊。

“你到我队里来参加比赛吧，今年的比赛允许私人俱乐部参加。考虑好了来找我。”说完这句话，祁教练便挂掉了电话。

苏铁惊讶万分。他真的没想到祁教练会做出这种决定，不知道为什么，苏铁忍不住流下了眼泪。他很想痛快地哭一场，这哭泣里面既有高兴也有委屈也有悔恨，这里面有各种各样的情感在里面，是如此复杂如此难以言说。但是苏铁终究没有哭，他擦干了眼泪，匆匆走出了传达室。

苏铁将情况向教练说明，教练立即去找训练基地的领导沟通。毫无悬念，这一次领导仍然不同意。他们大吃一惊，教练竟然能拿这建议来问他们，怎么能让自己的队员跑到别的队伍里去参赛呢？那这个队员要是取得了成绩，算是谁的呢？要是打团体赛，他是不是还要为别的队伍争荣誉争成绩？这完全是荒谬！

但这一次教练早有准备，他不会再形单影只地就来面对着官僚，他动员全体击剑队的队员。当他在会议室内与领导沟通的时候，这些队员们正站在办公室外。教练突然中止了谈话，打开了门，这些队员齐刷刷地站在门外。会议室里的领导们惊呆了！沈子骏和杨光带头，领着其他人一起走进会议室。

“我们集体要求，允许苏铁进入祁教练所在的私人俱乐部参加比赛。”杨光说。

话音刚落，其他人立即纷纷应和。

不等领导们反应过来，杨光又立即开口。

“这是我们的要求，请诸位领导们认真考虑，如果我们的要求不能被答应，那么我们将集体罢赛。愿意跟我集体罢赛的人，举手！”杨光说罢，举起了自己的右手

接着，在场的队员们都纷纷举起了右手。

最后，教练也举起了手。

“我知道我们人微言轻。当年，我们想要保护祁教练，但是我们什么都没做。今天，我们不能再袖手旁观。所以，各位领导，我们不是开玩笑的，还请务必答应我们的请求。”沈子骏说。

现场的气氛极为紧张，一边是群情激愤的运动员们，另一边是被逼无奈的领导们。据说现场逼宫这段历史，后来一直在训练基地被运动员们当作传奇诉说。

最后的最后，领导们没有任何办法，还是答应了运动员们的请求。这毫无疑问是一场伟大的胜利！

苏铁收拾行李离开那天，还不敢相信这是真的。他思考自己的处境，越思考越觉得神奇，自己都不知道自己是如何做到的。他突然想到，不是自己，而是大家。这从头到尾都不是自己的功劳，而是所有人一起努力的结果。从他走进这间训练基地开始，他就接受这个环境的塑造，否则绝对不会有今天的自己。

苏铁拿好行李，打开门，这才发现宿舍门口全都是等着送他离开的人。

大家都看着苏铁。苏铁挨个审视每一张脸。他跟每一个击掌、握手。

“下次见面我们是敌人了！”好几个人这样说。

“但是我还是会给你加油。”也有人这样说。

杨光摊摊手，什么都没说。

苏铁凑近杨光的耳边。“多去看看钟灵。”

杨光笑了笑。

送别的过程简短而安静，没有人大呼小叫，没有人呐喊，但所有人都受到了感动。水牛最后一个拽住了苏铁。

“我还记得我当年欺负你的样子，你那时候是个小可怜。恭喜你，脱离了小可怜的位置了。加油，要不然我去收拾你。”水牛紧紧握住苏铁的手，另一只手轻轻拍了拍他的后背。

“谢谢！”苏铁轻轻说道。

苏铁一个人走下了楼梯，过了一拐角，送别的人就看不见了，从此以后，苏铁要自己加油了。

34

全省击剑联赛开始了，这是一场极其专业的比赛，但也正是因为其专业，到场的观众反倒没有其他类型的击剑比赛的人数多。也是因为这是省内的比赛，不允许做太多娱乐化的宣传，所以看起来真是并不大，但实际上出场的都是高手。

之前的新秀赛时，苏铁这批新人的年纪还不能够参加这类比赛，现在，他们都到了年纪，可以与前辈同场竞技。不同的是，苏铁这次代表的是一支私人俱乐部，这是近两年兴起的潮流，允许具有一定水准的私人俱乐部参加大型比赛。

省队的教练要在这场比赛中选拔进入省队的成员，能进入省队意味着从此有机会进去全国比赛，甚至有机会进军奥运比赛。这个机会是非常难得，所以来到这里的全部队员都摩拳擦掌，准备拿出全力，拿到自己最好的名次。

这种拼尽全力的气氛在小组赛里已经能初见端倪。每个小组的比赛都非常激烈，几乎很少见到大比分获胜的结果，所有的比赛都非常惊险刺激。

苏铁像一匹横空出世的黑马，横扫千军。他虽然没有大比分获胜，但每次获胜的比分都稳定在三分到四分。在这种级别的比赛里，这已经是很不错的成绩了。最后，苏铁无惊无险地从小组赛里脱颖而出。唯一的遗憾是，他的宿敌孙威没有和自己分到一个组，苏铁很担心孙威被别的人打败。他多么想亲手解决掉孙威啊！

小组赛过后，淘汰赛开始了。

经过几场比赛后，苏铁终于遇见了孙威。好像是上天要给两人一个了结恩怨的机会，两个本来没有机会碰面的人，因为机缘巧合得以再次对阵。

上场前，苏铁来到祁教练面前。

“我这次不会输的。”苏铁说。

“当然！我的队员不会输给这种货色！”祁教练说完，朝远处看去。他的师弟正在那里和孙威说话。祁教练站起来，朝那边喊话。“嘿！不用说了！说什么都没用，他输定了！”

现场不少人都听见了这句话，大家被祁教练的话吓了一跳，很少有人在赛场这么嚣张，要知道，赛场上变化多端，谁也不想乱说话，最后讨个被打脸的恶果，那真是不值得。但祁教练就是敢这么做！他甚至直接走过去，站到了孙威旁边。这时候，他的师弟想阻止他，却被祁教练一把推开。祁教练轻蔑地看着孙威。

“就是你小子！你算什么？狗屎？你太烂了！烂透了！你不该出现在这场比赛里，你没资格拿剑，在古代，只有骑士和绅士才能拿剑比赛，你自己撒泡尿照照，你算哪根葱。我告诉你，你会输得很难看。”

就在祁教练的师弟准备向裁判报告祁教练涉嫌犯规的时候，祁教练已经转身离开，坐在了自己的教练椅子上。

比赛开始了。

平心而论，孙威的实力长进不小，但是技术手法太过单一，而且意识上缺乏进步。苏铁在看过那么多的比赛视频之后，回过头来对付孙威这种家伙，简直是易如反掌。比赛的前三分都是苏铁拿下的，孙威始终一分未得。苏铁带着仇恨，但是进攻却并不凶猛，他用自己的忽快忽慢的节奏将孙威折磨得疲惫不堪。孙威的体力消耗很大，渐渐地动作慢了下来，漏洞也多了，一个失误接着一个失误。苏铁顺利地将比分打到了8：1。这是整个比赛至今，比分拉开最大的一次，全场的人都惊呆了，大家议论纷纷。现场的解说员一个劲儿地表示惊讶，在他们眼中，孙威绝对不是一个没有实力的运动员，但是这次不知道为什么，竟然被一个曾经的手下败将逼到这种程度。

孙威喊了两次暂停。一下场，教练就扑到他身边，两个人不停地说话。孙威安静地听教练喋喋不休，自己却面无表情。

另一边，苏铁却坐在椅子上，一动不动。他将椅子转向孙威的方向，目不转睛地盯着孙威看。孙威被他盯住，始终不敢回头。

到场的观众本以为会来看一场缺乏娱乐性的比赛，没想到有幸见识到这么戏剧性的场面，观众席纷纷热闹起来，大家都猜测两人之前或许有什么恩怨。结论不外就是一年之前的比赛。

解说员也很奇怪，因为在那场比赛之后，在各种小型和中型比赛里都找不到苏铁的影子，他仿佛消失了一般，没想到再次出现竟然如此厉害。

比赛再次开始的时候，观众席上响起了掌声和口哨声。

苏铁走到赛道上，孙威刚刚就位，苏铁举起剑，剑尖指向孙威，然后在空中划了一个叉！正规比赛前是没有这些动作的。但是这动作却点燃了观众的热情。裁判有些不知所措，不得不上前警告苏铁，不要做一些规定以外的动作。苏铁点点头。

两人靠近彼此致敬的时候，苏铁透过面罩小声和孙威说话。

“记住这滋味，待会你会比这还惨，在场的所有人都会见证你的失败，你可要坐冷板凳了，要有个大板凳才能够得上你这个大屁股笨蛋！”

话音刚落，比赛开始。

苏铁毫不留情，靠偷袭赢得一分。

比赛继续进行，苏铁并不着急得分，他摆明了在玩弄孙威。

最先发现这种情况的是解说员，但是他实在是不知道该如何向观众传达这种情况。但是没用多久，连观众都看出来了，苏铁在戏弄孙威。苏铁就像手里拿着大把资金的庄家，对面是个小小的赌客。苏铁不会把牌面弄得太漂亮，以至于散客失去希望，这样就没办法折磨他了。苏铁就是就是要让孙威慢慢绝望，感到一种不可弥补的差距，并感到深深绝望。

苏铁让孙威得了三分之后，竟然稳准狠地拿下三分，这无疑是在告诉孙威，你完全在我的掌控之下。孙威几乎已经失去反抗的动力。等到苏铁玩够了，迅速得分，将比赛结束。裁判宣布苏铁胜利后，苏铁摘下面罩，朝孙威迈了一步，声嘶力竭地大吼起来，然后又冲下赛道，跑到孙威的教练面前，大声地吼叫。

全场的观众都惊呆了，这种离经叛道的行为为苏铁赢得了无数的关注和掌声，苏铁成为了全场的中心。

祁教练也站起身来，叫住自己的师弟。

“嘿！我说什么来着！回家吧！你不是对手！”

孙威脸色苍白、精神恍惚地走下赛道，躲进了运动员通道里。

苏铁喊完之后，平静下来，他好像专门是为了这一刻才如此努力，他此刻很想与人分享自己的喜悦。他知道他可以和祁教练分享，可以和杨光与沈子骏分享，甚至可以和队长分享，但是还有一个人——钟灵。他想到这里，突然转身朝观众席看过去，他想在人群中找到钟灵，也许她也来看比赛了。但是他没有找到。观众席发现苏铁在看向这边，纷纷燃爆，举手欢呼大叫，吸引苏铁的注意力。苏铁却低下头，黯然离开。

在休息室里，祁教练找苏铁谈话。

“这是开始，不是结束。你不要太兴奋，这样后面就兴奋不起来了。”祁教练说。

“嗯，别说，还真有点这种感觉，好像已经可以回家了。”

“早着呢。”

“那可不行，有没有想要打败的人，就是那种一定要打败的人。想想他，给自己点斗志。”

苏铁凝思了片刻。

“没有。”

“没有？”祁教练惊讶。

“不是没有，而是不一定要打败他，只是很想和他打一场。”苏铁说。

“那就可以了，想着他。”

苏铁带来的比赛高峰，似乎激励了后面的队员，大家的拼杀更猛烈了。杨光不幸遇上了沈子骏，两个人一番厮杀后，杨光惜败。

比赛结束后，两个人紧紧拥抱。沈子骏拍了拍杨光的肩膀。

“喂！千万别鼓励我！一分之差！没准重来一遍我就赢了呢。”杨光说。

“没准！”沈子骏笑笑。

两个人同时面向观众，鞠躬，举起双手。这是场内的又一个高潮了。

解说员被这些戏剧性的情节弄得不知所措，以往的比赛里可没有这么多场外的故事，这次的比赛不知道为什么竟然有这么强的戏剧性。

但是他没有想到，最为戏剧性的情节还在后面。

苏铁有惊无险地打赢了几场比赛之后，他竟然遇到了一个意想不到的对手——沈子骏。

实在是让人难以想象。解说员在介绍双方队员的身份时不禁大吃一惊。他手上的材料显示，苏铁和沈子骏之前是同一队的！而且两个人还是很好的朋友！有了这个背景，这场比赛的精彩程度就更让人期待了！

真正让人惊讶的还不只这些。沈子骏从进入击剑队起就是种子选手，几乎拿遍了各种冠军，可以说是省内无人不知的种子选手。而苏铁除了在新秀赛上有过短暂的现身之外，其余时间根本默默无闻，毫无名气。别说种子选手了，恐怕是个连队内比赛都成绩堪忧的选手。说到这里，解说员又拿出了苏铁在训练基地时候的队内排名，让人惊讶的是，苏铁之前的排名简直没法看，但是突然连续赢了十场比赛，他到底怎么做到的，这件事是个不解之谜。

观众被解说员勾起了兴趣，比赛还没开始，已经开始窃窃私语。大家在比赛没有开始之前，便开始对两位队员有了感情倾向。

裁判宣布两位选手进场，苏铁和沈子骏戴上各自的面罩，拿着剑上场，互相敬礼后，比赛开始。

现场所有的人都摒住了呼吸。

到现在为止，苏铁像一只黑猫，几乎横扫了所有的对手，没有人熟悉他的打法，但是沈子骏不一样。沈子骏可是陪他练习过整整几个月的时间，两个人对彼此的路数都很清楚。这场比赛才真的是看实力的比赛。

比赛开始，谁都不敢轻举妄动。彼此试探了几次，还是苏铁忍不住率先进攻。熟悉苏铁路数的沈子骏不会轻易做出防守动作，他特意做出慢半拍的动作，跟上了苏铁的节奏，稳稳地防住对方，然后防守反击，得分。

比赛的第一分由沈子骏夺得，现场的掌声响起来。

接着，两个人打得逐渐大胆起来。苏铁猛烈进攻，不让沈子骏舒服地待在自己的节奏里。苏铁的防守虽然有漏洞，但是他主动进攻的成功次数弥补了这一点。沈子骏各方面的能力都很平均，他的防守和进攻都不会出错，但是他的进攻却经常被苏铁化解。

两个人紧咬对方，比分差距从来没有超过 2 分，但是苏铁稍微领先。

解说员惊讶万分，苏铁可是一个在积分榜上一分都没有的家伙，竟然能把种子选手打到这种程度，这事实在不能理解，他在沉寂的这段时间到底都干了些什么！难道是接受了神秘的特训不成?

比赛已经进入到白热化的状态，但是如果你仅仅是看两个人的状态，真的看不出来，两个人都很平静，似乎这只是一场普通的比赛，或者这是比赛刚开始的阶段，两人似乎还没有进入状态。

但实际上，他们两个人都对对方的方法和战术了如指掌。苏铁要避免自己的劣势，也就是自己的纯粹的进攻速度并不够快，如果纯粹靠这个肯定适应不了沈子骏的。而沈子骏要对抗的是相反的东西，他必须时刻注意苏铁动作的节奏，不让自己已经训练成本能反应的节奏速度掉进苏铁的陷阱里。

第一个时段的比赛打下来，两个人难分伯仲。第二个时段的比赛，两个人改变了打法。现在离终局还有五分，两个人都开始拼尽全力争夺最后的五分。

苏铁的进攻明显变得更凶猛了，相反，沈子骏变得更稳重。他在等待苏铁的致命弱点，失误。沈子骏是一个已经将失误降低到接近于零的击剑奇才，几乎是像怪物一样的存在，但是他知道，苏铁发明的这种方法，必不可少地会带来很多的失误。只要有一个失误的机会，自己就可以将比分扳平，然后趁着苏铁没有反应过来，再取下一分，接下来靠着自己的铜墙铁壁般的防守，几乎可以锁定胜局。

比赛开始二十秒，仍旧没有出现这样的机会。但是突然，苏铁的的确确出现了一个失误，他的动作慢了半拍，但这并不是他控制好的，而是一次误判，结果沈子骏果断地抓住了这个机会。如其所愿，比分现在追平了。

紧接着，沈子骏强行进攻，迅速拿下一分。

现在的比分是 12 ： 11。

苏铁还有最后的机会。沈子骏准备大举进攻，很快，他又得到一分。沈子骏现在领先两分，突然胆子大了起来。他继续猛烈地进攻，但苏铁的防守愈加严密，没有任何疏漏。突然，苏铁好像出现了一个失误，沈子骏得分心切，立即冲上前去，准备再拿下一分。就在这关键时刻，苏铁的动作发生变化。沈子骏这才恍然大悟，原来苏铁刚才是佯装有漏洞，正是为了引诱自己上钩。沈子骏的动作已经做出来，无法收回。苏铁改变了剑尖的方向，刺向沈子骏，顺利得分。

接下来，苏铁猛烈进攻，很快就追上了沈子骏的比分，两人很快就只有一分之差。剩最后十几秒了，到了这场比赛里最关键的时刻，苏铁用自己的节奏破坏了沈子骏的节奏，顺利得到一分，比赛结束！

现场观众起立欢呼，掌声雷动。包括解说员在内，大家很久没有看到这么精彩的比赛了！如果说苏铁和孙威的比赛是靠戏剧性的魅力点燃观众，那么这次的比赛即使是外行，也能感受到双方激烈的实力比拼，并完全被卷入其中！

两个人体力都消耗巨大，脱掉面罩后，两人相视一笑，默默走向对方，轻轻击掌，然后拥抱在一起。

35

所有的观众都在议论苏铁，所有的队员和教练都在打听苏铁是谁，为什么没有人知道这个人？所有的人都不想在决赛前遇到他，大家都没有能够战胜的十足把握。

不知道是幸还是不幸，苏铁一直走到了四强，他很快就可以挑战冠军了。但就在这时候，他碰上了罗鸣。

观众们又沸腾了，所有人都紧张起来。解说员简直要站起来，他激动地告诉所有在场的观众，苏铁对战罗鸣到底意味着什么。罗鸣去年也是以黑马的姿态横空出世，打法诡异，充满了不羁的想象力，整个人充满了无法言语的魅力。这次他和苏铁对阵，简直是百年难得一见的盛世。

在解说员的煽动下，很多观众都拿出了手机准备全程拍摄。

另一方面，苏铁和罗鸣都已经准备完毕。

苏铁举了举手，向罗鸣打招呼。

罗鸣则吹了声口哨。

裁判员指示两个人向彼此致敬后，比赛开始。

罗鸣飞快地跑向苏铁，观众们简直要惊呼，看上去罗鸣很可能会撞上苏铁，但是罗鸣突然跳了起来，在空中挥舞剑条。苏铁后退防守。罗鸣落地后，两个人缠斗片刻，罗鸣迅速后撤，苏铁简直跟不上他和后撤的速度。突然，罗鸣防守反攻，身子一歪，剑挑刺到了苏铁身体的侧面。苏铁没有防住，但是剑并没有刺中苏铁，只见剑尖从苏铁身侧擦过，但是突然剑尖转弯，刺中了苏铁的后背，得分！

厉害！

观众们头一次见到这种打法，如此地富有想象力，如此地狂放不羁，好像是醉酒微醺一般随性而至。

接下来，罗鸣展开了属于他的想象力大作战。他所有的动作和意识简直是一本偏离了所有教科书的错误指南，但是偏偏这些教科书里没有的错误不仅具有极大的魅力，而且简单有效。

苏铁拼命应付的同时，不禁想到，也许罗鸣也和自己一样，有过一段糟糕的找不到方向的历史，现在所有这些被认为是他优点的东西，曾经一定是无比困扰他的东西，是所有人认为的缺点，罗鸣一定是鼓起勇气，拼命地搜寻，才找到了自己的风格。想到这里，苏铁感到无比地兴奋，他就是想和这样的对手比试一下。

苏铁的错节奏打法并没有完全发挥出来，因为罗鸣的节奏变化比他还要多。但是苏铁知道自己只要抓住机会，就可以反击，他在等待机会。

罗鸣这边，自然也是万分兴奋。他以为苏铁早就沉寂了，没想到突然在比赛中看到这样一个精神百倍的苏铁，而且所向披靡。这证明他罗鸣当年的预言没有错误，苏铁绝对具有深厚的潜力，只是他没有找到方向。罗鸣仔细观察了苏铁所有的比赛，他已经找到了苏铁的制胜的关键，就是错节奏的打法。罗鸣自己也不知道该如何对付苏铁的这个战术，但是他还是非常兴奋，他体内的细胞全都兴奋起来，所以他在打法上更放得开，更具有想象力了。

苏铁破解了罗鸣的几次攻击，借机会反击，连续扳回了两分。现在的比分还是罗鸣居高，死死压制着苏铁。

两个人都拼尽自己的全力，激烈地对抗着。

祁教练在一旁观战，他突然想起了罗鸣，自己曾经在罗鸣所在的队伍任教过，虽然只有短短的几个月时间，但是他还是看出罗鸣的潜力，只是罗鸣的潜力掩藏在表象之下。一般人看了罗鸣的比赛，只会得出结论说罗鸣的动作不标准，战术意识不规范，总之是个无比奇怪的人。祁教练很担心自己离开之后，罗鸣会被训练成一个普普通通规规矩矩的运动员，缺乏想象力。因为在祁教练看来，罗鸣的想象力是最强大的武器。罗鸣的想象能力也源于他曾经在欧洲生活过的背景，罗鸣的童年阶段曾经在欧洲度过。在那里，罗鸣享受了充分的自由生长，所以他的意识还没有完全被压制住。这就是为什么他的意识和动作以及战术，在大陆范围内根本找不到相似的队员，罗鸣的想象力更趋向于欧洲击剑运动员。而苏铁呢，祁教练必须承认自己看错了这个人。他一开始只是觉得他有些潜力，也许可以用左手来训练，用左手的人在比赛的时候比较占有优势。但是祁教练犯了个错误，那就是因材施教，他第一次做这种实验，没有意识到，让一个人强行使用左手，初期的进步可能很大，但是到了一定程度之后，可能就没有办法继续向前走。等到这个问题被证实之后，祁教练自己也没有任何解决办法。难道让苏铁一切重新开始？再重新用右手开始从基本功练习，再一点一点将之前的训练来一遍？不可能。有几个运动员能经得起这样的赌注。首先，先不论这样的重新训练是否有用。在运动员进行这些基础训练的同时，与他同辈的运动员可能已经飞速进步，早就将他甩在后面，等到这个运动员的基础练好之后，他再次上场，却发现自己虽然解决了基本问题，但是与他人的实力对比上也会拉开巨大的差距，这种情况下，他又要如何鼓起信心继续努力呢？基本上是不可能的。而这就是苏铁让祁教练感到吃惊的地方。苏铁竟然凭借着自己的毅力和计划，在最短的时间内完成了对右手拿剑的完整训练，并且从自己动作的缺陷中找到了自己的打法，这简直是一个奇迹了！现在，看着这两个人全情投入的对抗，祁教练感到一种宽慰，作为一个教练，恐怕没有事情能比这个更快乐了。

指示灯亮起，苏铁得分。

祁教练回过神来，发现比分已经被追上。

罗鸣再次展开进攻。罗鸣在苏铁回应之前主动改变节奏，力图扰乱苏铁的动作，但是苏铁的动作节奏丝毫未乱，罗鸣不禁感到吃惊。

原来，在比赛之前，苏铁曾经把罗鸣所有的比赛视频都看了个遍，而且不仅仅看一两遍，他现在对罗鸣的了解恐怕比罗鸣自己都多。他在观看视频的过程中就被罗鸣的想象力震撼了，所以他仔细分析了罗鸣的打法。正因为如此，在此刻的比赛中，罗鸣才没有完全将苏铁钳制住。苏铁将罗鸣的几次得意进攻全都防守住，然后防守反击，直接得分，这是罗鸣完全没有料到的。

还有最后的四分，两人仍是难解难分。局势像苏铁和沈子骏对战时的比赛一样，但是——无疑要比那场比赛精彩几十倍。这场比赛表现出的想象力真是让人折服。观众们到现在真的完全不知道谁会赢得最后的胜利。

比分仍然在一分一分地增加，但两人始终维持一分之差。

苏铁明显加快了进攻节奏。罗鸣虽然很疲惫，但是仍然很得意，他觉得自己将苏铁的实力逼迫出来了。苏铁正在用从未有过的速度向罗鸣进攻，其凶猛迅捷难以想象。苏铁对自己也很惊讶，自己正在摆脱自己的优势打法，也就是放弃错节奏的打法，而是用像罗鸣一样的方法去打比赛。但正是因为这样，这场比赛的精彩程度被提高到了无法言语的地步。

比赛到了最激烈的阶段。苏铁进攻，罗鸣防守。苏铁的进攻非常小心，他不想让罗鸣抓住自己的破绽，他知道罗鸣最善于干这种事。罗鸣防守反击，仍然是大刀阔斧地进攻，似乎完全不怕露出自己的破绽。就在这时，苏铁觉得自己抓住了罗鸣的破绽，迅速防守反击，猛地刺出一剑。但是动作刚一出手，苏铁就知道自己错了。在最后的关键时刻，罗鸣学了苏铁，用苏铁的错节奏打法，放慢了动作节奏，等到苏铁的剑刺出去的时候，罗鸣轻轻一躲，然后用剑刺中了苏铁。

指示灯亮起，罗鸣得分。比赛结束。

一秒钟的安静后，全场响起雷鸣般的掌声和欢呼声。所有人都松了口气，这场比赛的紧张程度实在是让人难以喘息。

罗鸣摘下面罩，脸上带着清澈顽皮的笑容，得意地看着苏铁。

苏铁也摘下面罩，他的脸上并没有任何因为失败而染上的阴郁或者不满，从他脸上的表情推断，好像刚刚进行的只是一场队内的练习赛，他的脸上没有任何因为输赢带来的困扰。

“喂！打得不错！”罗鸣笑着说。

“当然了！”苏铁笑着说。

“势头这么猛，可惜了，还以为你要拿冠军呢。”罗鸣打趣地说。

苏铁狠狠捶了罗鸣一拳头，两个人不约而同哈哈大笑起来。

你永远不会想到，多年之后再次回忆起这个景象时你会想起什么，那个时候记忆已经模糊了，你是因为看到了一幅旧照片，才想起那就是青年时候的你，站在你旁边的是你的朋友，他的名字？——好像叫罗鸣。没错，就是这个名字。他像雷电一样，刺破夜空，但是消失得很快，如果他能一直活到现在，恐怕实力也会比你更厉害。但是人无法猜测这样的问题。你应该知道这世界不存在如果。你要盯着照片看很久，才可以回到过去。过去没有褪色，淡漠的是记忆。你继续说下去，告诉大家发生了什么。

那次比赛的冠军是罗鸣。苏铁止步于八进四的比赛中，和他参加新秀赛的时候一样。很可惜，所有人都这么说，这可是两个应该在决赛相遇的对手，不料这么早就要决出胜负。很残忍，但观众喜欢残忍，和命运一样。

比赛结束后，苏铁很想联系队长，但是又不敢，因为他没有能进入省队。隔了几天，他去看钟灵，卷帘门不见了，网吧也不见了，房子里来来往往装修的人。苏铁问到钟灵早已搬家，杨光得知消息，大哭了一场。之后，大家照常训练。每个人的剑都包含了一些人生在里面。

苏铁从祁教练的队伍回来了。送别时，祁教练亲自上阵，和苏铁打了一场。苏铁才发现，祁教练这么厉害，是剑痴。苏铁才意识到，祁教练的生命都与剑分不开，恐怕自己今后也要如此了。苏铁向祁教练鞠躬，告别，以及感谢。祁教练挥手：别来这一套。

生活在继续。训练，训练，训练。

苏铁不再觉得单调，他似乎在每一种单调背后都能发现其他的颜色。他感觉自己是这世界的一部分，如一颗种子生长于土里，如一只鸟飞翔于天空，如死亡寄托在生命之内。他能感觉到自己每日的进步，就像是土里的种子要一点一点刺破土壤的包裹。到此为止，他才明白，击剑是和人生联系在一起的，如果作为一个人你不能让自己不断成长，那么你的击剑技术也会停留在某个层面。

某天中午，大家休息的时候，食堂里的电视里正在播放本地的午间新闻。平时，这种新闻根本没有人在乎，但是今天的新闻却不一样。那个播报员用一种标准的报道坏消息的表情告诉大家，在省道上，一辆大巴车出现了事故，车内的十几人死亡，死亡人士身份已经查明。接下来，播音员将死亡名单念了一遍。苏铁听到罗鸣的名字时，并没有特殊的感觉，只觉得这一切不是真的。

但接下来的几天里，苏铁一直觉得好像活在梦里，他期待每天早上醒来的时候，都能发现那则新闻报错了。但是没有，他保留着几天前的报纸，那是他特意买的，他总希望报纸上的消息会发生变化。但是没有，铅字牢牢地宣判了罗鸣的死亡。苏铁陷入了悲哀之中。

某天训练结束，苏铁走出训练馆，看见邵若冰正站在门口。看见苏铁出来，邵若冰笑了笑，走上前。

“比赛打得不错。”邵若冰说。

“队长走之前给了我很多指导，所以都是多亏了队长。”苏铁有些羞涩地说。

邵若冰笑着点点头。

“队长也看了比赛，他说你是靠自己的能力赢得了比赛，你做得很好。”

“队长看了比赛？”苏铁非常惊讶，“他来现场了？”

邵若冰点点头。

“队长也知道了罗鸣的消息。他很遗憾，他还没有和罗鸣打过比赛，所以他很羡慕你。”邵若冰说。

“罗鸣不该——不该死的。”苏铁说罢，重重地叹了口气。

“队长知道你会伤心的。当一个人失去了自己尊敬的对手，是非常悲哀的一件事。”邵若冰伸手，递给苏铁一样东西。

苏铁看着邵若冰手上的信封，惊讶地抬起眼睛看着邵若冰。

“这是——”苏铁说。

“你自己看看吧。”邵若冰说，“这是给你的。”

苏铁接过信封，拿出里面的信，竟然是队长来信！苏铁急不可耐地读起来：队长在美国疗伤，接受恢复治疗。他将在四个月之后重回训练基地。

苏铁兴奋不已，“队长还会回来？”

“当然。”邵若冰说。“他还要和你打一场比赛，好好较量一下。”

苏铁兴奋地叫了出来。

“喂！苏铁！”教练从训练馆走了出来，嘴里叼着烟，含糊不清地说话，那样子像极了《卡萨布兰卡》里面的亨弗莱鲍嘉。“你喊什么喊！吵死了！”

“教练，队长要回来了。”

“我早就知道了。”教练不耐烦地说，“还是让我来告诉你点新消息吧。”

苏铁和邵若冰都看向教练，等待着他的新消息。

“你可以收拾东西了，后天去省队报到。”

苏铁睁大了眼睛，一副不敢相信的样子。“真的吗？”

“本来是没有你的，但是后来，你知道，因为罗鸣——他们觉得不应该错过你。”教练说，“不过我提醒你，不要坐大巴车去，我不想在新闻里看见你也出事，这里糟糕的交通状态可不对天才的死负责。”教练说完，便转身离开了。

苏铁兴奋不已，他转过身，给了邵若冰一个大大的拥抱。邵若冰想推开苏铁，但是她也被苏铁此刻的激情所感动，于是也紧紧抱住了苏铁。

“苏铁，你要加油，不要让队长失望。我还等着看你们两个的巅峰对决呢。”

苏铁抱紧了邵若冰，闭着眼睛享受着这个时刻，激动地说：“放心吧，无论如何，我苏铁一定会成为这世界上最棒的击剑运动员，请你们大家拭目以待吧！”

图书在版编目（CIP）数据

一剑青葱 / 李柳，林杉著. -- 北京 ：文化发展出版社，
2017.11（2020.5重印）
ISBN 978-7-5142-1927-2

Ⅰ. ①一… Ⅱ. ①李… ②林… Ⅲ. ①长篇小说－中国－当代
Ⅳ. ① I247.5

中国版本图书馆 CIP 数据核字（2017）第 223615 号

一剑青葱

李 柳 林 杉 / 著

出 版 人：武 赫
责任编辑：肖贵平 罗佐欧 责任校对：郭 平
责任印制：杨 骏 装帧设计：左 左

出版发行：文化发展出版社（北京市翠微路 2 号 邮编：100036）
网 址：www.wenhuafazhan.com
经 销：各地新华书店
印 刷：三河市华东印刷有限公司
开 本：787mm × 1092mm 1/32
字 数：262 千字
印 张：9.75
印 次：2018 年 1 月第 1 版 2020 年 5 月第 2 次印刷
定 价：58.00元
I S B N：978-7-5142-1927-2